슬픈殺人

金聖鍾

추리문화사

슬픈殺人 · 2

차 례

6. 수사회의

　자리에 털썩 주저앉자마자 고과장은 자신의 대머리를 손바닥으로 탁 쳤다.
　「아, 골치야!」
　그는 머리를 뒤로 잔뜩 젖히더니 피곤에 젖은 한숨을 길게 내쉬었다.
　「아, 정말 골치 아파 죽겠네. 쉴만하면 또 터지고. 도대체 두 다리 뻗고 마음놓고 한번 쉴 시간이 없지 않아. 빌어먹을!」
　불곰의 둥근 배가 오르내리는 것을 쳐다보면서 형사들은 말없이 서로 미소를 주고 받았다.
　「어디로 도망칠 수만 있다면 도망치고 싶어.」
　「하와이나 한번 다녀오시죠.」
　하형사가 빈정거리는 투로 말하자 불곰은 배를 들썩이며 웃었다.
　「너 누구 놀리는 거냐? 하와이 아니라 집에도 못 들어가는 처지인데 팔자좋게 하와이를 다녀오란 말이야.」
　「그러니까 눈 딱 감고 다녀오셔야죠. 이것저것 따지다간 영영

못 가십니다. 하와이에 가시면 제 누님한테 부탁해서…….」
「이 봐, 이 봐, 씨도 안 먹히는 소리하지 말고 에어컨이나 좀 세게 틀어. 왜 이렇게 방이 더워.」
「에어컨보다 바닷바람이 훨씬 시원합니다.」
하형사는 일어나 창문을 활짝 열어젖혔다.
「야, 달이 보이네!」
그 말에 모두가 창 밖으로 시선을 돌렸다.
반쪽 달이 구름 사이로 빠른 속도로 달리고 있었다. 그러나 구름 사이로 빠져나온 달은 그 자리에 떠있었다.
수사관들은 지금 문라이트 호텔 319호실에 앉아있었다. 그 방은 살인사건 현장 바로 옆에 붙어있는 방이었다.
앉아있는 사람들은 모두 여섯 명이었다. 그 가운데에는 여자도 한 명 끼어있었다.
「날이 개이는 모양이군.」
「바람도 많이 잤습니다.」
「파도는 아직 거친데 그래.」
열린 창을 통해 바닷바람이 거친 파도소리를 고스란히 방 안으로 옮겨다주고 있었다.
「양후보는 어떻게 됐습니까?」
「괜찮아. 죽을 정도는 아니야.」
불곰은 뒤로 잔뜩 젖히고 있던 머리를 바로 하더니 주먹으로 자신의 어깨를 두드렸다.
「미스 안, 어깨좀 주물러줘.」
과장의 말에 안점희(安点姬)는 조금도 머뭇거리거나 하지 않고 냉큼 일어나 헤실헤실 웃으며 불곰의 살찐 어깨를 주무르기 시작했다. 그녀는 웃음이 헤퍼 헤실이라는 별명을 얻고 있었다.

그녀 역시 강력사건에 투입되고 있는 형사였는데, 어디로 보나 형사 같은 구석이라고는 조금도 없이 차림부터가 거리에 돌아다니는 여느 아가씨들처럼 요즘 유행인 반바지에 티셔츠를 걸친 모습이었다.

「그 자식이 혀를 깨물었어.」

굵은 목을 이리저리 돌리면서 과장이 말했다.

「그 자식리라니요?」

단정하게 생긴 송계장이 물었다.

「양후보 찌른 놈 말이야.」

「그자가 혀를 깨물었나요?」

「음…….」

「많이 깨물었나요?」

「음, 절반 정도 잘렸어. 덜렁덜렁한걸 간신히 꿰매놨어. 조금 늦게 발견했으면 아마 죽었을 거야.」

「그 놈, 뭐하는 놈입니까?」

하형사가 물었다.

「몰라. 어, 시원하다. 그렇지, 그래. 미스 안 솜씨는 알아줘야 한단 말이야.」

그 말에 점희는 헤실헤실 웃으며 말했다.

「안마비 톡톡히 내셔야 해요.」

「아, 물론…… 위에만 하면 만원, 아래까지 해주면 2만원.」

「만원만 받을래요.」

「좋아.」

과장은 즉시 빳빳한 만원짜리 지폐 한 장을 꺼내 그녀에게 주었다. 그것을 받은 그녀는 좋아라고 하면서

「이걸로 이따가 커피 한 잔씩 사드릴께요.」

하고 말했다.

「이왕이면 아래까지 해드려요.」

하형사의 말에 그녀는 곱게 눈을 흘긴 다음 불곰의 대머리 위로 고개를 숙였다.

「양후보 찌른 사람, 혹시 정신이상자 아니에요?」

「그렇지 않은 것 같아.」

「직업이 뭐예요?」

「모르겠어. 짜식이 묵비권을 행사하고 있어.」

「정말로 양후보를 죽일 생각이었나요?」

불곰은 두 눈을 꿈벅거리며 잠시 생각해보는듯 하다가 고개를 끄덕였다.

「그렇게 봐야겠지. 경호원이 덮치지 않았으면 양후보는 죽었을 거야. 일본도로 위에서 힘껏 내려쳤으니까. 덮친 경호원은 중상이야. 목에서 가슴뼈로 칼이 지나갔는데 피를 너무 많이 흘렸어. 살아날지 모르겠어.」

「선거에 영향이 있을까요?」

계장이 조심스럽게 물었다. 그는 이발소에 막 다녀온듯 언제 보아도 머리가 단정하고, 둥근 턱은 면도질이 깨끗이 되어있었다.

「영향이 좀 있겠지. 범인이 야당 프락치가 아닌가 해서 지금 그쪽으로 집중 추궁하고 있는 것 같은데…… 우린 발 들여놓을 틈도 안 주고 있어. 만일 야당 프락치인 것이 밝혀지면 김후보는 결정적으로 불리해질 거야. 지금 말이야, 겉으로는 양후보 인기가 높은 것 같지만 내막을 들여다보면 그렇지가 않아. 지식인들 사이에서는 김후보 쪽이 월등히 인기가 있어. 심한 말로 양후보는 사기꾼 같다는 거야. 양후보가 그런 동향을

모를 리가 있겠어. 불안하지 않다면 그건 바보지. 그리고 선거
란 말이야, 막판까지 마음을 놓을 수 없는 거야. 막판에 바람
이 불어 전세를 역전시킬 가능성이 얼마든지 있는 거야.」
「지금 조사는 경호원들이 하고 있습니까?」
「그래. 우린 철저히 무시당하고 있어. 저러다가 범인을 때려
죽이기라도 하면 큰 일인데, 짜식들, 우리 경찰을 발바닥 때만
도 못하게 여기고 있어.」
「범인을 당연히 우리한테 넘겨야하지 않습니까?」
서형사가 볼멘 소리로 말했다.
「그야 당연하지. 하지만 현실은 그렇지가 않아. 법보다는 정
치적 입김이 더 세고, 권력이 법보다 더 상위에 있단 말이야.
그러니 우리 머리 위에서 설치고 다니는 기관이 많을 수밖에.
우리는 그저 일이 터지면 들러리나 설 수 밖에 없어. 양후보
경호원들은 양후보가 이미 대권을 잡기나한 것처럼 설치고 다
니고 있어. 어떻게나 어깨에 힘주고 다니는지 눈꼴 사나워 못·
보겠어.」
「이 친구, 한 대 얻어맞았잖아요.」
서형사가 하형사를 엄지손가락으로 가리켰다.
「경호원한테 말이야? 왜? 어디 맞았어?」
불곰이 눈을 휘둥그렇게 뜨고 쳐다보자 하형사는 얼굴을 붉히
면서 서형사를 흘겼다.
「별것 아닙니다.」
대수롭지 않게 대꾸했지만 아직도 옆구리가 결리는 것 같은
느낌이 들었다.
「별것 아니긴 뭐가 별것 아니야. 아까 오리엔탈에서 양후보
가까이 접근하려는데 경호원 한 명이 팔꿈치로 갈비뼈를 내지

른 모양이에요. 갈비뼈 안 부러지기 다행이지. 그때 보니까 사색이 돼서 숨도 제대로 못 쉬더라구요.」

여기저기서 킬킬거리는 웃음소리가 들려왔다. 그러나 불곰은 웃지 않고 심각한 표정으로 끄덕이다가 탁자를 손가락으로 똑똑 두드렸다.

「자, 그건 그렇고 여긴 어떻게 됐어? 보고해봐. 가능성이 있는지 없는지 그것부터 말해봐.」

「현재로서는 자신있게 말씀드릴 수가 없습니다.」

계장이 조심스럽게 대답했다.

「흥, 항상 그렇지. 여름휴가 반납하고 싶어서들 그러는 거야?」

불곰이 눈을 부라리자 그의 부하들은 입을 다문채 침묵을 지켰다.

조금 후에 하형사가 먼저 그 침묵을 깼다.

「아무래도 휴가가기는 글른 것 같습니다. 내일 아침 일찍 비행기편으로 부산에 가려고 합니다.」

「거긴 뭐 하러?」

「범인이 여자 같은데…… 현재 부산 해운대에 숨어있는 것 같습니다. 확증을 잡았습니다.」

「그럼 가능성이 있는거 아니야? 굉장히 빠른데 그래?」

「해운대에는 수십만 명의 피서 인파가 들끓고 있습니다. 모래 알 같은 존재들인데 그 속에서 범인을 찾아내야 합니다. 결코 쉬운 일이 아니죠.」

하고 계장이 대꾸했다. 그는 언행이 언제나 신중했고, 문제를 어렵게만 보려는 경향이 있었다. 그런 그를 고과장은 못마땅하게 생각하고 있었다.

「자세히 설명해봐. 뭐가 어떻게 된건데 모래알 운운이야?」

불곰은 자기 앞에 놓여있는 수사보고서는 거들떠보지도 않고 부하들을 번갈아 쳐다보았다.

송계장은 헛기침을 몇 번하고 나서 수사보고서를 들여다보면서 차근차근 이야기를 해나갔다. 그가 들여다보고 있는 수사보고서는 하형사 팀이 조사해서 정리해놓은 것이었다. 그리고 그는 나중에 나타나 보고를 받은 것에 불과했던 것이다.

그가 과장에게 보고를 하고 있는 동안 미진한 것은 하형사와 서형사가 보충 설명으로 때워주곤 했다.

그의 말씨는 꽤나 느린 편이었기 때문에 성미급한 불곰은 답답하다는듯 몇 번이고 몸을 들썩이고는 했다. 창을 통해 시원한 바람이 불어들어오고 있는데도 불곰은 연방 손수건으로 얼굴과 목덜미에 흐르는 땀을 닦아내고 있었다.

이윽고 설명이 끝나자 과장은 무겁게 고개를 끄덕이면서

「그래서 그 오모아인가 뭔가 하는 여자를 잡으러 부산에 가겠다는 거야?」

하고 물었다.

「네, 그렇습니다.」

하형사가 상관들의 눈치를 보면서 대답했다.

「그 여자가 내일까지 해운대에 있을 거라는 보장이 없잖아?」

계장이 걸고 나왔다.

「그렇긴 합니다만…….」

서형사도 내일 당장 부산에 간다는 것이 내키지 않는지 슬그머니 꽁무니를 뺐다. 하형사는 서형사를 흘겨보고 나서

「그 여자는 거기에 있을 겁니다.」

하고 말했다.

「어떻게 그렇게 단정할 수 있지? 그리고 그 여자가 꼭 범인이 라고 볼 수도 없잖아?」

계장은 계속 꼬리를 잡고 늘어지려하고 있었다.

「단정을 내리기가 좀 뭣 하지만…… 그 여자 어쩐지 계속 부 산 해운대에 머물러있을 것만 같은 예감이 듭니다. 육감이긴 합니다만…… 해운대라는 곳이 아주 매력적인 곳이기 때문에 한번 거기에 발을 들여놓은 사람은 금방 떠날 수가 없을 겁니 다. 더구나 지금은 바캉스 철이라 피서 인파에 묻혀 숨어있으 면 그 어느 곳보다도 안전한 피신처가 되기 때문에 안심하고 그곳에 숨어있지 않을까 생각합니다. 그러니까 범인이 마음놓 고 즐기고 있을 때 덮치자는 거죠.」

「그 전화는 장난전화일 수도 있어. 우리를 골탕먹이려는 장난 전화일지도 몰라.」

「그 여자를 범인이라고 단정하는데 아직은 무리가 있다는거 잘 알고 있습니다. 아직은 증거가 하나도 없으니까요. 하지만 그 전화는 제주도 내에서 걸려온게 아니라 부산에서 걸려온 겁니다. 부산에 있는 사람이 여기서 살인사건이 일어났다는 것을 어떻게 벌써 알고 있겠습니까. 이번 사건은 현재 보안이 철저히 되어있기 때문에 호텔측 몇 사람과 수사진 이외에는 아무도 모르고 있습니다. 기자들조차 눈치를 못 채고 있습니 다. 그리고 그 전화가 걸려온 것은 오늘 오후 2시45분경이었 습니다. 그러니까 우리가 현장에 도착하고 나서 조금 후에 부 산에서 걸려온 겁니다.」

「그러니까 자네 말은 범인이 어제 사람을 죽이고 나서 제주도 를 탈출, 부산으로 가서 숨어있다가 오늘 오후 2시45분경에 현장으로 전화를 걸어왔다 이거 아니야? 간단히 말해서 말이야. 자넨 그렇게 믿고 싶은거 아니야?」

「그, 그렇습니다.」

계장의 위압적인 말에 하형사는 조금 주눅이 들어 대답했다.

「이거 보라구. 이렇게 생각해볼 수도 있잖아. 여기서 누군가가 부산에 있는 여자와 짜고 장난전화를 걸도록 꾸미는 거야. 얼마든지 가능한 일 아니야?」

「가능하지. 하지만 사건을 알고 전화를 걸었다는 점에서 그 여자는 공범관계이던가 아니면 정말 범인일지도 모르지.」

불곰이 묵직하게 결론을 내리듯 말하자 계장은 입을 다물었다.

「헛탕치더라도 부산에 다녀오는게 좋겠군. 다녀오라구. 그런데 혹시 해운대에서 휴가보내려고 아가씨하고 짜고 꾸민 연극 아니야?」

「저 말씀입니까?」

「그래. 너 아니면 누구겠어?」

「아이구, 그런 말씀 마십시오. 제발 한번 그래봤으면 좋겠습니다.」

하형사는 펄쩍 뛰었다.

「가더라도 당장 많은 인원을 투입시킬 수는 없어. 우선 출장비도 한정되어 있는데다 여기를 비워둘 수 없단 말이야. 그리고 부산 쪽은 불확실하잖아.」

계장이 못마땅한 얼굴로 말했다.

「저하고 서형사…… 그리고 한두 명만 더 있으면 됩니다. 급한대로…….」

하형사의 말이 채 끝나기도 전에 송계장이 손을 들었다.

「서형사하고 둘이 가라고.」

하형사는 과장의 어깨를 두드리고 있는 안형사쪽에 시선을 던졌다.

「아무래도 여자가 한 명 있으면 도움이 될 것 같은데요. 남자끼리 다니는 것보다는 여자하고 다니는게 훨씬 자연스럽고…… 범인한테 접근하기도 좋을 것 같은데요.」

그 말이 끝나기 무섭게 점희는 손뼉을 치면서 좋아라고 했다.

「어머, 신나! 저 따라갈래요. 저도 좀 보내주세요. 전 아직 해운대에 한번도 못 가봤어요. 보내주시기만 하면 범인을 틀림없이 잡아오겠어요.」

「쓸데없는 소리 하지 마. 여기 할 일이 얼마나 많은데 그래. 먼저 하형사하고 서형사가 부산에 가서 상황을 살펴본 다음 필요하면 그때 가도 늦지 않아.」

계장이 제동을 걸자 그녀는 마치 오빠에게 하듯 떼를 썼다.

「아이, 보내주세요. 제가 언제 출장보내달라고 요구한 적 있었나요. 출장비 같은건 안 줘도 좋아요. 보내만 주시면 범인을 꼭 잡아오겠어요. 약속할께요.」

「이건 장난이 아니야. 범인이 제발 잡아가달라고 해운대 바닷가에서 기다리고 있는줄 알아? 만일 그렇게 약속했다가 못 잡아오면 어떡 할 거야?」

「그때는 뭐 돌아오지 못하는 거죠. 사표를 내던가 그래야죠 뭐.」

「흥, 편리할대로 생각하는군. 차라리 시집이나 가지 그래.」

「시집은 안 가요.」

「그건 그렇고…… 안형사가 가게되면 누가 내 어깨를 주물러주지?」

잠자코 듣기만 하고 있던 불곰이 안형사를 보내줄듯이 하면서 말했다. 헤실이는 이때다 싶었던지 이번에는 불곰에게 매달렸다.

「다녀와서 안마 많이 해드릴께요. 여자가 만일 범인이라면 저 같은 여자 수사관이 반드시 필요하다구요. 과장님, 보내주세요, 네? 만일 아 보내주시면 두번 다시 안마 같은건 없이요.」

「어어, 그건 안 돼지. 알았어. 알았어. 다녀오라구. 헌데 이 총각 믿을만 하나? 해운대에 가서 안형사한테 흑심이나 품으면 어떡 하지?」

「아이, 그런 걱정은 안 하셔도 돼요.」

헤실이는 헤실헤실 웃으면서 주먹을 흔들어보였다. 그녀는 그 래뵈도 태권도 유단자였다.

수사회의는 결국 세 명을 자칭 범인이라는 오모아를 찾기 위해 부산에 급파하기로 합의를 보았다.

세 명이 부산에 가있는 동안 제주도에서는 고참 형사이자 조장격인 조반장이 동시에 수사를 해나가기로 하고, 모든 지휘는 송계장이 맡아서 처리하기로 했다. 그리고 수사본부장은 자동적으로 고과장 몫이 되었다. 그러나 그는 맡고 있는 업무가 너무 많기 때문에 정기적으로 보고나 받고 필요한 지원을 위해 뒤에서 권한을 행사하는 정도의 선에 머물러있을 수밖에 없었다.

조반장은 별로 말이 없는 사람이었다. 마흔이 넘은 그는 나이에 비해 흰 머리가 많았고, 모든 일에 흥미가 없는듯 언제나 무관심한 표정으로 일관하고 있었다. 그 표정에는 언제 보아도 피곤하고 무기력한 기색이 나타나있었다. 그래서인지는 몰라도 그는 후배 형사들 사이에 별로 인기가 없었다. 그런 그를 후배 형사들은 회색인이라고 부르고 있었다.

「피살자 신원은 언제쯤 알게 되겠어?」

과장이 안형사의 손을 잡아 옆자리에 앉히며 물었다.

호텔 숙박카드에 적혀있는 그의 인적 사항은 모두 엉터리였다. 주민등록번호를 조회해본 결과 그 번호의 주인공은 오동파가 아닌 김모라는 사람으로 나이는 69세였고, 주소지가 강원도 고성으로 되어있었다. 전화번호도 틀렸고, 주소라고 적어놓은 강남구 A동 H아파트에는 오동파라는 인물이 살고 있지도 않았다. 주소가 엉터리라는 것은 서울의 관할 파출소에 전화를 걸어 확인한 사실이었다.

그 밖에도 피살자한테는 신원을 알아볼만한 단서 같은 것이 하나도 남아있지 않았다. 심지어 양말 한짝 남기지 않고 깡그리 거두어가버렸기 때문에 수사는 처음부터 혼란에 빠져들 조짐을 보이고 있었다.

「지문까지 없애버렸기 때문에 신원을 알아내려면 시간이 좀 걸리겠습니다. 피살자까지 신분을 감추고 있기 때문에 애를 좀 먹겠습니다.」

계장이 수사기록을 넘기며 말했다.

피살자의 지문이 모두 도려내어진 것을 안 것은 감식반원이 지문을 채취하려고 피살자의 손가락을 살펴보았을 때였다.

처음에는 두 손이 온통 피범벅이 되어있어 지문이 그려져있는 피부가 모두 벗겨진 것을 몰랐었다. 그런데 나중에 감식반이 도착해서 지문을 찍기 위해 피를 닦아내고 보니 피부가 모두 도려내어져있었던 것이다. 피살자의 신원을 감추기 위해 지문이 있는 손가락의 피부를 도려내는 경우는 아주 드문 일이었다.

「성기를 절단하고 지문을 도려내고 한 것을 보면 상당히 치밀하게 확신을 가지고 자행한 살인입니다.」

한 마디 말도 없이 앉아있던 조반장이 억양이 없는 목소리로 말했다.

치정이나 원한에 얽힌 살인일 것이라는 데에는 의견이 대강 일치했다.

「피살체의 지문은 그렇다하고…… 방안 어딘가에 피살자와 범인의 지문이 찍혀있을거 아니야? 지문이 도려내어진 것은 죽은 뒤의 일일 것이고, 그전에 방안 여기저기에 지문을 남겨놓았을거 아니야?」

「네, 그래서 현장을 정밀히 검사해서 지문을 채취할 수 있는데까지 해보았는데, 지문을 지운 흔적이 많아서 기대한대로 결과가 나올지는 의문입니다. 모두 일곱 개의 지문을 채취했습니다. 사람들의 출입이 잦은 호텔방 안에서 지문을 일곱 개밖에 채취하지 못했다는 것은 범인이 범행 후에 꼼꼼이 지문을 닦아냈다는 것을 의미합니다. 수사에 철저히 대비했다는 인상이 아주 짙습니다.」

감식반의 책임자인 김경사가 말했다. 그는 도수 높은 안경을 끼고 있어서 돋보기 안경으로 통하고 있었다.

「그 일곱 개의 지문을 확인하는데 얼마나 걸리지?」

「아무리 빨라도 일 주일 이상은 잡아야할 겁니다.」

지문감식을 위해서는 먼저 그것을 서울로 보내야 한다. 서울에 모든 종류의 지문들이 보관되어있기 때문이다. 수천만 개의 지문들 가운데서 일곱 개의 지문과 일치하는 것을 골라내는 것은 쉬운 일이 아니다.

「왜 그렇게 오래 걸리죠?」

지문대조가 오래 걸린다는 것은 일찍부터 알고 있었지만, 답답한 나머지 하형사는 따지듯이 물었다.

「현재 경찰청에는 약 4천만 명 정도의 지문이 보관되어있는데 신원이 파악되어있지 않은 지문의 경우에는 마이크로필름으로 모두 일일이 대조해야 해요. 그 작업이 보통 방대한 일이 아니에요. 직원이라야 5백 명 정도 밖에 안 되는데 대조해야 할 지문이 어디 한둘이겠어요.」

「그러니까 지문에 너무 기대를 걸지 말고 느긋하게 기다리라구. 까맣게 잊고 있으면 소식이 올거야.」

조반장이 선배다운 태도를 보이며 말했다.

「오동파와 오모아가 가짜 이름이라 하더라도 일단은 컴퓨터에 조회해봐야 하지 않겠어?」

과장의 말에 계장이 대답했다.

「그렇지 않아도 조회해봤습니다. 오동파라는 이름은 19명, 오모아는 15명이었습니다. 남자 19명 가운데 피살자와 비슷한 나이의 사람은 8명이었는데…….」

비슷한 나이의 오동파 8명의 주소지를 관할하고 있는 전국 각 경찰서에 피살자의 모습을 여러 각도에서 찍은 사진 복사물과 사체의 특징을 적은 내용을 팩시밀리 편으로 보냈으며, 이미 확인이 끝나 통보되어온 숫자는 3명으로, 내일중에는 확인이 모두 끝날 것이라고 계장은 꼼꼼이 설명했다.

확인이 끝나 통보되어온 3명은 물론 피살자와 전혀 다른 생존 인물들이었다.

15명의 오모아에 대해서는 경찰 쪽에서 그들과 확인시킬 수 있는 사진은 물론 몽타지도, 인적사항도 전혀 확보하고 있지 않은 상태이기 때문에 일일이 확인하기가 쉽지가 않았다. 자칭 범인이라는 오모아에 대해서 조금이라도 알고 있는 사람은 하형사 혼자였는데, 그나마 그녀를 만나본 것도 아니고 전화기를 통해서 몇 마디 대화를 나눈 것에 불과했기 때문에 수사에 큰 도움이 되는 것도 아니었다.

「목소리로 보아 20대 젊은 여자였습니다. 하지만 30대 여자도
그런 목소리를 낼 수가 있겠죠. 여자란 나이를 종잡을 수 없을
때가 많은 요물단지니까요.」

그 말에 점희가 눈을 흘겼다. 그러나 선배 형사한테 대드는 것
만은 삼가했다.

「40대, 50대 여자도 20대 여자 목소리를 낼 수가 있어요. 늙어
서도 10대 때 목소리를 고스란히 간직하고 있는 여자들이 얼
마든지 있으니까요.」

이렇게 말한 사람은 감식반의 김경사였다. 하형사가 다시 입
을 열었다.

「그래서 15명의 오모아 가운데 15세 이하만 수사에서 제외시
켰습니다. 그 이상은 모두 수사대상에 포함시켰습니다. 수사
대상은 모두 12명입니다. 그 여자가 본명을 대었을 리 없지만
…… 헛탕을 치더라도 일일이 만나서 확인은 해봐야겠죠.」

「그 12명이 전국에 흩어져있는데 우리 수사진이 일일이 만나
러가자면 시간과 인력면에서 그 낭비가 이만저만 아닐텐데,
그것은 일단 뒤로 돌리는게 어떨까요? 헛수고인줄 알면서도
확인해야 한다는건 아무래도 낭비 아닙니까. 일단 그 12명에
관한 인적사항과 사진 정도만 확보해놓은 다음 나중에 확인을
해도 늦지 않을텐데요.」

「그거 좋겠군. 그렇게 하도록 하고 인적사항하고 사진이나 먼
저 확보해두라구.」

불곰이 서형사의 의견을 선선이 받아들였다.

「결정적인 사인은 뭐지?」

「수면제 과다복용입니다. 검사결과 위액에서 아티반이 검출

됐습니다. 적은 양이 아니고 다량입니다.」

하고 감식반의 김경사가 말했다.

「그러니까 수면제를 과다복용시켜 의식을 잃게 한 다음 성기를 잘라냈다는 건가?」

「쉽게 생각해서 그렇죠.」

하고 계장이 대꾸했다.

「수면제 과다복용에다 피를 너무 많이 흘려 죽은거 아닌가?」

「그렇습니다.」

김경사가 공손히 대답했다.

「그 밖에 다른 상처는 없었나?」

「없었습니다. 저항한 흔적도 없는 것으로 보아 의식을 잃은 뒤 고스란히 당한 것 같습니다.」

「음…… 잘라낸 성기나 흉기 같은 것은?」

「잘라낸 성기는 쓰레기통에 들어있었습니다. 하지만 성기를 자르는데 사용한 흉기 같은 것은 보이지 않았습니다.」

「물건은 훌륭했습니다. 대물이었습니다.」

하형사가 기다렸다는듯이 끼어들었다.

「여자라면 아주 좋아할 그런 물건이었습니다. 서형사, 그렇지 않아?」

그는 덧붙여 말한 다음 서형사의 동의까지 구했다.

「뭐 별로던데 그래.」

서형사가 대수롭지 않게 반응을 보였고, 안형사는 민망한듯 아래로 시선을 깔았다.

「이따가 한 번 봐야겠군.」

과장이 흥미를 보이면서 말하자 하형사가 탁자 위에 도시락 반찬 그릇 같은 길쭉한 플라스틱통을 올려놓았다.

「한번 보십시오. 보여드려야 할 것 같아서 가져왔습니다.」

「아니, 그걸 빼놓으면 어떡 해?」

송계장이 나무라는 투로 하형사를 노려보았다.

그것은 피살체와 함께 지금쯤 병원 부검실에 가 있어야 했다. 그런데 하형사의 손에 있으니 계장이 나무라는 것도 무리는 아니었다.

「부검이 끝난 다음에 가져온 겁니다. 담당의사도 알고 있습니다. 아직 안 보신 분들은 한번 보십시오. 봐두는 것도 해롭지는 않을 겁니다. 아무래도 이번 살인사건의 키포인트인 것 같으니까요.」

상관의 기분 따위는 아랑곳하지 않은채 그는 거침없이 말했다.

불곰은 플라스틱통을 끌어당기더니 조심스럽게 뚜껑을 열었다. 그리고 안을 들여다보았다.

그의 얼굴이 천천히 일그러졌다. 산전수전 다 겪은 역전의 노병이라 별로 크게 놀라는 기색 같은 것은 없었다. 그대신 이맛살을 조금 찌푸리면서 얕은 신음소리를 냈다.

「꼭 핫도그처럼 생겼군. 빨리 냉동실에 갖다넣으라구.」

그는 플라스틱통을 하형사 앞으로 밀었다.

「방부처리를 해놓아서 빨리 썩지는 않습니다.」

하형사는 혜실이 쪽으로 고개를 돌렸다. 그리고 그녀 앞으로 그것을 밀었다.

「안형사도 한번 봐두지 그래.」

「아이, 싫어요!」

그녀는 손으로 얼굴을 가렸다.

「그래가지고 어떻게 살인사건을 수사하겠다는 거야? 범인을 잡으려면 범인이 무슨 짓을 했는지 눈으로 확인해야 할거 아니야? 그래서 가슴 속에 범인에 대한 증오심을 품고, 그를 반드시 체포하고야 말겠다는 각오를 단단히 다져야 할거 아니야? 그 정도 각오도 없이 어떻게 부산에 가겠다는 거야? 부산에 놀러가는줄 알아? 이런 것 하나 볼 수 없으면 형사짓 그만두라구.」

혜실이는 얼굴에서 손을 내리면서 그를 흘겨보았다.

「핫도그라고 생각하고 보라구.」

「두 눈 딱 뜨고 볼테니까 걱정하지 마세요.」

혜실이는 플라스틱통을 잡아당기더니 주위를 한번 둘러보면서 혜실혜실 웃었다. 그리고는 통 속을 뚫어지게 들여다보았다. 그녀가 얼굴을 찌푸리며 금방 고개를 돌릴줄 알았던 남자들은 예상이 빗나가자 흥미있게 그녀의 움직임을 관찰했다.

「그런 거 처음 봤나? 뭘 그렇게 들여다보고 있지? 처녀가 망측스럽게 말이야.」

서형사가 창피를 주었지만 그녀는 반쯤 넋나간 표정으로 미동도 하지 않고 통 속을 들여다보다가 그것을 이리저리 흔들어보기까지 했다. 그리고 남자들이 어이없어하자 그제서야 다시 혜실혜실 웃으며 뒤로 물러앉았다.

「안형사, 그런거 처음 봤어?」

「네, 처음 봤어요.」

「징그럽지 않아?」

「아아뇨. 불쌍해보여요.」

펑퍼짐한 얼굴에 수더분한 인상의 그녀한테서 나타나는 반응은 예측불허일 때가 적지 않다. 하긴 그녀 같은 아가씨가 경찰에 투신하여 수사형사가 된 것부터가 전혀 엉뚱한 짓이었으니, 그 정도의 반응이 나타나는 것이야 별로 대수로울게 못되는지도 모른다.

「불쌍해보인다구? 아니, 왜?」

이번에는 또 무슨 대답이 나올까 하고 남자들은 잔뜩 흥미를 보이며 귀를 기울였다.

「제 자리에 있어야할 것이 제 자리에 있지 않고 따로 떨어져 있으니까 불쌍해보이지 않아요. 외로워보이구요. 전 팔 하나가 따로 떨어져있는 것을 본 적이 있어요. 그때도 같은 느낌을 받았었는데 이번에는 그때보다 더 강하게 받았어요. 역시 모든 것은 제 자리에 있어야 해요. 그것이 조화미라는거 아니겠어요?」

남자들은 웃을 준비를 하고 있다가 기대가 무너지는듯 조용해졌다.

「들어보니까 그렇기도 한데. 역시 여자가 보는 눈은 예민하고 독특하단 말이야. 남자들은 단순히 물건이 크냐 작냐 하는데에만 관심이 있는데 말이야. 안 그래, 하형사?」

과장의 지적에 하형사는 얼굴이 붉어졌다.

「여자라고 함부로 놀리는게 아니야.」

과장의 말에 하형사는 머리를 긁적거리면서 고개를 숙였다. 그때 전화벨이 울렸다. 안형사가 재빨리 전화를 받았다가 감식반의 김경사에게 수화기를 건네주었다.

김경사는 심각한 표정으로 통화를 하고 나더니 수화기를 내려놓고 불곰과 계장을 번갈아 쳐다보았다.

「법의한테서 온 전화인데요…… 피살자의 몸 속에서 헤로인이 발견됐답니다.」

「헤로인 복용자라는 거야?」

계장이 눈을 치뜨면서 물었다.

「그게 아니고…… 헤로인 봉지가 발견됐답니다.」

「뭐가 어째? 그건 또 무슨 소리야?!」

불곰이 상체를 앞으로 기울이면서 물었다.

「창자 속에서 콘돔을 하나 발견했는데…… 그 안에 헤로인이 들어있었답니다. 처음에는 그게 뭔지 몰랐는데…….」

「의사좀 불러!」

과장은 김경사의 말이 끝나기도 전에 소리쳤다.

김경사가 법의한테 전화를 거는 동안 방 안에는 긴장감이 흐르고 있었다.

파도소리가 시끄러울 정도로 크게 들려오고 있었지만 그들의 귀에는 그것은 마치 아득한 울림처럼 다가오고 있었다.

불곰은 구겨진 손수건으로 목덜미를 문지르다가 김경사가 전해주는 수화기를 받아들었다.

「아, 나 고과장입니다. 수고 많습니다. 그런데 김경사가 헤로인 운운하던데, 그게 무슨 말입니까?」

불곰의 목소리는 흥분하면 더욱 걸걸해진다. 얼굴색도 뻘개진다.

그는 계속 「음음……」하면서 듣고 있었다.

「헤로인이 틀림없나요?」

「네 틀림없습니다. 뭣 하시면 전문가한테 확인시켜보시죠.」

「알겠습니다. 곧 가겠습니다. 좀 늦었지만 기다려주십시오.」

수화기를 거칠게 내려놓고난 불곰은 성난 눈으로 부하들을 훑어보았다.

「헤로인이 틀림없어. 죽은 사람 뱃 속에서 헤로인이 발견되다니 기절초풍할 일이야. 원 세상에 이럴 수가…….」

「얼마나 발견됐답니까?」

계장이 넥타이를 조이면서 물었다.

「콘돔 한 개 속에 들어있었는데…… 모두 꺼내서 달아보니까 15그램이라는 거야. 15그램이면 싯가로 얼마야?」

「글쎄요. 국내에는 헤로인 거래가 별로 없어서…….」

서로 얼굴만 쳐다보는 부하들을 보고 불곰은 답답하다는듯 벌개진 대머리를 손바닥으로 뻑뻑 문질러댔다.

「여기저기 연락해서 마약에 대해서 좀 아는 놈들을 불러내. 병원으로 오라고 해. 소문나지 않게 조용히 오라고 해.」

「알겠습니다.」

다른 경찰서 수사요원들의 도움을 요청하려면 계장 정도가 직접 나서지 않으면 안 된다. 송계장은 전화기에 손을 뻗치다 말고 불곰의 말에 귀를 기울였다.

「그 영감, 뒤늦게 그걸 발견한 모양이야. 하마터면 그냥 넘어갈뻔 했다고 꽤나 좋아하는데 그래.」

「부검은 아까 끝났습니다. 저희들이 있을 때 했는데…… 그때는 콘돔 같은게 없었습니다.」

하형사가 고개를 갸우뚱하며 말했다.

「나중에 결장에서 그걸 찾아냈다는 거야. S상결장 부분이 불룩해서 째보았더니 그 안에 콘돔이 들어있었대. 그것이 직장을 타고 항문으로 빠져나오지 못하고 거기에 걸려있었던 모양이야. 콘돔이 실에 단단히 묶여있어서 그것을 잘라내고 들여다보았더니 하얀 분말이 들어있었다는 거야.」

「그게 마지막 콘돔이었다면 앞에 들어있던 것들은 이미 항문을 통해 빠져나갔다는 이야기 아닙니까?」

하고 서형사가 물었다.

30

「그랬을 가능성도 있지.」

불곰은 의미심장한 얼굴로 끄덕이면서 몸을 일으켰다.

「그 뱃 속에 콘돔이 하나만 들어있었을 리가 없습니다. 15그램이면 너무 소량 아닙니까.」

「음, 돈이 얼마 되지도 않는 것을 뱃 속에 숨겼을 리는 없겠지. 내 생각도 그래. 헤로인 15그램이면 싯가로 얼마나 되는지 알아봐.」

송계장이 어디론가 전화를 거는 동안 남자들은 모두가 담배를 꺼내 피우면서 방 안을 서성거리기 시작했다.

밤하늘에는 어느 새 별들이 반짝이고 있었다. 맑게 개인 하늘에는 반쪽 달이 떠있었고, 바다에는 달빛이 은은히 부서지고 있었다. 어디선가 젊은 여자의 갸날픈 노래소리가 들려오고 있었다. 그 노래소리는 파도소리에 끊어졌다가 가까스로 다시 이어지곤 하고 있었다.

이윽고 계장이 통화를 끝내고 말하기 시작했다.

「서울시경에 있는 친구한테 전화를 걸어봤습니다. 마약에 관해서라면 그 방면 수사에 일인자라고 할 수 있는데…… 요즘은 헤로인 값이 최고로 비싸답니다. 마약류 중에서도 헤로인이 원래 제일 비싼데, 유럽 일원과 미주지역에서 대대적인 마약소탕작전이 계속되고 있는 바람에 지금은 부르는게 값이랍니다. 그전에는 헤로인 1그램당 2백만원이었는데 지금은 5백만원을 주고도 구하기가 어렵답니다. 국내에서는 헤로인 거래가 별로 없기 때문에 일정한 가격이 형성되어있지 않지만…… 국제 거래가격은 현재 그램당 5백만원 정도로 보면 될거랍니다.」

「그럼 15그램이면 얼마야?」

「7천5백입니다.」

하고 하형사가 냉큼 대답했다.

「열 개면 7억5천…… 백 개면 75억…… 뱃속에 백 개가 들어갈 수 있을까?」

「무게는 얼마 안 됩니다. 백 개라야 천5백 그램입니다. 물론 콘돔 무게가 있긴 하지만 그 정도의 무게는 견딜만할 겁니다. 문제는 무게보다도 부피이겠는데요. 위 속에 과연 몇 개까지 채워넣을 수 있느냐 하는게 문제이겠는데요.」

「뱃속에 그거 하나만 들어있었을까? 그것만도 적은 돈은 아닌데…….」

「상식적으로 생각해서…… 어마어마하게 큰 돈벌이인데 뱃속에 하나만 넣었겠습니까. 이왕 위험한 짓에 뛰어든 이상 넣을 수 있는한 최대한으로 뱃속에다 채웠을 거라고 생각되는데요.」

「운반책이라면 큰 돈이 들어오는 것도 아니잖아.」

「하지만 운반책이라면 뱃속에 콘돔을 가득 채웠을 가능성이 더 크죠. 헤로인 운반을 부탁하면서 뱃속에다 달랑 하나만 넣었겠습니까. 모르긴 몰라도 아마 배가 터지게 넣었을 겁니다.」

「그러고 보니까 그렇군. 그렇다면 나머지 콘돔들은 다 어디로 갔지?」

「벌써 어디론가 멀리 가버렸겠죠.」

「말 하나 시원스럽게 잘 하는군. 말 잘 한다고 해서 수사를 잘 하는건 아니야.」

「알고 있습니다.」

「그 많은 헤로인이 만일 한국 내에서 소비된다면 어떻게 되는

거지?」

「마약사범이 급증하고, 엄청난 사회문제가 되겠죠.」

「이거 보통 일 아닌데 그래. 이러고 있을 때가 아니야. 대책을
세워야겠어.」

송계장은 다시 어디론가 전화를 걸고 있었다.

불곰도 방을 나서기 전에 양후보 암살 미수사건 수사본부로
전화를 걸어 수사진척 상황을 알아보았다.

「죽음을 불사하고 입을 다물고 있는 모양이야.」

통화를 끝내고 그가 한 말이었다.

「혀를 깨물었으니 그럴만하지 않습니까.」

「혀를 깨물었어도 마음만 먹으면 종이에라도 적어서 표현할
수 있지 않아. 경호원들이 설쳐대니까 경찰은 할 일이 없다구.
차라리 잘 됐지 뭐야. 때려죽이지나 말아야 할텐데. 그건 그렇
고 무슨 사건이 이렇게 한꺼번에 터지지. 우리 관내에서만 말
이야.」

「오랜만에 일할 맛 납니다.」

하형사가 어깨를 으쓱하며 말하자

「올 여름 땀좀 흘리겠군. 여름도 벌써 다 간 기분이야.」

하고 조반장이 말했다.

그들은 방을 나와 계단을 내려갔다.

라운지에서는 화려한 드레스 차림의 여가수가 노래를 부르고
있었다.

라운지는 자정이 가까운 시간인데도 손님들로 만원을 이루고
있었다. 하나같이 돈푼깨나 있어보이는 선남선녀들 같아보였고,
술기운으로 방만하게 풀어진 모습들을 하고 있었다.

「난 이거 뭐야. 야, 우리도 저기 앉아서 맥주 한 잔 마시고 가

는게 어때? 노래도 들으면서 말이야. 우리라고 항상 일만 하라는 법 없잖아.」

하형사가 상관들 들으라는듯이 말했지만 그들은 대꾸도 하지 않고 호텔 건물 밖으로 빠져나갔다.

밖에서는 고과장이 장지배인과 악수를 나누고 있었다. 외출에서 막 돌아온 장지배인이 차에 오르는 불곰을 발견하고 달려온 것이었다.

「아이구, 미안합니다. 일이 있어서 시내에 좀 나갔다가 늦었습니다. 이 시간에 오실줄 알았으면 기다리고 있었을텐데. 자, 안으로 들어가시죠.」

「아, 아닙니다. 지금 급히 가봐야할 데가 있어서…….」

평소 때라면 입장이 바뀌겠지만 지금은 장지배인이 연방 굽신거리고 불곰은 느긋한 모습이다.

「밤 늦게까지 수고하시는데 목이나 축이고 가셔야죠. 자, 모두들 들어가시죠.」

장지배인이 주위에 둘러선 형사들을 쳐다보았지만 그들의 얼굴에는 도로 호텔 안으로 들어가고 싶어하는 기색이 조금치도 나타나있지 않았다.

불곰은 부하들의 표정을 재빨리 살피고 나서 고개를 흔들었다.

「지금 급한 일이 생겨서 가봐야 합니다.」

「어디로 가시는 겁니까? 저도 함께 가면 안 됩니까?」

「그건 곤란합니다. 병원에 가서 부검 결과를 알아봐야 히기 때문에…….」

수사진행 상황을 보여주고 싶지 않다는 뜻으로도 해석될 수가 있기 때문에 지배인은 소외된 것 같은 표정을 지었다.

　그가 제일 걱정하는 것은 문라이트호텔에서 살인사건이 발생
했다는 사실이 외부에 알려지는 것이었다. 그 때문에 그는 전전
긍긍하고 있었다.

「저좀 잠깐 보시죠.」

　지배인이 다른 사람들의 귀를 의식해서인지 좀 떨어진 곳으로
과장을 데리고 갔다.

「어떻습니까? 사건이 곧 해결될 것 같습니까?」

「아직 모르겠어요. 좀 복잡하게 꼬이는 것 같아요.」

　지배인이 담배를 권하자 과장은 조금 전에 피웠다고 하면서
사양했다.

「복잡하게 꼬인다면…… 무슨 문제가 있습니까?」

「네, 더 좀 조사해봐야겠지만…… 간단하게 끝날 것 같지는
않아요.」

　불곰은 심각한 표정으로 자세한 이야기를 하는 것을 회피했
다.

「아직 기자들한테는 말씀 안 하셨죠?」

「보안조치를 단단히 해놓기는 했는데…….」

「제발 부탁합니다. 외부에 알려지지 않게 손을 좀 써주십시
오. 제가 크게 인사는 하겠습니다. 지금 그게 신문에 실리기라
도 하면 금년 여름 장사는 고사하고 우리 호텔 이미지에 결정
적으로 손실을 입힐 겁니다. 정말 야단났습니다. 제발 좀 부탁
합니다.」

「내 나름대로 노력은 하겠지만 언제까지고 비밀을 지킬 수는
없어요. 많은 수사인원이 동원되면 아무래도 비밀 유지가 어
렵게 될뿐 아니라 상부에도 계속 보고서를 올려야하기 때문에
어려운 점이 많아요. 그리고 무엇보다도 수사가 지지부진해질

경우 공개수사를 해야하는데, 그럴 경우에는 전국에 대대적으
로 보도될 수밖에 없잖아요.」
과장은 딱하다는듯 지배인을 쳐다보았다.
「네, 그건 압니다. 언제까지고 비밀을 지킬 수 없다는거 잘 알
고 있습니다. 그렇다면 신문에 보도되는 것을 가능한한 조금
이라도 늦춰주십시오. 바캉스철만이라도 좀 피하게 해주시면
고맙겠습니다.」
「하하, 해보는 데까지 해봅시다. 하지만 기자들이 냄새를 맡
으면 별 수 없어요. 그건 각오하셔야 해요.」
불곰은 지배인을 떼어놓으려는듯 서둘러 차에 올랐다.
과장의 차에는 운전자가 딸려있었다. 그는 젊은 순경이었다.
면허증이 있으면서도 도로에서 아직 운전할줄을 모르는 계장이
과장의 차에 동승했다. 회색인 조반장은 새로 구입한 차를 서툰
솜씨로 조심스럽게 몰고 갔는데 오른쪽 자리에는 감식반의 돋보
기가 앉아있었다.
「부산에 함께 가려면 이 차에 타는게 좋을걸. 옆에 앉으라구.」
안점희는 하덕수의 협박에 불안한 표정으로 그의 옆자리에 올
라탔다. 서형사가 마지막으로 차에 오르자 하형사는 차를 한 번
뒤로 뺐다가 갑자기 앞으로 돌진해나갔다.
「어머나!」
혜실이는 서둘러 안전띠를 매면서 겁에 질려 앞을 쏘아보았
다.
「아이, 천천히 좀 가요.」
그녀 역시 하형사의 저돌적인 운전에 몇 번 혼이 난 경험이 있
었다. 그런 경험이 있고 난 뒤부터는 그의 차에 타는 것을 한사
코 기피해왔다.

「시집 못 가고 죽을까봐 겁나나. 걱정하지 마. 처녀귀신 되게 하지는 않을께.」

이렇게 말은 하면서도 하형사는 더욱 거칠게 차를 몰아갔다. 그의 차는 순식간에 과장 차와 반장 차를 추월해서 달려갔다.

「아니, 저거 하형사 아니야? 저, 저 자식이 미쳤나? 저러다가 사고나면 어떡 할려고 저러지?」

조그맣게 멀어져가는 자동차의 후미등을 바라보면서 과장이 걱정스러운듯 말했다.

「거칠게 모는거 유명하지 않습니까.」

운전석의 순경이 말했다.

「아니, 저 녀석이 그렇게도 유명해?」

「제주 바닥에서 하선배 운전솜씨 모르는 사람 없잖습니까.」

「그래? 짜아식, 하필이면 그런 걸로 유명해.」

「다른 걸로도 유명합니다.」

「그건 또 뭐야?」

계장이 물었다.

「연애박사 아닙니까.」

「그래? 저 돼지 같은 놈이 말이지.」

「치마만 둘렀다 하면…….」

입이 가벼운 순경은 그 정도에서 입을 다물면서 속으로 후회했다.

「치마만 둘렀다 하면 어떻다는 거야?」

「그 다음 말은 생략하겠습니다. 아직 총각이지 않습니까.」

「치마만 둘렀다 하면 건드리나?」

불곰이 흥미를 보이며 물었다.

순경은 대답하지 않고 입을 다물었다.

　헤드라이트 불빛에 드러나는 차도는 흡사 검은 비단을 깔아놓은듯 눈앞에 티 하나없이 깨끗하게 펼쳐져있었다. 해안을 따라 달리는 차들의 불빛이 가끔씩 보일뿐 깊은 밤의 적막이 어둠 속에 흐르고 있었다.

　그 적막을 깨뜨리는 요란스러운 음악소리가 하형사의 차에서 흘러나오고 있었다. 그는 팝송에 맞춰 어깨를 들썩이며 차를 몰고 있었다.

　「미쳐도 단단히 미쳤구나. 좀 조용히 할 수 없어?」

　뒷자리의 서형사가 한심하다는듯 말했지만 하형사는 들은 척도 하지 않았다. 혜실이는 웃음을 참으며 그의 어깨춤을 쳐다보고 있었다.

　「운전대만 잡으면 미쳐서 날뛰니 저걸 어떡 하면 좋지. 쯔쯧……」

　「차가 없었으면 하선배 뛰어다니실거 아니에요.」

　「차가 없으면 형사질 못하지.」

　하형사는 오른쪽으로 핸들을 홱 꺾었다. 시커먼 가로수가 눈앞에 확 다가오는 것을 보면서 혜실이는 비명을 질렀다. 차는 급하게 지그재그로 몇 번 흔들리다가 다시 앞으로 곧장 달리기 시작했다. 혜실이는 하형사 어깨에 몸을 기댄채 눈을 감고 있다가 한 손으로 가슴을 누르며 가만히 눈을 떴다.

　「후유…… 십년 감수했다.」

　하형사는 씨익 웃으면서 오른손을 뻗어 그녀의 어깨를 툭툭 쳤다.

　「제발 천천히 좀 가줘요. 지금은 밤이잖아요.」

　「난 천천히 가면 오줌이 나오려고 그래. 그래서 할 수 없이 빨리 가는 거야.」

「소변보시고 가면 될거 아니에요.」

뒷자리에서 서형사의 쿡쿡거리는 웃음소리가 들려왔다.

「그럼 소변보고 갈까.」

하형사는 차를 길 한켠에 세운 다음 밖으로 나가 바지 지퍼를 내리고 소변을 보기 시작했다.

「하선배 차를 타면 식은 땀도 나지만 재미도 있어요.」

혜실이가 혜실거리면서 서형사에게 말했다.

「목숨이 얼마나 하찮은 것인지…… 이 차를 타보면 알게 되지.」

「생각난게 있어.」

차에 오르면서 하형사가 말했다.

그는 차를 출발시키지 않고 그대로 가만히 앉아있었다.

「왜 안 가는 거야?」

「생각난게 있어.」

「뭔데 그래?」

「만일 말이야…….」

하형사의 목소리가 갑자기 착 가라앉고 있었다.

「오모아라는 여자가 범인이라면, 그리고 부산에서 직접 전화를 건 거라면…… 제주도에서 빠져나간 사람들 명단 가운데 그 여자의 진짜 이름이 끼어있을 거란 말이야.」

「난 또 뭐라고. 그게 어떻다는 거야?」

「그 명단 가운데서 그 이름을 찾아내는 거야. 틀림없이 거기에 섞여있을 거야.」

「이 봐, 바캉스철이라 수십만 명이 제주도에 드나들고 있어. 그 가운데서 그 이름을 어떻게 찾아낸다는 거야? 진짜 이름이 뭔지도 모르잖아.」

「그렇지 않아. 그 아가씨가 분명히 기록을 남겼다면 그게 바로 중요한 단서가 되는 거야. 이름이 뭔지 모르지만 기록을 남겼을테니까 그걸 찾아내면 되는 거야. 그게 바로 형사가 할 일 아니야? 그것도 못 찾아내면 형사라고 할 수 없지. 제주도에 왔다가는 사람들은 배를 타고 가든 비행기를 타고 가든 반드시 신상기록을 남기게 된단 말이야. 그거야말로 우리한테는 근사한 먹이가 되는 셈이지. 범인이 자기 신상기록을 남겨놓는다는건 크나큰 실수지.」

「그 여자 필체라도 있으면 찾을 수 있겠지만 그 많은 사람들 가운데서 알지도 못하는 이름을 어떻게 찾아내죠? 너무 막연하잖아요.」

혜실이의 말에 하형사는 자기 머리를 가리켰다.

「머리를 쓰라구, 머리를.」

그는 천천히 차를 출발시켰다.

과장과 반장의 차가 지나쳐갔지만 그는 뒤따를 기미를 보이지 않고 생각에 잠겨 굼벵이처럼 차를 몰아갔다.

「왜 이래? 빨리좀 갈 수 없어?」

서형사가 말했지만 그는 아예 음악도 꺼버리고 침묵 속에 빠져있었다.

「어떻게 머리를 쓰라는 거죠?」

「가만 있어봐.」

그는 손을 들어 그녀를 제지했다.

「그 여자가 제주도를 빠져나간 시간은 극히 제한되어있어. 더구나 태풍까지 불었기 때문에 그렇게 많은 사람이 빠져나가지는 못했어. 그 여자는 태풍으로 발이 묶이기 전에 빠져나갔을 거야.」

　이번에는 혜실이와 서형사가 조용해졌다. 그들은 하형사의 다음 말을 조용히 기다렸다.

　「정확한 시간은 잘 모르지만…… 내가 알기로는 태풍 때문에 배와 비행기가 묶인 것은 25일 밤부터야. 풍랑이 거세지고 비가 쏟아지기 시작한 것은 어젯밤 10시 전후일 거야.」

　「어젯밤이 아니고 그저께 밤이에요. 벌써 자정이 지난 걸요.」

하고 혜실이가 말했다.

　「아, 벌써 그렇게 됐군.」

　그는 차에 부착되어있는 디지틀시계를 들여다보았다. 시계는 7월27일 0시17분을 가리키고 있었다.

　「25일 아침 시간에는 그 여자, 문라이트호텔에 있었어. 25일 아침식사를 날라다준 벨맨은 방 안에서 남자를 보았고, 여자는 보지 못했지만 여자 옷가지도 보았다고 했어. 그때가 아침 10시경이라고 했어. 그렇다면 오모아는 10시 이후에 제주도를 빠져나간 거야. 좀더 정확히 따진다면 남자한테 수면제를 먹이고 성기를 자른 다음 연안부두나 공항까지 가려면 적어도 두 시간 정도 걸렸을테니까 12시경에 제주도를 떠났다고 보아야 할 거야. 의사도 피살자의 사망시간을 25일 12시 전후라고 했으니까 출발기점을 12시로 잡는게 좋을 거야. 하지만 보다 정확을 기하기 위해서 나는 11시로 잡고 싶어. 한 시간 더 수사범위를 넓히고 싶단 말이야. 그리고 부산행 마지막 페리호는 저녁 8시에 있어. 보통 때는 7시에 마지막 배가 있는데 바캉스철이라 배를 더 투입시켜 한 시간 더 연장했어. 하지만 배는 부산까지 12시간이 걸리기 때문에 도중에 태풍을 만날 가능성에 대비해 운행을 중지했는지도 모르지.」

　「도망치기에 바쁜 범인이 12시간씩이나 걸리는 배를 과연 탔을까?」

하고 서형사가 진지한 표정으로 물었다.

「내 생각도 마찬가지야. 하지만 비행기표를 구하지 못했을 수도 있고, 그 밖에 다른 이유도 있을 수 있기 때문에 배편을 이용하지 않았다고 단정을 내릴 수야 없지. 그리고 비행기 편인데…… KAL은 마지막 비행기가 저녁 7시에 있고 아시아나는 6시 20분이야. 손님이 많으면 특별기를 띄우는데 어제는 어떻게 됐는지 모르겠어. 그거야 알아보면 되는 거고. 아무튼 범인은 25일 오전 11시에서 저녁 7시 사이에 제주를 빠져나갔다보고…… 그 시간에 떠난 사람들 명단을 조사해보는 거야. 그 명단 가운데서 남자들을 일단 제외시키면 그 숫자는 생각했던 것보다 그렇게 많지 않을지 몰라. 내 생각 어때?」

그는 뒤를 힐끗 돌아보았다. 그러나 서형사는 코웃음을 쳤다.

「홍, 범인이 독 안에 들어있는줄 아나보군. 가장 기초적인 생각을 가지고 대단한 걸로 착각하고 있는데, 너무 기대걸지 않는게 좋을 거야. 기대가 크면 실망도 큰 법이니까.」

그의 말이 끝나기가 무섭게 차가 앞으로 튕기듯 달려갔다. 헤실이가 또 비명을 질렀다.

경찰에서 의뢰해오는 사체에 대한 부검을 거의 도맡다시피하고 있는 법의는 60대의 나이든 사람이었다. 광대뼈가 튀어나온 깡마른 얼굴은 언제나 창백했고, 거기에다 숱이 거의 빠져버린 머리와 안경에 가려진 움푹 들어간 두 눈 등이 더없이 삭막한 인상을 이루고 있었다. 그는 해부학 분야에서 탁월한 실력을 갖추고 있다는 소문이 있었다.

하형사 일행이 병원 부검실로 들어섰을 때 법의 우박사는 사체 위에 덮여있는 시트를 막 벗기고 있었다.

사체는 아직 봉합을 하지 않았기 때문에 갈갈이 찢긴 상태 그 대로 있었다. 끔찍한 모습이었지만 사체를 많이 보아온 형사들은 얼굴을 조금 찌푸려보였을뿐 시선을 돌린다거나 하지는 않았다.

「아가씨 괜찮겠어?」

우박사가 턱으로 안형사를 가리키면서 무표정하게 물었다.

「전 괜찮습니다.」

점희는 웃으면서 의사의 손을 바라보았다. 핀셋을 들고 있는 그의 손은 유난히도 커보였다.

「이래뵈도 강력계 요원입니다.」

불곰이 그녀의 어깨를 두드려보이자 우박사는 알겠다는듯 고개를 끄덕였다.

안형사는 의사보다는 갈갈이 찢겨있는 사체를 쳐다보는 것이 더 마음 편했다.

의사는 핀셋으로 절개한 배를 가리켰다. 거기에는 내장이 넘칠듯 들어있었다.

「바로 여기에 콘돔이 들어있었습니다.」

의사가 직장과 인접해있는 S자 모양의 창자를 핀셋 끝으로 가리켜보였다. 그는 메스로 갈라낸 부위를 핀셋으로 젖혀보였다.

「여기가 S상 결장인데…… 다른데보다 유난히 불룩하더라구요. 그래서 째보았더니 콘돔이 들어있었어요.」

갈라진 틈으로 누런 오물이 보였고, 거기에서 심한 악취가 풍기고 있었다.

「콘돔은 어디 있습니까?」

과장이 코를 막으며 물었다.

박사는 뒤에 있는 선반에서 네모진 조그만 플라스틱통을 내리더니 뚜껑을 열었다. 안에는 반으로 잘린 콘돔이 한 개 들어있었다. 콘돔과 함께 풀어진 실도 보였다. 실은 몇 군데가 끊어져있었다. 질기게 생긴 붉은 실이었다.

「콘돔이 크니까 삼키기 쉽게 반을 잘라낸 것 같아요. 너무 단단히 묶여있어서 풀 수가 없었어요. 그래서 칼로 조심스럽게 끊어냈죠.」

「헤로인은 어디 있습니까?」

「여기 있습니다.」

콘돔이 들어있는 통을 드러내자 그 밑에 또 하나의 통이 놓여있었고, 헤로인은 그 안에 들어있었다.

그것은 밀가루처럼 생긴 흰 분말이었다. 전문가가 아닌 이상 그것만 보고는 그것이 헤로인인지 무엇인지 알 수가 없겠다고 하형사는 생각했다. 아무튼 헤로인이라고 하자 그의 눈빛은 맹수가 먹이를 발견한듯 사납게 빛나기 시작했다.

흰 분말은 비닐포장 안에 들어있었다. 그리고 그 한쪽 끝은 조금 찢어져있었다.

「이 비닐봉지는 원래 있던 겁니까, 아니면…….」

「원래 있던 겁니다. 이 비닐봉지 속에 헤로인이 들어있었죠. 그러니까 비닐봉지째 콘돔 속에 들어있었죠. 이건 제가 내용물을 꺼내보려고 조금 찢은 겁니다.」

의사는 비닐봉지의 찢어진 귀퉁이를 핀셋 끝으로 가리켰다.

「이게 정확히 15그램입니까?」

「네, 비닐 무게를 빼고 약만 정확히 15그램입니다. 한번 저울에 달아볼까요?」

「아니, 됐습니다.」

형사들은 한참동안 침묵에 싸여 피살자의 뱃속에서 나온 내용물들을 뚫어지게 응시하고 있었다.

이윽고 송계장이 헛기침을 하고나서 질문을 던졌다.

「내장 속에 콘돔이 하나만 들어있던가요?」

의사를 바라보는 그의 눈빛은 의심에 싸여있는 듯이 보였다.

「네, 하나만 들어있었습니다. 또 발견했으면 제가 숨기고 있겠습니까.」

조금 노리어린 목소리로 우박사가 대답했다.

「내장을 모두 조사해보셨나요?」

「물론이죠. 혹시나해서 철저히 조사해봤는데…… 이것 하나밖에 더이상 없었습니다.」

「이런 콘돔이 사람 뱃속에 몇 개나 들어갈 수 있을까요? 15그램짜리 헤로인봉지가 들어있는 콘돔으로 말입니다.」

회색인이 물었다.

「사람에 따라 다르죠. 위의 크기에 따라 많은 차이가 나는데 이 사람은 위가 상당히 크게 팽창되어있어요. 대식가가 분명한데…… 에또, 이 정도 크기라면 반개짜리 콘돔을 백 개 이상은 담을 수 있을 겁니다. 숨쉬기가 좀 불편하겠지만…… 무게라야 얼마 안 되니까…… 맘먹고 삼키면 150개까지도 가능할 겁니다.」

「그럼 백 개만 잡아도 1,500그램…… 1.5킬로 아니야?」

「그렇습니다.」

과장의 놀라는 표정을 보고 조반장이 확실한 어조로 대답했다. 무기력한 그의 표정에도 비로소 생기가 감돌고 있었다.

「1.5킬로면 도대체 얼마야?」

「75억입니다.」

하고 하형사가 재빨리 대답했다.

「뭐, 뭐라구?」

불곰은 어안이 벙벙해서 부하들을 쳐다보았다. 그의 부하들도 하나같이 충격을 받은듯 한동안 말이 없었다.

「싯가로 쳐서 75억이라는 건가요?」

우박사가 처음으로 흥미를 보이며 물었다. 그러나 형사들은 아무도 거기에 대답하지 않았다.

「이 사람, 마약 운반책이었던 모양이죠?」

우박사가 또 물었다. 그 정도의 추리는 누구나 가능한 것이었다. 형사들은 여전히 대꾸가 없었다.

「만일 150개가 들어있었다면 2.5킬로그램…… 싯가로 112억5천…… 후유…… 어마어마하군.」

하형사가 재빨리 머릿 속 계산을 중얼거리면서 한숨을 토하자 다른 사람들도 몸을 움직이면서 머리를 흔들었다.

「이 뱃속에 이 콘돔 하나만 들어있었을까요?」

과장이 기대에 찬 눈으로 우박사를 쳐다보았다. 우박사는 안경 너머로 그를 힐끗 쳐다보고나서 머리를 내저었다.

「글쎄, 그거야 알 수 없지요. 이거 하나만 들어있었는지, 아니면 모두 배설되고 이거 하나만 남아있었는지…… 그거야 알 수 없지요. 흔적이 남아있는게 아니니까요.」

「하나만 들어있었을 리가 없지요.」

새로운 목소리가 어깨 너머로 들려왔다. 새처럼 작고 가는 목소리였다.

모두가 고개를 돌려 그 목소리의 주인을 쳐다보았다.

조그만 사내 하나가 거기에 서있었다. 40대 초반의 영리하게 생긴 사내로 두 눈이 유난히 반짝이고 있었다. 그는 송계장의 연락을 받고 달려온 마약 관계 전문가로 도경에 근무하고 있었다.

「고과장님, 안녕하십니까? 오랜만에 뵙겠습니다.」

그가 거수경례를 하는척 하면서 고개를 숙이자 불곰은 끄덕이면서 손을 내밀었다.

「가만 있자. 이름이 어떻게 되더라?」

「이동수 경사입니다. 지금 도경에 있습니다.」

이경사를 대신해서 송계장이 그를 소개했다.

「아아, 그렇지. 나이가 드니까 이름을 모두 까먹는단 말이야. 늙으면 죽어야 해.」

그렇게 말은 했지만 불곰은 이경사를 어디서 보았는지 기억이 나지 않았다. 잠시 어디선가 한 건물 내에서 자주 마주친 기억은 나는데 직속부하가 아니었기 때문에 그에 대한 구체적인 기억이 살아나지가 않았다.

송계장이 이경사에게 피살자의 배 속에서 헤로인을 발견하게 된 경위를 대충 이야기하자 이경사는 재빨리 모든 것을 파악한 듯 그의 이야기가 채 끝나기도 전에

「이자는 전문적인 마약 운반책 같습니다. 외국에서는 뱃속에 헤로인을 숨겨가지고 운반하는 경우가 흔합니다.」

라고 말했다.

「우리나라에서는 처음인가?」

「이런 경우는 처음입니다.」

그는 사체에 덮여있는 시트를 걷어내더니 찬찬히 그것을 살폈다.

「어? 이건 어떻게 된 겁니까?」

누구나 다 그랬던 것처럼 그 역시 사타구니에 있어야할 것이 보이지 않자 꽤나 놀라는 모습이었다.

「범인이 잘라 먹어버린 모양이야.」

「원, 이럴 수가…….」

「그건 그렇고, 전문적인 운반책이라면 뱃속에 상당히 많이 숨겨놓았을테지?」

「그야 당연하죠. 외국에서는 플라스틱 캡슐 같은 것이 부피가 작기 때문에 그 안에다 헤로인을 숨겨가지고 백개 2백개씩 뱃속에 삼킨채 운반하는 경우가 많았는데 그 캡슐이 가끔씩 뱃속에서 터지는 바람에 운반책이 그대로 죽어버리는 경우가 종종 있었죠. 그래서 터지지 않는 것으로 생각해낸 것이 이 콘돔이죠. 이건 부피가 좀 크긴 하지만 질긴 고무이기 때문에 여간해서는 뱃속에서 터지지가 않거든요.」

「이 콘돔은 부피를 작게 하려고 반으로 자른 모양이지?」

「네, 그렇습니다. 서울에서 마약관계 국제회의가 열렸을 때 이런걸 본 적이 있습니다. 외국 수사관이 보여준 건데 이렇게 반으로 자른 것이었습니다. 여기에다 헤로인을 넣은 다음 이처럼 실로 동여매서 뱃속에다 삼킨다고 했습니다. 대량으로 운반할 때 흔히 쓰는 수법이라고 했습니다.」

「대량으로 운반할 때란 말이지. 이건 15그램이야. 그렇다면 이런걸 몇 개나 삼킬 수가 있지?」

「보통 1백개 이상 삼키는데…… 2백개 이상까지도 삼키는 사람이 있답니다.」

그의 대답은 조금 전 우박사가 한 말과 비슷했다.

「이것 하나만 발견됐습니까?」

「음, 그런 모양이야. 직장 바로 위 여기, S상 결장에서 우박사님이 부검하다가 찾아내신 거야.」

「이것 하나만 뱃속에 숨겨가지고 왔을 리가 없습니다. 15그램

정도면 사실 운반비도 얼마 되지 않고, 조직에서 그런 소량을 운반해달라고 부탁했을 리도 없죠. 적어도 백개 이상은 들어 있었을 겁니다.」

「그렇다면 이것 하나만 남고 모두 증발되었다는 건가?」

「그렇게 볼 수밖에 없죠. 인수자가 배설되기를 기다렸다가 모두 가져갔겠죠.」

새처럼 작고 가는 목소리이면서도 그는 빠른 어조로 막힘없이 말했다.

「이건 왜 안 가져갔을까?」

「배설이 안 되고 있으니까 더이상 기다리지 못하고 갔던가, 아니면 이 사람이 죽어버리는 바람에 그냥 돌아갔는지도 모르죠.」

하고 송계장이 말했다. 이경사도 같은 생각이라는듯 고개를 끄덕였다.

「네, 아마 그랬을 겁니다. 사실 뱃속에 들어있는 것이 언제 배설될 것이라는 정확한 시간은 알 수 없는거 아닙니까.」

「헤로인 그램당 가격은 얼마나 되지? 서울 쪽에 알아봤더니 요즘은 부르는게 값이라고…… 국제 거래가격이 5백만원 정도 갈거라고 하던데…….」

「그 이상 받을 수 있을 겁니다. 국제적으로 단속이 심해지면서 하루가 다르게 값이 폭등하고 있다고 들었습니다.」

「만일 이 자가 콘돔 백 개를 뱃속에 가지고 있었다면 싯가로 얼마인줄 아나? 그램당 5백으로 쳐서 말이야.」

과장이 마약 전문가에게 물었다.

「그거야 간단하지 않습니까. 75억이군요. 150개라면 112억 5천…… 2백개면 150억이군요.」

이경사의 계산은 놀라울 정도로 빨랐다.

「어떤가? 대어라고 생각하나, 보통이라고 생각하나?」

「대어죠. 이건 아주 큰 걸 낚은 겁니다.」

「흥, 행방을 알 수 없는데 낚긴 뭘 낚아.」

하고 계장이 코웃음쳤다.

「피살자 신원은 밝혀졌습니까?」

계장과 과장이 동시에 고개를 흔들었다.

「그렇더라도 아무튼 대량의 헤로인이 제주도에서 증발되었다는 사실을 알게 된 것만도 큰 수확 아닙니까.」

「수확은 무슨 수확이야. 골치덩어리를 떠안은 거지. 덕분에 휴가고 뭐고 다 틀렸지 않아.」

계장이 참지 못하고 쏘아붙였다. 그러나 조그만 이경사는 상대방의 기분 따위는 아랑곳하지 않은채 새 같은 목소리로 계속 말했다.

「하지만 하마터면 모르고 지나쳤을뻔 하지 않았습니까. 이제 알았으니까 그걸 찾아내면 됩니다.」

「어디서 어떻게? 벌써 한국을 빠져나갔을텐데 어떻게 찾는다는 거야?」

「꼭 그렇게 단정할 수만도 없습니다. 한국이 최종 목적지일수도 있으니까요. 요즘 보면 헤로인은 물론 코카인까지도 심심찮게 등장하고 있거든요. 만일 백억대의 헤로인이 한국시장에 풀린다면 그 피해는 이만저만 큰게 아닙니다. 어떻게든 굴러들어온 것을 찾아내야 합니다. 놓치면 안 됩니다.」

「자, 잠깐!」

우박사가 이경사를 제지하고 나왔다.

「난 집에 돌아가야 하니까 내 이야기를 먼저 끝냅시다.」

「아, 그러시죠.」

「아까 하형사한테 대충 설명했지만, 추가로 밝혀진 것도 있고 해서 다시 말씀드리겠습니다.」

법의는 부검결과를 서둘러 설명하기 시작했는데 그 내용은 대충 다음과 같았다.

1. 나이 = 35세 전후

2. 성별 = 남자

3. 혈액형 = AB형

4. 사망시간 = 7월25일 12시 전후

5. 사망원인 = 다량의 아티반 복용에 의한 사망. 성기 절단에 의한 과다 출혈이 사망을 촉진함.

6. 상해부위 = 성기 절단에 의한 상처. 예리한 흉기에 의해 성기가 절단됨으로써 생긴 상처.

7. 키 = 181㎝

8. 지문 = 모두 제거됨.

9. 머리 = 흑발

10. 신체특징 = ㉠절단된 성기에서 실리콘이 발견됨. 발기 상태를 유지시켜주는 실리콘임. ㉡전두골(前頭骨)과 두정골(頭頂骨)사이의 관상봉합(冠狀縫合)을 절단한 흉터가 있음. 뇌수술 자국임. ㉢오른쪽 대퇴골에서 골절 흔적 발견. 골절의 치유 상태가 불완전한 것으로 보아 사망자는 생전에 오른쪽 다리를 약간 절었을 가능성이 있음. ㉣양쪽 팔에 정맥주사를 놓은 자국이 많이 있음. 마약주사를 맞은 자국으로 생각됨. ㉤상악 중절치 2개, 하악 중절치 2개, 측절치 1개, 견치 1개는 모두 의치임.

11. 특별증상 = ㉠위 내용물 중에서 아티반 성분 검출. ㉡혈중

에서 헤로인 성분 검출.
12. 위 내용물 = 식빵, 계란 프라이, 커피, 알콜 등(내용물의 상
    태로 보아 식후 2~3시간 후에 사망한 것으로 추정됨).

「관상봉합이 뭐죠?」
혜실이가 물었다.
우박사는 사체의 얼굴 위로 상체를 굽히더니 앞머리칼을 헤쳐
보였다.
「전두골이란 간단히 말해 눈 윗부분, 그러니까 이마 부분을
말하지. 그리고 두정골은 그보다 더 위쪽, 전두골과 뒤통수 사
이에 있는 머리 맨 윗부분을 말하지. 그런데 두정골은 좌우대
칭으로 구성되어있어요. 관상봉합이란 그러니까 전두골과 두
정골이 봉합되어있는 라인을 가리키는 말로, 사람의 머리통은
한개의 단단한 덩어리로 이루어져있는게 아니고, 15종 23개의
두개골이 자동차처럼 봉합, 즉 단단히 조립되어 이루어져있어
요. 여길 보라구. 이마 위를 좌우로 자른 자국이 있지 않아?
이게 수술자국이야. 뇌수술한게 분명해.」
피살자의 신체 특징으로 뇌수술자국이 있다는 것은 나중에 피
살자의 신원을 밝히는데 있어서 귀중한 증거가 될 수 있는 것이
었다.
「성기에서 실리콘이 발견됐다고 하셨는데…… 전 아무리 보
아도 안 보이는데요.」
하형사가 성기를 들여다보면서 말했다.
의사는 고무장갑을 낀 손으로 성기를 집어들었다.
「난 이 방면의 전문가가 아니라서 자세한 것은 잘 모르지만…
… 잘 아는 후배한테 물어봤더니 임포환자 치료용으로 이런

것을 사용한다고 해요.」

「임포가 뭐예요?」

혜실이가 정색을 하고 물었다. 알고 묻는 것인지, 아니면 일부러 시침을 떼고 묻는 것인지 표정을 보아서는 알 수가 없었다. 남자들의 얼굴에는 금방 웃음이 감돌았다.

「원 세상에 임포도 몰라? 숙녀라면 그 정도는 알고 있어야지.」

하형사가 기다렸다는 듯이 핀잔을 주자 그녀는 그래도 모르겠다는 듯이 고개를 갸우뚱한다.

「모르겠는데요.」

두 눈을 아이처럼 깜박거린다.

「정말 버진은 버진인 모양이네.」

남자들 사이에서 참고 있던 웃음이 터져나왔다. 그녀는 어리둥절해하다가 헤실헤실 웃었다.

「버진이 뭐예요?」

「아니, 버진도 몰라? 이런 제기랄…… 임포는 임포텐스의 준말, 즉 발기불능이란 말이고, 버진은 숫처녀란 뜻이야.」

「아, 그렇군요. 그런줄 알았는데…… 확실히 알아두려고 한번 물어본 거예요.」

헤실헤실 웃는다.

「뭐라고?」

하형사가 눈을 부라리자 송계장이

「안형사는 경찰에 들어올 때 영어시험에서 만점을 받았어. 그런줄 알라구.」

하고 말했다.

갈갈이 찢긴 사체를 앞에 놓고 수사관들은 다시 한번 소리내

어 웃는다. 신경이 무디다기보다는 그렇게라도 하지 않고는 그
앞에서 배겨나기가 힘들기 때문이다.

「자, 여길 봐요. 보이죠?」

우박사가 잘린 부위를 핀셋으로 헤치더니 고무튜브처럼 생긴
가는 가닥 두 개를 찾아내 보여주었다. 그것은 성기 속에 삽입된
채 살과 피에 엉겨있었기 때문에 여간해서는 발견하기가 어렵게
되어있었다.

「그 후배 전문의 말에 따르면…… 이런 실리콘튜브를 삽입해
서 임포환자를 치료하는 수술이 외국에서는 꽤 각광을 받고
있나봐요. 이 실리콘 튜브 속에 염분용액이 주입되어있는데,
귀두 부근에 있는 펌프를 작동시키면 염분용액이 실린더를 통
해 밸브장치가 되어있는 여러 개의 방으로 들어가 실린더와
함께 음경이 팽창한다는 거예요. 종래의 음경발기기구는 설치
가 복잡하고 또 수술시간도 3시간 정도 걸리는 등 불편이 많
았는데, 이것은 그런 난점을 해소했을 뿐 아니라 입원하지 않
고도 설치가 가능하기 때문에 환자들이 많이 선호하나봐요.」

「국내에서도 이런 수술을 하는 곳이 있나요?」

「Y의대 부속병원에서 실시하고 있답니다.」

「그 후배 전문의가 Y의대 부속병원에 근무하고 있습니까?」

「아뇨. 그 사람은 성형 전문인데 서울 강남에서 개업하고 있
었요. 떼돈을 벌었다는 소문이 자자한데…….」

「이름하고 전화번호를 좀 말씀해주시겠습니까?」

하형사는 수첩과 볼펜을 꺼내들고 우박사를 쳐다보았다.

「김창우 성형외과…… 전화번호는…….」

하형사는 의사가 불러주는 것을 재빨리 수첩에 적어넣었다.

우박사는 시트를 다시 무릎 아래로 젖힌 다음 오른쪽 허벅지

안쪽을 들쳐보였다. 거기에는 상처가 꽤 컸을 것 같은 지렁이 같은 흉터가 가로질로 잡혀있었다.

「이건 골절을 수술한 자국이 분명해요. 여기에 메스를 대보지는 않았지만 손으로 만져봐도 뼈의 이음새가 매끄럽지가 못하고 울퉁불퉁해요. 그리고 두 다리를 비교해봐요. 수술이 잘못됐거나 아니면 대단한 중상을 입었거나 그랬을 거예요. 이 사람 틀림없이 구두 한짝은 뒤축이 높았을 거예요. 그리고 이 팔뚝을 좀 봐요.」

우박사는 팔이 접히는 부위를 가리켰다. 그의 말대로 양쪽 팔에는 주사자국이 무수히 나있었고, 그것들은 곰팡이가 슨 것처럼 푸르딩딩한 빛깔을 띠고 있었다.

「그런데 보다시피 오른쪽 팔에 주사자국이 더 많지 않아요?」

「그렇군요. 왼손잡이 아닌가요?」

하형사가 잽싸게 말했다. 의사는 미소를 지었다.

「그래요. 판단이 빠르군요. 왼손으로 자신의 오른팔에 직접 주사를 놓았다고 볼 수 있어요. 피살자는 왼손잡이일 가능성이 커요.」

「특징이 많은 사나이군.」

하고 과장이 중얼거렸다. 그는 부하들을 둘러보더니 이렇게 말했다.

「이 정도면 이름을 몰라도 신원 알아내는거 어렵지 않지 않아?」

「Y의대 부속병원에 가서 수술기록을 찾아봐야겠습니다. 거기서 수술을 받았다면 기록에 인적사항이 나와있겠죠.」

「다리골절 수술한 병원, 뇌수술한 병원, 그리고 의치를 해박은 치과도 조사해서 알아보라구.」

「알겠습니다.」

「그런데 다리골절이나 뇌수술 같은 것은 같은 병원에서 거의 같은 시기에 이루었졌을 가능성이 있다구. 이를테면 교통사고 같은 것을 당해서 중상을 입고 이와 같은 대수술을 받았을 가능성이 크다구. 이 친구, 아마 교통사고를 당했을 거야.」

의사는 사체를 시트로 덮은 다음 남자 간호원을 불러 사체를 치우라고 말했다.

간호원 두 명이 안으로 들어오더니 하품을 하면서 사체를 밖으로 밀고 나갔다.

「이게 헤로인인줄은 어떻게 아셨습니까?」

이경사가 우박사에게 물었다. 의사는 아니꼬운 눈초리로 그를 한번 쳐다보고 나서

「마약에 대해서는 나도 좀 알고 있어요.」

하고 말했다.

「그럼 검사를 해보셨습니까?」

우박사는 거기에는 대답하지 않고 서랍 속에서 조그만 병을 하나 꺼냈다. 병 안에는 자주색의 용액이 들어있었다.

「그게 뭡니까?」

「검사 결과예요. 산성용액에다 헤로인을 타봤더니 이런 색이 됐어요.」

「마퀴스 테스터 방법이군요. 전세계 마약 담당 경찰들이 흔히 사용하는 방법이죠. 손쉽게 헤로인의 진품 여부를 확인해볼 수 있는 방법이죠. 어떻게 이런 방법을 다 알고 계시죠?」

「의사도 마약을 취급하고 있다는거 잘 알고 있을텐데…….」

중얼거리면서 우박사는 새 병을 하나 꺼냈다. 그것은 아무 것도 들어있지 않은 빈병이었다. 다음에 그는 묽은 액체가 들어있

는 큰 병을. 꺼냈다. 수사관들은 그의 움직임을 잠자코 지켜보고
만 있었다. 이경사도 더이상 그에게 말을 걸지 않고 있었다.

「이건 산성용액인데…… 황산이 주성분입니다.」

그는 큰 병에 들어있는 액체를 작은 병에다 조금 따른 다음 이
경사 쪽으로 시선을 돌렸다.

「직접 해보시죠.」

이경사는 우박사 곁으로 다가서더니 헤로인이 들어있는 비닐
봉지 안에서 성냥개비 끝으로 헤로인을 조금 꺼냈다. 그것은 너
무 적은 양이어서 마치 먼지처럼 보였다. 먼지 같은 그 샘플을
그는 산성용액이 들어있는 작은 병에다 떨어뜨렸다. 그러자 병
속의 용액은 순식간에 자주빛으로 변했다. 그것을 보고 이경사
는 흥분해서 말했다.

「이건 진품입니다. 진품일 경우 이렇게 자주색을 띠게 됩니
다.」

그때 한 사내가 땀을 흘리며 안으로 들어섰다. 그는 불곰에게
거수경례를 한 다음 송계장, 이경사 순으로 그들과 악수를 나누
었다.

「지금 어디 있지?」

불곰은 그를 잘 알고 있는듯 했지만 그가 지금 어디서 근무하
고 있는 것까지는 모르고 있는 것 같았다.

「도경에서 함께 일하고 있습니다.」

이경사가 대신 재빨리 대답했다.

뒤늦게 나타난 40대 사내 역시 송계장의 연락을 받고 한밤중
에 달려온 것이었다. 그 역시 마약 수사에 오랫동안 관계해온 수
사관이었다. 현재 경위인 그는 변씨 성을 가지고 있었다.

「아니, 이거 헤로인 아니야?」

　자주색 나는 병을 들여다보면서 변경위가 물었다. 그는 중키에 별 특징이 없는 평범한 사내였다.
「음, 그래. 헤로인이야.」
「진품인 것 같은데…….」
「진품이야. 콘돔 속에 들어있었어. 죽은 사람 뱃속에서 발견한 거야.」
　이경사가 허물없이 변경위에게 그간의 사정을 이야기해주었다. 그들은 친구처럼 가까이 지내고 있는 사이 같았다.
「뱃속에 이거 하나만 들어있었을 리가 없어. 적어도 백 개 이상은 들어있었을 거야.」
　이경사의 이야기를 듣고난 변경위의 반응이었다.
「백억대야, 백억대.」
　하고 과장이 말했다.
「그렇겠는데요.」
　그때 과장이 가지고 있는 휴대용 전화기의 신호음이 울렸다.
　불곰은 「응, 응……」하고 듣기만 하더니 앞장서서 밖으로 나갔다. 그 뒤를 그의 부하들과 마약 전문 수사요원들이 우르르 따라나갔다.
「난 급히 가볼 데가 있으니까 빠진 것이 없는지 다시 한번 찬찬히 체크해보라구. 호텔로 돌아가든지 아니면 다른데로 가서 머리를 맞대고 이야기해보면 좋은 아이디어가 떠오를 거야.」
　불곰이 급한 걸음으로 걸어가면서 말했다.
「양후보건 때문에 가시는 겁니까?」
　송계장이 바싹 뒤따르며 물었다.
「음, 그래. 장관이 오고 있는 모양이야.」
「이 밤중에 뭘로 오죠? 태풍이 지나가긴 했지만 아직 안심할

단계는 아닐텐데요.」

「헬리콥터로 오는 모양이야. 거물들이 총출동했대.」

그들은 병원 건물 밖으로 나갔다.

「거물들이라면……?」

「청장 이하 똘마니들을 모두 데리고 오는 모양이야. 제기랄……
….」

그때 북쪽 하늘로부터 빨간 불을 깜박이며 헬리콥터 두 대가
나타났다.

「저 헬리콥터 아닙니까?」

「음, 그런 모양인데.」

불곰은 뛰다시피 걸어가 차에 올랐다.

두 대의 헬리콥터는 요란스러운 엔진소리로 밤하늘을 휘저으
면서 그들의 머리 위로 낮게 떠서 날아갔다. 헬리콥터와 경주라
도 벌이려는듯 고과장의 차는 빠른 속도로 달려갔다.

「우리는 어디로 가지?」

하형사가 송계장의 눈치를 보면서 물었다.

「배도 출출한데 어디 가서 뭐좀 먹는게 어때요?」

변경위가 송계장을 향해 물었다.

송계장은 고과장과 함께 가지 못한 것이 아쉬운듯 상사의 차
가 사라진 쪽을 바라보고 있다가 고개를 끄덕였다.

「바닷가에 나가 시원하게 한 잔 하는게 어떨까요?」

「포장마차 말이야?」

서형사가 얼굴을 찌푸리면서 하형사에게 물었다.

「과부가 하는 좋은 포장마차가 하나 있어. 생긴지 얼마 안 되
는데 솜씨가 아주 깔끔하다구. 안주도 맛있게 하고.」

「얼굴은 어때?」

하고 조반장이 물었다.

「그야 미인이죠.」

「알만해. 미인이라면 가서 한 번 구경해보는 것도 괜찮겠지.」

「아주 근사한 여자예요. 특히 이 부분이…….」

그가 두 손으로 가슴이 부푼 모습을 만들어보이자 안점희가
손으로 입을 가리면서 허리를 틀었다.

「하선배님은 하여간 알아줘야 해요. 저도 따라가서 그 과부를
한 번 구경하고 싶은데요.」

「거기 가면 깊은 이야기를 나눌 수가 없잖아? 다른 손님들도
있을텐데 말이야.」

송계장이 별로 내키지 않는 표정으로 말했다.

「우리가 전세내면 됩니다. 다른 손님들은 제가 쫓아버리겠습
니다.」

「과부 앞에서 수사 비밀을 이야기해도 되겠어?」

「그 여자 신경쓸건 없습니다. 아주 믿을만한 여자입니다. 신
경이 쓰이면 암호를 사용하면 되지 않습니까.」

「한 번 가보죠.」

변경위가 호기심을 보이자 계장은 마지못한듯 차에 올랐다.

밤하늘은 더욱 맑아져있었다. 구름 한 점 없는 맑은 밤이었다.
별들은 유난히도 영롱한 빛으로 빛나고 있었다. 그 영롱한 빛들
을 쳐다보고 있으려니 몸이 두둥실 떠올라 하늘로 빨려드는 것
만 같다고 점희가 말했다. 바다로부터는 소금기 머금은 시원한
바람이 계속 불어오고 있었다.

배들이 정박해있는 포구 쪽에는 불빛이 휘황하게 밝혀져있었
다. 가로등 불빛도 밝았지만 어선들도 일제히 불을 밝히고 있었
다.

「우리만 잠 안 자는줄 알았는데 어부들도 잠 안 자나보지?」

차는 포구로 이어져있는 꼬불꼬불한 길을 내려가고 있었다.

「태풍이 지나갔으니까 출어준비를 하고 있는 거야. 어부들은 바쁘다구. 어장으로 가는 동안 눈을 좀 부친다구.」

선창에는 몇 개의 포장마차가 여기저기 자리를 잡고 있었다. 주로 어부들이나 낚시꾼들이 포장마차를 차지하고 있었는데, 하 형사가 안내한 과부 포장마차에도 서너 명의 손님들이 앉아있었 다. 그들은 외지에서 온 낚시꾼들인듯 얼굴색이나 차림새 같은 것이 윤기가 흐르고 여유가 있어 보였다.

젊은 과부는 하형사를 보자 반갑게 인사했다.

「아줌마 보고 싶어서 또 왔어요. 이번에는 귀한 손님들을 모 시고 왔으니까 잘 부탁해요.」

거만한 눈길로 쳐다보는 외지인들을 묵살하면서 하형사는 일 부러 요란스럽게 떠벌렸다. 계속 그렇게 요란스럽게 굴다보면 상대 쪽에서 시비를 걸어오든가 아니면 슬그머니 자리를 피하기 마련이다.

그들이 자리를 잡고 앉자 포장마차 안이 꽉 들어찼다. 외지인 들은 못마땅한듯 막 몰려들어온 사람들을 흘끔흘끔 쳐다보다가 애써 외면하면서 하던 이야기를 계속했다.

「아줌마, 소주 세 병하고…… 닭똥집 볶은 것 두 접시…… 오 징어회 두 접시…… 그리고 에또…… 마셔가면서 또 시킬께 요.」

하형사는 일행한테 물어보지도 않고 자기 마음대로 술과 안주 를 시켰다. 그는 언제나 그런 식이었다.

「기가 막힌 미인이구나.」

서형사가 그의 귀에다 대고 속삭이자 그는 흐흐하고 웃었다.

하형사를 제외한 일행은 과부의 얼굴을 하나같이 멍청한 표정을 지은채 쳐다보고 있었다.

그녀는 곰보였다. 살짝 얽었다면 그런대로 좋게 봐줄 수도 있지만 너무 지나치다할 정도로 빈틈 하나 없이 얽어있었다.

「야, 생기긴 저렇게 생겼어도 몸매 하나는 끝내준다. 가슴하고 허리를 보라구. 히프도 얼마나 근사해. 넌 여자 볼줄을 몰라.」

하형사의 속삭이는 변명에 서형사는 고개를 끄덕였다.

「알았다, 알았어. 너나 많이 감상해라.」

「저 새끼들 외지에서 온 것 같은데 왜 늦게까지 여기 버티고 있는줄 알아? 다 생각이 있어서 그러는 거야. 저 새끼들 계속 곰보 히프만 쳐다보고 있다구. 짜식들, 보는 눈들은 있어가지구 말이야.」

「알았어, 알았다니까.」

「아줌마, 오늘 많이 팔았수?」

그녀는 서른 안팎으로 보였다. 곰보만 아니라면 어디에 내놓아도 빠지지 않을 얼굴이었다.

「별로 못 팔았어요.」

그녀는 안주거리를 만드느라고 부산하게 움직이고 있었다.

「아줌마, 장사 안 된다고 남자들 유혹하면 안 돼요.」

「아이, 그러지 않아요. 장사 안 하면 안 했지 어떻게…….」

곱게 눈을 흘긴다는 것이 얼굴을 더욱 밉상으로 만들어놓았다.

「남자들이란 다 도둑놈들이에요. 그렇게 보면 틀림없어요. 제사보다는 젯밥에 더 관심이 있다구요. 그렇지 않아요? 술은 마시지 않고 아줌마한테 수작거는 놈들 많죠?」

「아이, 저 같은 여자를 누가 거들떠보기나 하나요.」

「저,저거 보라구. 아줌마는 모른단 말이야. 자신의 매력이 어디 있는지를 모른단 말이야. 내가 기회 있으면 조용한데 가서 아르켜줄께요. 이 포장마차에 남자들이 끓는 이유를 아줌마는 몰라요. 다 생각이 있어서 오는 거니까 조심하라구요.」

하형사는 외지인들의 눈초리가 차갑게 번득거리기 시작하는 것을 느끼면서 거침없이 지껄여댔다.

그의 일행은 재미있다는 듯이 그를 쳐다보고 있었지만 곰보여인은 중간에서 안절부절 못하고 있었다.

「그거 너무 지나친 말씀 아닙니까?」

외지인들 가운데서 성미가 급해보이는 사내 하나가 몸을 일으키면서 말했다.

「뭐 말입니까? 난 이 아줌마하고 이야기하고 있는 겁니다.」

하형사가 시침을 떼자 사내는 벌겋게 달아오른 얼굴로 삿대질을 했다.

「우리 들으라고 한 말 아닙니까? 뭣 때문에 시비거는 겁니까?」

「이거 보슈. 시비는 무슨 시비를 걸었다는 거유? 이 양반이, 난 이 아줌마하고 이야기하고 있는데 왜 당신이 나서서 야단이야? 당신 들으라고 한 말 아니니까 오해하지 말아요.」

하형사도 몸을 일으켜 맞받아치자 사내는 조금 주춤해진다. 그러자 그의 일행들이 한꺼번에 일어나 사내를 끌고 밖으로 나갔다. 싸움이 일어나면 아무래도 자신들이 불리할 것이라고 판단했던 모양이다.

「어떻습니까?」

하형사가 히죽 웃어보이자 형사들은 자리를 넓게 잡으면서 고개를 끄덕였다.

「보통 솜씨가 아니군.」

계장의 말에 서형사가

「아주머니 장사를 방해해서 어떡 하지?」

하고 말했다.

「아줌마, 그건 걱정하지 마세요. 우리가 많이 팔아드릴테니까 요. 이제부터 여긴 우리가 전세냈으니까 다른 사람은 일절 받 지 마세요. 알았죠?」

곰보 여인은 모기소리만하게 작은 목소리로 「네」하고 대답했 다.

하형사는 술 마시는 것도 단연 1위였다. 다른 사람들이 소주 한 잔을 앞에 놓고 시간을 때우고 있을 때 그는 벌써 석잔째 술 을 마시고 있었다.

「그 물건이 국내에서 소비될게 아니고 한국을 거쳐갈 물건이 라면 이미 밖으로 빠져나갔을지도 모릅니다. 하지만 아직 국 내에 있다고 보고 공항과 항만을 철저히 체크할 필요가 있습 니다. 출국자와 짐을 빠짐없이 체크해야 합니다.」

변경위의 말이었다. 그의 뒤를 이어 이경사가 새소리 같은 목 소리로 말했다.

「만일 그것인 국내용이라면…… 불심검문을 강화하고 전과자 를 중심으로 수사를 펴야 합니다.」

「그쪽은 두 사람이 잘 아니까 둘이서 책임지고 알아봐요. 백 억대의 물건이 만일 국내시장에 상륙했다면 틀림없이 무슨 정 보가 있을 거란 말이야. 소문이 안 날리 없어.」

송계장이 술잔을 만지작거리면서 마약 전문가들을 쳐다보았 다.

「알겠습니다. 국내 정보망을 총동원하려면 아무래도 서울 쪽을 움직여야 합니다. 그럴러면 상부에서 강력한 지원요청을 보내야 합니다. 국내 정보망을 총동원하면 뭔가 걸려드는게 있을 겁니다.」

변경위의 말은 제주도 정도의 정보망 가지고는 마약 세계에 접근해서 첩보를 얻어낸다는 것이 거의 불가능하다는 뜻이었다. 그것은 수사관이면 누구나가 인정하는 일이었다.

사실 제주도는 우선 지리적으로 마약이 뿌리를 내릴 수 있는 지역이 못 된다. 그 점에서 국내 어느 지역보다도 깨끗한 곳이라고 할 수 있었다. 어쩌다 마약 복용자가 한두 명 걸려들 때가 있기는 하지만 도내에 근거를 둔 밀매조직 같은 것은 존재하지도 않았고 존재한 적도 없었다. 마약에 손을 대고 있는 사람들 입장에서는 제주도라는 곳이 시장성도 없을뿐 아니라 바다에 둘러싸여있어 쫓기게 될 경우 독 안의 쥐 신세가 되기 십상인데 굳이 그곳에 근거를 두어 위험을 감수할 필요가 없었을 것이다. 사정이 그러하니 아무리 마약 전문 수사관이라 하더라도 섬 안에 있는한 제대로 된 정보망을 가지고 있을 리가 없었다. 왜냐하면 그런 정보망이 필요가 없을테니까.

「그렇게 되면 전국적인 수사가 될텐데…… 너무 시끄럽지 않을까?」

계장이 난처한듯 주위를 둘러보았다.

손님들이 주문한 안주를 모두 차려내놓은 곰보는 자리에 앉아 손님들이 주고 받는 말에 귀를 기울이고 있었다. 그것을 보고 하형사가 주의를 주었다.

「아줌마, 우리가 하는 말…… 기억하고 있어도 안 되고 다른 사람한테 말해줘도 안 돼요. 비밀을 지켜야 해요. 우리가 무슨 일을 하는지 알겠지요?」

「네, 그럼요. 듣고 있기는 하지만 무슨 말씀들을 나누는지 전 잘 모르겠어요.」

「그럼 됐어요.」

「전국적인 수사가 되더라도 할 수 없지 않습니까. 어차피 여기 수사력 가지고는 한계가 있으니까요.」

변경위가 송계장을 향해 말했다.

송계장은 무겁게 고개를 끄덕였다.

「물건이 워낙 크다보니까 모두가 군침을 흘릴거란 말이야. 서로 경쟁을 벌리다보면 협조도 잘 안 될거고…… 뒤죽박죽이 될텐데.」

물건이 크다는 것은 사건이 크다는 것을 의미한다. 사건이 크면 그것을 해결하는 수사관에게는 그만큼 일계급 특진 등 포상이 따르게 된다. 그러니 서로간에 경쟁을 벌일 수밖에 없게 된다. 사회악을 척결하기 위해서라기보다는 어떻게든 자신이 그것을 해결하여 포상을 받으려는 경쟁심리가 크게 작용하게 된다. 그리고 경쟁이 심하다보면 공조체제는 무너지고 수사 자체가 엉망이 되어버리는 경우가 허다하다.

「그래도 할 수 없지 않습니까. 아쉬운 것은 이쪽이니까요.」

그러한 사정을 잘 아는 조반장이 말했다.

「저희 수사력만 가지고 은밀히 수사할 수는 없지 않습니까.」

하고 이경사가 말했다.

「알았어. 서울로 보고를 올려 지원을 요청하지.」

「그 물건이 국내 소비용이라면 지금쯤 이 제주도에는 없을 겁니다. 까마귀가 죽은 것이 25일 정오경이라니까 바퀴벌레는 그날 오후에 물건을 가지고 제주도를 빠져나갔을 가능성이 큽니다.」

서형사가 말했다. 까마귀는 피살자를, 바퀴벌레는 범인을 가리키는 말이었다. 다른 사람이 듣는 앞에서 사건에 관계되는 이야기를 할 때에는 흔히 이런 식으로 이야기한다. 그들은 자기들끼리만 통할 수 있는 은어들을 가지고 있었다.

「여기를 빠져나갔다면, 어디로 갔을까?」

회색인이 하품을 하며 혼잣말처럼 물었다.

「사람들이 많은 곳, 대도시로 갔겠죠. 서울에 잠입했을 가능성이 제일 큽니다. 서울에는 그 물건 좋아하는 사람도 많고, 그 조직도 거의 그쪽에 몰려있으니까요.」

변경위의 말이었다.

바람에 포장마차가 한번 심하게 흔들렸다.

「바퀴벌레는 25일 오후에 제주도를 떠난 사람들 가운데 섞여있을 겁니다.」

하고 하형사가 말했다.

「제주도를 떠난 사람이 어디 한 둘이야?」

송계장이 퉁명스럽게 물었다.

「부산행 승객 가운데 있을 겁니다. 범위를 부산행 승객으로 좁히면 수사대상이 상당히 줄어듭니다. 그중에서 남자들을 제외시키면 더욱 줄어듭니다.」

「전화 걸어온 그 갈매기에게 단단히 반한 모양이에요.」

서형사가 엄지손가락으로 하형사를 가리키며 빈정거렸다.

「그래서 부산에 가는거 아니야. 25일 오후 부산행 비행기나 배로 제주도를 빠져나간 사람들을 일단 모두 조사해야 합니다. 태풍 때문에 모든 교통편이 묶인 것이 25일 밤부터였으니까 사실 제주도를 빠져나간 사람 수는 그렇게 많지 않습니다.」
「자네들은 부산에 가봐야 하니까 그 관계는 우리가 알아보겠어. 여행자 신고카드가 모두 비치되어있으니까 체크하는건 어렵지 않아. 조반장이 맡아서 처리하지.」
「알겠습니다.」
조반장이 무기력한 목소리로 대답했다.
「바퀴벌레가 한 마리라고 단정할 수도 없고, 그들이 모두 부산으로 갔다고 볼 수도 없어. 따라서 부산으로 간 승객뿐 아니라 다른 곳으로 간 사람들, 그러니까 25일 어느 시점부터 태풍 때문에 교통편이 묶이기 전까지 제주도를 떠난 사람들 모두를 조사하란 말이야. 가능한한 범위를 넓게 잡고 시작하란 말이야.」
「그렇게 하겠습니다.」
「까마귀 사진도 많이 뽑아둬.」
송계장의 눈빛이 기민하게 움직이고 있었다. 그는 처음에는 언제나 관망하는 자세이다가 뒤늦게야 발동이 걸리곤 한다.
계장은 마약전문 수사관들 쪽으로 시선을 돌렸다.
「까마귀는 특징이 많기 때문에 그 바닥에 정보원을 풀어놓으면 무슨 첩보라도 걸려들거야. 다른 것은 속에 감추어져있기 때문에 아는 사람이 적을지 몰라도 오른쪽 다리를 저는 것은 겉으로 드러난 것이기 때문에 많은 사람들이 봤을거란 말이야.」
「그렇죠. 그 점을 강조해서 탐문수사를 벌리면 걸려드는게 있으리라고 봅니다.」
이경사의 대답이었다.
「그건 그렇고…… 병원 쪽은 어떻게 손을 대야 할지…….」

조반장이 다른 사람들이 대신 말해주기를 바라는듯한 표정으로 말끝을 흐렸다.

「병원 쪽은 정말 너무 범위가 넓은데요. 까마귀가 외지인이라면 틀림없이 대도시에서 수술을 받았을텐데요.」

적은 수사인원으로 전국 대도시의 병원들을 어떻게 다 일일이 찾아다니느냐는 말이었다. 그렇게 말한 사람은 안점희였다.

「일년이 걸리더라도 찾아내야지. 그게 바로 우리가 할 일이니까. 아무리 첨단과학시대라고 하지만 역시 수사는 발로 뛰지 않으면 안 돼. 가만히 앉아서는 아무 것도 해결할 수 없어.」

「하지만 머리를 쓰면 그런 노력을 많이 줄일 수가 있잖아요. 얼마든지 줄일 수가 있다고 보는데.」

그녀의 당돌한 말에 모두가 계장의 눈치를 보았다.

그는 기계적으로 일을 처리하고 부하들 앞에서 조금치도 빈틈을 보이지 않는 사나이다. 그래서 부하들 사이에서 그는 독일인으로 통하고 있었다.

「그렇다면 안형사가 그 좋은 머리를 한번 써보지 그래. 수재라면 얼마든지 헛수고를 줄일 수 있는 아이디어를 내놓을 수 있을거 아니야.」

다분히 빈정거리는 투로 독일인이 말했다. 헤실이의 얼굴에 당황한 빛이 나타났다.

「제 말은 낭비를 줄이고 효과적으로 인원을……..」

「그래. 알았다니까. 여기 있는 사람치고 그런 생각 안 하는 사람 없어요. 좋은 아이디어를 내놔보라니까.」

「그렇게 재촉하시니까 갑자기 생각이 나지 않습니다. 하지만 병원 쪽은 우선 급한대로 서울 강남에 있는 김창우 성형외과와 Y의대 부속병원부터 먼저 찾아가보는게 순서라고 생각합

니다. 거기서 실패하면 그 다음 단계로 다른 병원들을 방문하
는 겁니다.」

헤실이는 웃지 않고 말했다. 그녀가 헤실헤실 웃지 않고 정색
을 하고 말할 때는 아주 야무져보인다. 그러다가도 헤실거리며
웃으면 그 야무져보이던 모습이 일시에 무너져버린다.

「그건 나도 생각하고 있었어. 그 정도의 순서는 모두 알고 있
어요. 그런데 거기는 누가 가보지? 안형사가 직접 가보는게
어때?」

안점희는 눈을 휘둥그렇게 떴다.

「제가요? 전 부산에 가기로 돼있는데요.」

「부산에 들렀다 가면 되잖아.」

「저 혼자서요?」

「왜 혼자 가면 안 돼나? 호랑이 굴 속에 들어가는 것도 아니고
병원에 가서 의사 만나보고 오는건데 여러 명이 줄줄이 갈 필
요없잖아. 낭비를 막기 위해서라도 그런 일은 혼자서 처리하
는게 좋아.」

한대 얻어맞은 안점희 순경은 더이상 대꾸하지 못하고 그만
입을 다물어버린다.

「현장을 다시 한번 철저히 점검해. 까마귀와 동행이었던 여자
를 목격한 사람이 틀림없이 있을 거야. 사람 눈에 전혀 띄지
않고 호텔방에 출입할 수는 없으니까 말이야. 25일 아침 벨맨
이 식사를 들고 호텔방 안에 들어갔을 때 방 안에 여자는 보이
지 않았지만 여자 옷가지와 소지품 같은 것이 있었다고 증언
했어. 그렇다면 그 벨맨은 그 옷가지가 어떻게 생겼는지, 그리
고 또 소지품이 어떻게 생겼는지 어느 정도 기억하고 있을거
란 말이야. 본래 사람들은 남의 물건에 대해 호기심이 많은 법

이거든. 그 점에 대해 그 벨맨한테 물어보았나?」

독일인의 차가운 시선이 하형사의 눈을 응시했다.

「그건 아직 알아보지 못했습니다. 거기까지는 미처 생각이 미치지 못했습니다. 즉시 가서 알아보겠습니다.」

하형사가 당황해서 술잔을 내려놓고 금방이라도 달려나갈듯이 자리에서 일어나자 계장은 미소를 지으며 손을 들어 그를 제지했다.

「이봐, 술마시다가 어디를 가겠다는 거야? 나중에 가도 늦지 않으니까 부산떨지 말고 앉으라구. 술취해서 차 몰고 가겠다는 거야? 그 따위로 차 몰고 가다가는 장가도 못 가고 황천에 간다구.」

하형사가 아뭇 소리 못하고 도로 자리에 앉는 것을 보고 서형사가 한 마디 보탰다.

「이 친구는 술마시고도 운전을 아주 잘 합니다. 소주 다섯 병 마시고도 한밤중에 시속 백 킬로 이상으로 달리는데요. 안 취했을 때보다도 더 잘 달리는데요 뭐.」

그것은 사실이었다. 하형사가 잔뜩 취해서 종횡무진 차를 몰고가는 모습은 교통경찰들 사이에서 가십거리로 등장한지 이미 오래된 일이었다. 그렇다고 같은 경찰 입장에서 단속할 수도 없는 일이라 그냥 모른체 하고 눈감아주고 있었다.

「그걸 자랑이라고 하는 거야? 음주운전 단속이 심하다는거 잘 알고 있으면서 남보다 먼저 법을 지켜야할 경찰관이 오히려 앞장서서 그런 짓을 하고 다녀? 여기가 무법천지인줄 알아? 그런 짓 하다가는 제명대로 못 살아. 자넨 죽어도 상관없지만 다른 사람 목숨까지 데리고 갈 자격은 없지 않아!」

갑작스러울 정도로 준렬하게 꾸짖는 바람에 하형사는 몸둘 바를 몰라하며 고개를 떨구었다.

「앞으로는 조심해서 운전하겠습니다.」

서형사와 혜실이가 손으로 입을 가리면서 웃는 것을 보고 하형사는 눈을 흘겼다.

「교통계에 연락해서 앞으로는 사정 보지 말고 철저히 단속하라고 할 거야. 선진국에서는 장관은 물론이고 수상 차도 법규를 위반하면 단속에 걸린다구. 일개 형사 나부랑이가 특혜를 누리면서 그러고 다녀도 되는 거야?」

「트, 특혜를 누린건 아닙니다. 아무튼 앞으로 조심하겠습니다.」

「한국인은 평등하게 살려고 하지 않고 남과는 다른 대접을 받으려고 해서 큰 일이란 말이야. 그게 바로 촌놈 근성인데……국가 발전의 가장 큰 저해요인이라고 할 수 있지.」

서형사가 누구에게랄 것 없이 말하자 하형사의 두 눈이 찢어질듯이 그쪽으로 돌아갔다.

빈 소주병이 어느 새 열 개 가까이 늘어나고, 안주도 계속 바뀌고 있었지만 그들은 그만 일어날 기미를 보이지 않고 있었다.

안점희의 얼굴도 빨갛게 달아올라있었고, 그 얼굴에 계속 헤실헤실 웃음이 감돌고 있었다.

「백억대의 물건이라면 엄청난 양인데…… 외국에서 들어온게 틀림없습니다. 국내에서는 지금까지 그런 물건을 대량 생산한 적이 없습니다. 우선 원료도 없을 뿐만 아니라 제조기술도 없거든요.」

변경위가 화제를 도로 수사 쪽으로 돌렸다.

「그건 어떻게 만들지?」

하고 독일인이 물었다.

「원료는 아편입니다. 양귀비에서 추출한 생아편을 가공한 모르핀을 다시 정제해서 만듭니다. 가공한 모르핀을 정제시키면 천연마약성분인 알카로이드가 나옵니다. 그것을 초산과 함께 가열, 화학반응을 통해 만든 반(半)합성품 마약이 바로 H입니다. 속어로 히스맥(H'smack)이라고 불리기도 하죠. 히로뽕, 아편, 코카인, 염산메틴 등 다른 습관성 마약보다 환각효과가 크고 적은 양으로도 금단 현상을 일으키기 때문에 마약의 왕이라고 불리고, 그 때문에 값도 제일 비쌉니다. 색깔은 생산지에 따라 다른데, 동양 것은 비교적 밝은 색으로 품질이 우수하고, 멕시코산은 다소 어두운 색에 순도가 낮습니다.」

「어떻게 사용하지?」

「히스맥 가루를 스푼에 담아 증류수로 가열해 녹인 다음 팔의 정맥에 주사하거나 흡입하기도 하고, 피하주사를 놓기도 합니다.」

「주 생산지는 어디야?」

「아편의 최대 경작지는 아시아입니다. 태국·미얀마·라오스 접경지대, 이른바 황금의 삼각지대와 이란·아프카니스탄·파키스탄 접경지대인 황금의 초승달지대가 최대 경작지입니다. 따라서 H도 그 두 곳에서 제일 많이 생산되죠.」

다른 쪽에 있는 포장마차로부터 노래소리가 들려오고 있었다. 남자들이 거친 음성으로 유행가를 부르고 있었다.

가까운 곳에서 뱃고동소리가 들려왔다. 개짖는 소리가 요란스럽게 들려오다가 사라졌다.

독일인은 첫번째의 술잔을 그대로 가지고 있었다. 술잔에는 처음 따른 술이 반 이상이나 남아있었다. 그는 누구에게 술을 권하지도 않았고 다른 사람이 권하는 술잔을 받지도 않았다. 그는

시종 흐트러진 구석 하나 없이 단정한 태도로 앉아있었다. 그가
잔기침을 몇 번 하고 나더니 조반장을 쳐다보며 입을 열었다.
「아무튼 피살자의 신원부터 밝혀야 하니까 전력을 기울여 신
원을 알아내라구. 사람은 죽었지만 피살체는 우리한테 많은
것을 이야기해주고 있잖아. 왼손잡이에다 팔에는 마약주사를
맞은 자국이 시퍼렇게 나있고, 한쪽 다리를 저는 절름발이야.
그뿐이 아니고 뇌수술을 받은 흉터도 있고 성기수술도 했어.
의치도 해박고 말이야. 이 정도면 신원을 알아내는건 시간문
제야. 마약 전과자들한테 물어보면 금방 알아낼 수 있을 거야.
피살자가 그 바닥에서 굴렀다면 틀림없이 알아보는 사람이 많
을 거야. 병원 쪽도 마찬가지야. 성기수술이나 뇌수술은 특수
한 거니까 알아내는게 별로 어렵지 않을 거야.」
「첫 비행기로 서울에 올라가겠습니다. 서울에 가서 알아보면
되겠죠.」
하고 변경위가 말했다.
「안형사도 부산에 들르지 말고 바로 서울로 올라가라구. 우물
쭈물할 시간 없어.」
헤실거리던 점희의 얼굴이 금방 울상이 되었다.
「어머나, 계장님. 어쩌면 그럴 수가…… 부산에 들러 범인을
체포하면 굳이 서울까지 올라갈 필요 없잖아요.」
그녀의 머리 속은 부산 해운대 바다 속에 첨벙 뛰어드는 생각
으로 가득 차있었는데 그것이 무참히 깨어지는 바람에 그녀는
몹시 당황하지 않을 수 없었다.
「부산에 도착하자마자 곧바로 범인을 체포할 수 있을 것 같
아? 범인이 날 잡아가달라고 기다리고 있을 것 같아? 어림도
없는 소리 하지 마. 부산 쪽은 하형사한테 맡기고 첫 비행기로

올라가. Y의대부속병원에 가서 성기수술한 기록들을 뒤져보
라구.」

점희는 무참한 표정으로 듣고 있다가 하는 수 없다는듯 한숨
을 내쉬고 이렇게 말했다.

「네, 그렇게 하겠습니다. 서울서 일을 끝내고 부산으로 내려
가도 되나요?」

「서울서 일이 없으면 부산으로 내려가 하형사 팀과 합류해도
좋아.」

「서귀포 달밤이 하도 좋아 까마귀를 죽였다…… 그것 참, 아
무래도 묘한 말이란 말이야.」

하형사가 고개를 갸우뚱하며 혀꼬부라진 소리로 혼잣말처럼
중얼거렸다.

7. 訊　問

　사면이 두꺼운 콘크리트벽으로 차단된 지하의 방 속에 그는 갇혀있었다.

　방 가운데는 낡은 철제 책상이 하나 놓여있었고, 그 주위에는 여러 개의 의자들이 무질서하게 나뒹굴어있었다. 바닥에는 각목, 새끼손가락 굵기의 줄, 찌그러진 주전자와 바께쓰 같은 것들이 아무렇게나 널부러져있었다.

　방의 출입구는 육중해보이는 철제문으로 막혀있었다. 그 문의 상부에는 조그만 구멍이 하나 나있었는데 안에 갇혀있는 사람의 움직임을 감시하기 위해 만들어놓은 것 같았다.

　방 안은 천정 가운데에 환기장치가 하나 있을뿐 밀폐되어있었기 때문에 몹시 더웠다.

　책상 옆에는 거구의 사나이 두 명이 앉아있었는데, 한 명은 팔없는 런닝셔츠 바람으로, 다른 한 명은 아예 웃통을 모두 벗어버린채 앉아있었다. 그런데도 불구하고 그들은 계속 땀을 흘리고 있었다. 선풍기 한 대가 그들쪽으로 바람을 보내고 있었지만 땀을 식히는데는 아무런 도움이 되지 못하는 것 같았다. 그들은 혹시 있을지도 모를 사고에 대비해서 범인을 감시하기 위해 그곳에 대기하고 있었다.

「벌써 4시야.」

벌거숭이 사내가 손목시계를 힐끗 들여다보고 나서 말했다. 그러고나서 그는 졸려죽겠다는듯 길게 하품을 했다.

시계는 정확히 7월 27일 새벽 4시 4분을 가리키고 있었다.

집권여당의 차기 대통령 후보인 양대식이 괴한의 공격을 받은 것은 하루 전인 26일 오후 2시경이었다. 그때부터 그들은 현장에서 체포된 범인한테 줄곧 매달려있었다. 범인이 묻는대로 모든 것을 술술 불었다면 이렇게 밤을 꼬박 새면서까지 그곳에 대기하고 있을 필요가 없었다.

「저 새끼를 그냥 작살내버릴까?」

벌거숭이 사내가 튀어나온 배를 쓰다듬으며 말했다. 그는 손이 근질거리는듯 슬슬 몸을 일으키고 있었다.

「안 돼! 잘못하다가 죽어버리면 어떡 할려고 그래.」

팔없는 런닝셔츠를 입고 있는 수사관이 고개를 가로저었다. 그의 런닝셔츠는 땀에 후줄근하게 젖어있었다. 그는 허우대가 아주 커보였고, 오른쪽 팔뚝에 해골 문신이 그려져있었다.

범인이 신문에 제대로 협조하지 않고 묵비권을 행사하거나 계속 거짓말을 해대면 신문하는 쪽은 화가 치밀기 마련이고, 신문이 지지부진한데 대해 상사로부터 심한 질책까지 받게 된다. 그 결과 범인의 입을 열게 하기 위해 비상수단으로 고문을 자행하게 되는데, 그것이 별 성과도 없이 오히려 범인을 죽게 하는 불상사가 종종 발생하는 바람에 최근 들어 고문행위는 엄격히 금지되어있었다. 고문으로 피의자가 숨지게 되면 인권단체들이 들고 일어나고 언론에서도 대서특필하기 때문에 고문자는 형사처

벌을 받는 것은 물론이고 도덕적인 면에서도 생매장되기 마련이
다. 그래서 요즘의 수사관들은 과거처럼 심한 고문은 삼가하고
적당한 선에서 신문을 끝내곤 한다.

보다 노련한 수사관일수록 자기자신을 위해서 적당히 신문을
얼버무리는 경향이 농후했다.

그러나 이번 경우는 적당히 넘길 수 없는 중대한 사건이었다.
상부로부터는 사정 보지 말고 범인을 엄중히 신문하여 빠른 시
일 내에 그 결과를 보고하라는 독촉이 빗발치고 있었다. 상부로
부터의 지시사항 가운데에는 수사결과를 극비에 부치라는 내용
도 포함되어있었다.

현재 국내 전 매스컴의 촉각은 제주도에 쏠려있었다. 양후보
를 수행 취재중이던 기자들은 물론이려니와 날이 새면 첫 비행
기로 몰려올 기자들까지 생각하면 범인을 노출시키지 않고 거기
에다 또 수사결과까지 극비에 부친다는 것은 여간 어려운 일이
아니다. 외신기자들까지 제주도로 몰려올 것이라는 정보가 들어
오고 있었기 때문에 수사진은 대책마련에 부심하고 있었다.

이번 사건은 무엇보다도 선거를 눈앞에 두고 일어난 것이었기
때문에 정치적으로 매우 민감한 사안이 아닐 수 없었다. 수사결
과가 어떻게 나오느냐에 따라 입후보자의 당락에 결정적인 영향
을 끼칠 수 있는 사건이기 때문에 수사를 담당하고 있는 쪽에서
는 수사결과를 함부로 발표할 수도 없는 난처한 입장에 빠져있
었다. 그렇다고 전 국민적인 관심사를 발표를 미루면서 언제까
지고 숨기고 있을 수 만도 없는 일이었다.

현재 수사는 양후보 경호진과 경찰 합동으로 진행되고 있었
다. 하지만 그것은 형식적인 것일뿐 경찰은 뒷전에 물러나있고
양후보 경호진이 거의 독단적으로 범인을 신문하고 있었다. 경

찰 입장에서는 자신들이 철저히 무시당하고 있는데 대해 심히
불쾌하고 모욕감까지 느끼고 있는 형편이었지만 그렇다고 양후
보 경호진의 살기등등한 기세를 꺾을 수 있는 처지도 못되었기
때문에 어떻게 되어가는지 두고보자는 식의 극히 냉소적인 태도
로 수사진행 상황을 지켜보고 있었다.

양후보 경호진은 경호업무가 주된 일이기 때문에 범인을 신문
하는데는 서투를 수밖에 없었다. 범인의 심리상태나 건강상태
같은 것은 전혀 염두에 두지 않고 처음부터 무턱대고 고문을 가
하는 바람에 범인의 모습은 보기에 끔찍할 정도로 만신창이가
되어있었다. 경찰은 그들의 무지막지한 손찌검에 혀를 내두르면
서 범인이 제발 비밀을 안은채 죽지 않기만을 바랄 수 밖에 없었
다.

경호진도 뒤늦게야 범인이 고문에 견디지 못하고 죽어버릴지
도 모른다고 생각했음인지 더이상의 고문을 삼가한채 초조한 빛
을 보이기 시작하고 있었다.

「하여간 질긴 놈이야. 저렇게 질긴 놈은 처음이야.」

「제깐 놈이 질겨봤자지 뭐. 버텨봤자 자기만 손해야. 어차피
처벌받을 거니까 속시원히 털어놓으면 매라도 덜 맞지.」

「암살 미수범은 동정도 못 받는다구. 맞아죽어도 아무도 눈
하나 까닥하지 않을걸.」

양후보 경호원들은 범인 쪽으로 슬슬 다가갔다.

「죽으면 파묻어버리면 돼.」

「파묻을 것까지도 없어. 바다에 던져버리면 상어가 맛있게 잡
수실텐데 뭐.」

범인이 들으라고 한 말이었지만 그는 꼼짝도 하지 않고 죽은
듯이 누워있었다.

범인은 시멘트 바닥에 누워있었다. 온몸은 벌거벗기워져 있었고, 성한데라고는 한군데도 없이 온통 피멍이 들어있었다. 그는 엎어져있었는데, 가끔씩 경련을 일으키는 것이 아직 죽지는 않은 것 같았다.

「일어나, 이 새꺄!」

벌거숭이 사내가 범인의 옆구리를 냅다 걷어찼다. 그 바람에 범인의 몸뚱이가 꿈틀하고 움직였다. 그러나 그뿐 그는 일어날 기미를 보이지 않고 있었다.

「아직 정신이 덜 들었나봐.」

하고 말하면서 팔뚝에 해골문신이 있는 사내가 바께쓰를 집어들었다.

바께쓰에는 물이 반쯤 들어있었다. 그 물을 범인의 머리에다 들이붓자 그제서야 그는 머리를 흔들면서 상체를 들썩거렸다.

「일어나!」

각목으로 등짝을 후려치자 범인은 신음을 토하면서 개구리처럼 두 다리까지 움직였다.

그의 두 손은 뒤로 돌려진채 수갑으로 묶여있었다. 그래서 몸을 일으키는 것이 쉽지가 않았다. 두 사내가 양쪽에서 그의 팔을 붙잡고 끌어올리자 축 처진 몸뚱이가 힘겹게 위로 쳐들려졌다.

「의자에 가서 앉아.」

붙잡고 있던 팔을 놓자 범인은 금방이라도 쓰러질듯 비틀비틀 움직였다. 두 발바닥에도 고문을 받았기 때문에 그는 걸음을 옮기기가 몹시 불편했다.

「이 새끼, 왜 이렇게 엄살이 심해!」

벌거숭이 사내가 각목으로 또 후려치려는 것을 해골문신이 말렸다.

아랫도리까지 모두 벗기운채 뒤로 수갑을 차고 상처 투성이의 몸을 흔들거리고 있는 범인의 모습은 그야말로 참담하기 짝이 없어 보였다. 그를 그렇게 벌거숭이로 만든 것은 그에게 견딜 수 없을 정도의 수치심을 안겨주기 위해서였다. 그러나 범인은 이제 수치심 따위는 느끼고 있는 것 같지 않았다. 해골문신의 사내가 한쪽 팔을 부축해서 책상 쪽으로 그를 끌어다 의자에 앉혔다.

머리 위에서는 갓을 씌운 전등이 강렬한 빛을 발하고 있었다.

범인의 얼굴은 제모습을 알아볼 수 없을 정도로 잔뜩 뒤틀려 있었다. 그래서 표정도 제대로 나타나고 있지 않았다. 한쪽 눈은 시퍼렇게 피멍이 들어 완전히 감겨있었고, 다른 쪽 눈도 잔뜩 찌그러져있었다. 부풀어오른 콧잔등에는 피가 맺혀있었고, 입술 주위에도 핏자국이 말라붙어있었다.

그의 머리에서는 계속 물이 흘러내리고 있었다.

그의 머리가 마치 무거운 추를 달아놓은 것처럼 밑으로 자꾸만 떨어졌다. 그것을 보고 사내가 각목으로 또 어깨를 후려쳤다. 둔탁한 마찰음이 방 안을 울렸다.

「야, 임마! 고개 쳐들어! 똑바로 앉지 못해?」

범인은 천천히 고개를 쳐들었다. 얼굴이 엉망이라 나이를 알아보기가 어려웠지만 30대 초반 정도 되어보였다.

머리가 다시 앞으로 떨어졌다. 벌거숭이에다 배까지 튀어나온 사내가 범인의 머리칼을 움켜잡고 고개를 뒤로 잔뜩 젖혔다. 그 바람에 범인의 입이 벌어졌다. 입 속은 온통 피에 젖어있었고, 앞니도 모두 부러져있었다.

「졸립냐? 이제 시작인데 벌써부터 자면 어떡 해. 사실대로 불기 전에는 넌 한숨도 자면 안 돼. 자, 말해봐. 누구 지령을 받고 양후보를 죽이려고 했어?」

그 말을 들었는지 못 들었는지 전혀 반응이 없었다.

「다 알고 있으니까 바른대로 말해. 네가 아무리 버텨봐야 헛수고야. 결국 너는 불게 돼. 약속을 지키려고 네가 버티는 모양인데, 너한테 양후보를 암살하라고 지령을 내린 놈들은 인간이라고 할 수 없어. 그런 놈들한테 의리를 지키다니 너도 참 한심한 놈이구나. 쯔쯧…….」

범인은 머리채를 잡힌채 두 눈을 감고 있었다. 그대로 두면 그 상태에서 잠들 것 같았다.

「누가 막지 않았다면 넌 분명히 칼로 양후보를 찔러죽였을 거야. 넌 폼으로 칼을 휘두른게 아니고 양후보를 분명히 죽이기 위해 달려들었어. 그렇지?」

그가 눈을 감은 상태에서 고개를 끄덕거렸다. 그러나 머리채가 잡혀있었기 때문에 잘 끄덕거려지지가 않았다.

「양후보가 죽으면 누가 덕을 보지?」

「…….」

「조문개! 너 김후보 프락치지?」

고개를 가로젓는다.

「김후보가 시킨거지?」

고개를 흔든다.

「김후보를 당선시키려고 그런 거지?」

고개가 좌우로 조금씩 움직인다.

「이 새끼가!」

움켜쥐고 있던 머리채를 놓더니 각목을 다시 쳐든다. 그것을 보고 해골문신이 손을 흔들어 막았다.

「그럼 양후보를 암살하려고 한 이유가 뭐야? 이유가 있을거 아니야? 일본도는 어디서 났어?」

「…….」

「왜 암살하려고 했어?」

「보기가…….」

목소리가 너무 작았기 때문에 무슨 말인지 잘 알아들을 수가 없다.

「뭐라고 말했어? 좀 더 큰 소리로 말해봐.」

「보기가 싫어서요…… 보기가 역겨워서…… 그랬어요.」

「뭐라고? 보기가 싫어서 그랬다고? 이 자식이 누굴 놀리나?」

배불뚝이가 각목을 또 쳐들었다.

「넌 이 새끼야 사형이야, 사형. 알았어? 살고 싶으면 바른대로 말해. 왜 죽이려고 했어?」

「꼴보기 싫어서요. 다른 이유는 없어요.」

그가 말할 때마다 바람이 새는 것 같은 소리가 들렸다.

「꼴보기 싫다고 사람을 죽여? 그렇다면 세상 사람 하나도 남아 있지 않겠다. 네 눈에는 세상 사람 모두가 꼴보기 싫을거 아니야?」

「그 사람은 특별한 사람 아닙니까. 꼴보기 싫은 사람이 집권하는건 정말 두고 볼 수 없습니다. 그래서…….」

「그건 거짓말이야. 넌 지금 거짓말하고 있는 거야. 그런 거짓말이 어딨어. 그건 이유가 되지 않아.」

「안 믿어도 할 수 없습니다. 믿어달라고 하지는 않겠습니다.」

「이 자식이 배짱이네.」

어깨 위로 탁하고 각목이 떨어졌다. 조문개는 얼굴을 조금 찌푸리기만 할 뿐 그대로 가만 앉아있었다.

그는 전과조회 결과 깨끗했다. 정신병력이 있는가 해서 조사해보았지만 그런 것도 없는 것 같았다.

조문개(趙文介)는 현재 나이 34세. 주소지는 서울이고 한번 이혼한 경력이 있었다. 이혼한 전 부인과의 사이에는 딸이 하나 있었다. 직업은 화가. 그러나 그림을 그려서 생활을 꾸려갈 정도는 아니었다. 부유한 집안의 차남으로 생활비는 집에서 타서 쓰는 형편이었다.

그는 프랑스에 유학해서 수년간 추상화에만 몰입하다가 왔는데, 그의 그림은 너무 그로테스크해서 국내에서 별로 인기가 없었다. 아니, 인기가 없는 정도가 아니라 한점도 팔리지가 않았다. 그럴수록 그는 외길로만 파고 들면서 무식한 놈들이 뭘 알겠느냐고 사람들에게 저주를 퍼붓고는 했다. 그는 국내 화가들과도 일절 만나지 않았다. 그는 오로지 혼자였고, 혼자 자기 그림에 자족하고 있었다. 그런 그가 느닷없이 일본도로 양후보를 죽이려고 했으니 그를 알고 있는 사람들로서는 실로 놀라운 일이 아닐 수 없었다.

그가 제주도에서 혹독한 신문을 받고 있는 동안 서울에서는 그의 주변인물들에 대한 수사가 정밀하게 이루어지고 있었다.

따라서 그의 전부인인 홍미란에게도 수사관이 급파된 것은 아주 당연한 일이었다. 그러나 그녀는 현재 국내에 거주하고 있지 않았다. 그녀는 조문개와 이혼한 후 프랑스로 유학을 떠났는데 지금까지 한번도 귀국한 적이 없었다는 수사보고가 날아왔을 뿐이었다.

홍미란을 담당한 수사관은 그녀의 친정식구들을 만나서 그녀와 조문개의 결혼생활에 대해 물어보았다. 조문개의 집안 식구들이 홍미란을 집중적으로 비난하고 있는 것과는 반대로 그녀의 친정 식구들은 오히려 조문개를 되먹지 못한 놈이라고 성토했다. 하도 입에 담지 못할 정도로 그를 욕하는 바람에 수사관은 듣기에 민망할 정도였다.

그들의 말에 의하면, 조문개와 홍미란이 이혼하게된 직접적인 이유는 조문개가 다른 여자와 놀아났기 때문이었다. 그 때문에 부부싸움이 잦았으며, 문개는 아내에게 용서를 빌기는 커녕 걸핏하면 손찌검을 했다. 손찌검도 가볍게 하는 것이 아니라 주먹과 발을 동원한 난폭하기 짝이 없는 것이었기 때문에 홍미란의 몸은 성한 구석이 없을 정도로 온통 멍투성이였다. 그러니 그토록 난폭한 남자와 더이상 어떻게 생활을 계속할 수 있었겠느냐는 것이 홍미란의 친정식구들의 말이었다.

반면 조문개의 가족들 말에 따르면, 이혼의 직접적 이유는 홍미란이 워낙 못돼먹었기 때문이었다. 그녀는 밥도 빨래도 할줄 모르고, 뻔질나게 바깥 나들이만 하고, 술 담배도 예사로 하고, 외박이 잦았다. 그러니 남편이 손찌검하는 것은 당연했고, 다른 여자를 볼 수 밖에 없었다.

어느 쪽 말이 옳은지는 몰라도 두 사람이 최악의 상태에서 헤어진 것만은 분명했다.

두 사람이 만난 것은 파리에서였다. 두 사람 모두 파리 유학생이었다. 홍미란은 그때 불문학을 공부하고 있었다. 그들은 먼저 동거생활에 들어간 다음 나중에 방학을 이용해 귀국해서야 정식으로 결혼식을 올렸다.

「너 혹시 머리가 약간 돌지 않았어?」

배불뚝이가 손가락으로 동그라미를 그려보였다.

「저는 지극히 정상입니다.」

찌그러진 눈 사이로 상대방을 노려보면서 범인이 말했다.

「정말 양후보를 죽일 생각이었나?」

「네, 정말 죽일 생각이었습니다.」

그는 분명한 어조로 대답했다.

「답변을 어떻게 하느냐에 따라 형량이 가벼워질 수도 있고 무거워질 수도 있어. 정말 죽일 생각이 아니고 상처만 입힐 생각이었다고 말하면 형량이 훨씬 가벼워져. 그렇지 않고 정말 죽일 생각이었다고 자백하면 넌 극형을 면할 수 없어. 사형이란 말이야, 사형.」

「형량 같은 것이 걱정되었다면 그런 짓은 하지 않았을 겁니다.」

「사형언도 받아도 상관없다 이 말이지?」

「상관없습니다.」

그들은 어이가 없다는듯 서로 얼굴을 쳐다보았다.

「미쳐도 단단히 미친 놈이야.」

배불뚝이가 중얼거렸다.

그들의 입장에서는 범인의 말은 정말 이해할 수가 없는 것이었다.

일반적으로 피의자들은 하나같이 형량을 줄이기 위해 거짓말을 밥먹듯이 하기 마련이다. 더욱이 극형이 예상되는 피의자일 경우에는 목숨만이라도 건지기 위해 별짓을 다 한다. 그런데 조문개는 전혀 다른 모습을 보여주고 있었다.

「화가라면 그림이나 그릴 일이지 왜 사람을 죽이려고 했어? 후회하지 않나?」

「아뇨. 후회하지 않습니다.」

「미친 놈…….」

갑자기 철문을 두드리는 소리가 요란스럽게 들려왔다.

문을 열자 두 명의 사내가 급한 걸음으로 들어섰다.

「장관이 오고 있으니까 빨리 옷 입어! 주변정리 좀 하고!」

「장관이라니요?」
배불뚝이가 런닝셔츠를 집어들면서 물었다.
「장관도 몰라? 장관 뿐 아니라 정보수사관계 대가리들은 모두
오고 있어. 이 자식 팬티라도 입혀야 할거 아니야. 이대로는
보일 수 없잖아. 야, 너 일어서봐!」
조문개는 주춤거리며 몸을 일으켰다.
사내의 시선이 조그맣게 오그라든 성기에 머물렀다.
「짜아식, 너도 별 볼 일 없는 놈이구나. 이 자식 뭐 좀 불었
어?」
「아뇨, 똑같습니다. 이거 입어, 임마.」
배불뚝이가 범인의 얼굴에다 걸레처럼 더러워진 팬티를 던졌
다.
범인은 발끝으로 그것을 건드렸다. 그러나 두 손이 뒤로 돌아
가있어 그것을 입을 수가 없었다.
「새끼, 그것도 못 입어.」
해골문신이 다가가 팬티를 입혀주었다.
「야, 너 말이야, 날 새면 서울로 압송될 거야. 서울 가면 여기
서 몇 대 얻어맞은건 아무 것도 아니야. 서울 가면 넌 정말 작
살난다. 그러지 말고 여기 있을 때 순순히 불라구.」
그러나 범인은 그런 말에 전혀 귀를 기울이고 있지 않는 것 같
았다.
「마이동풍입니다.」
「전문가한테 맡기면 한 시간도 못돼 불거야. 전문가는 어디를
어떻게 손대야 하는지 잘 알거든. 우리처럼 이렇게 닥치는대
로 손대지 않는다구. 우리가 손댈 일이 아니었어. 후유, 미치
게 덥군. 대가리들 오면 땀께나 흘리겠는데.」

「장관이 여기까지 왜 오는 겁니까?」

「이런 바보, 그것도 몰라? 자기 목이 왔다갔다하는 판인데 집에 가만히 앉아있을 수 있겠어? 대통령 될 사람이 피습됐으니까 책임자가 현장에 직접 와서 설쳐대야 점수를 따서 나중에 또 한 자리 할거 아니야. 입원실에 가서 90도 각도로 머리를 조아리면서 정말 죄송스럽기 이를데 없다. 앞으로는 경비에 보다 더 만전을 기하도록 하겠다. 범인은 지금 엄중히 조사를 하고 있으며 곧 그 전모가 밝혀질 것이다. 배후세력이 밝혀지는 대로 전원 구속할 방침이다. 각하의 당선을 저지하려는 세력이 저지른 테러가 분명하기 때문에 그 방향으로 지금 수사를 전개하고 있다. 이렇게 말해야 할거 아니냐 말이야.」

그때 범인이 킥하고 웃었다. 그것은 묘한 반응을 불러일으켰다.

「어? 저 새끼가 웃었어?」

문이 거칠게 열리더니 먼저 두 사내가 바람을 일으키며 안으로 들어섰다. 조금 있자 요란스러운 발자국소리와 함께 한 무리의 남자들이 나타났다.

안에 있던 사내들은 놀란 표정으로 재빨리 한쪽으로 비켜서면서 무턱대고 거수경례부터 했다. 그들은 갑자기 안으로 들어선 자들이 누가 누군지 얼른 분간하기가 어려웠다. 하지만 자기들과는 비교가 안 될 정도로 모두가 지위가 높은 자들일 것이기 때문에 무조건 거수경례부터 했던 것이다.

「이 사람인가?」

치안책임자인 장관이 턱으로 조문개를 가리키며 물었다. 그는 작달막한 키에다 뚱보였다. 두 눈은 동자가 보이지 않을만큼 감겨있어 마치 잠을 자고 있는 것처럼 보였다.

「네, 현장에서 체포한 범인입니다.」

금테두른 모자를 쓴 경찰관이 송구스러운 표정으로 대답했다.

범인은 무표정하게 서있었다.

「이름이 뭐라고 했지?」

「조문개라고 합니다.」

누군가가 옆에서 재빨리 말했다.

「얼굴이 너무 상했군. 이런 상태로 기자들 앞에 공개해서는 안 돼. 고문으로 사건을 조작했다고 의심을 받을테니까.」

「알겠습니다.」

장관은 금테두른 정모를 쓰고 있는 경찰관으로부터 지휘봉을 빼앗아들더니 그것으로 범인의 얼굴 여기저기를 건드려보았다. 그것으로 입 속을 찔러보기도 하고 턱을 치켜올려보기도 했다. 범인은 그것이 가리키는대로 머리를 움직였다.

「의사한테 보였나?」

「아직 보이지 않았습니다.」

「빨리 치료를 받도록 해요. 신문이란 이렇게 겉으로 상처 투성이를 만들어가면서 불게 하는게 아니야. 지금이 어느 때인데 이런 식으로 신문을 하는 거야. 이러다가 죽어버리면 어떡하려고 그래. 이렇게 하지 않고도 효과를 볼 수 있는 방법이 얼마든지 있지 않아.」

「네, 처음부터 우리 경찰이 신문을 맡았으면 이러지 않았을텐데…….」

모든 사람들의 시선이 경호 책임자 쪽으로 쏠렸다. 그동안 양후보를 경호해오면서 기세등등해있던 그는 양후보가 피습당하는 바람에 그 기세가 많이 꺾여있었다.

장관이 못마땅한듯 경호 책임자를 쳐다보았다.

「앞으로 이놈은 우리 경찰에 맡기십시오. 그래도 우리 경찰엔 이런 놈을 잘 다룰 수 있는 전문가가 많이 있습니다. 경호 전문가가 이런 놈을 다룬다는 것은 쉽지 않습니다. 보기는 쉬운 것 같아도 그렇지 않습니다.」

「알았어요. 알았어.」

경호 책임자가 안절부절 못하며 신경질적으로 말했다.

그는 메마르고 신경질적인 인상을 지니고 있었다.

「우리도 해볼만큼 해봤는데 도무지 불지를 않아요. 틀림없이 배후가 있을텐데 이 새끼가 불지를 않아요. 생각 같아서는 당장 쏴죽이고 싶은데…….」

경호 책임자는 금방이라도 권총을 꺼낼듯이 손을 위로 올리다가 말았다.

조문개는 고개를 푹 숙인채 다소곳이 서있었다. 얼굴이 찌그러져있었기 때문에 마치 선채로 눈을 감고 있는 것처럼 보였다.

「야, 임마, 고개 쳐들어봐!」

경호 책임자가 화가 나서 소리쳤다. 그는 누구보다도 화가 머리 끝까지 치밀어있었다. 그도 그럴 것이 앞으로 양후보가 집권하게 되면 경호 책임자인 자신도 1등 공신으로 권력의 대열에 자연 오르게 되어있었는데, 느닷없이 피습사건이 일어나는 바람에 그 가능성이 산산조각나고 말았던 것이다. 양후보가 다행히 목숨은 건졌지만 그는 그를 완벽하게 보호하지 못한 책임을 면할 수 없게 되었다. 결국 그는 사표를 제출할 수밖에 없었고, 그의 사표는 반려되지 않고 그대로 보류상태에 놓여있었다. 이 모든 것이 바로 눈 앞에 서있는 이 미친 놈 때문이라고 생각하니, 그는 놈의 머리통에다 탄창에 들어있는 총알을 모두 쏘아붙여도 직성이 풀리지 않을 것 같았다.

「야, 이 새끼야, 너 야당새끼지?」

상스럽게 쏘아붙이는 욕설에 장관이 이맛살을 찌푸렸다.

「야, 이 새끼야, 누구 지시받고 그런 짓을 했어? 너한테 명령 내린 놈이 누구야? 말해봐, 이 새끼야! 빨리 말 안 해?」

그는 급기야 허리춤에서 권총을 뽑아들었다. 은색으로 번쩍이는 권총이었다. 안전장치를 풀더니 총구로 범인의 턱을 치켜올리면서 소리쳤다.

「빨리 말해! 누가 시켰어? 야당이 시켰지? 말 안 하면 쏴버릴 거야!」

금방이라도 방아쇠를 당길 것처럼 보이자 범인은 몸을 부르르 떨었다. 그리고 찌그러진 눈으로 상대방을 쳐다보다가 갑자기 퉤하고 침을 뱉았다. 허연 침이 정통으로 상대방의 얼굴 가운데에 가서 달라붙었다.

「똥개!」

하고 범인이 말했다.

「뭐, 어째?!」

경호 책임자는 얼굴에 달라붙은 침을 옷소매로 닦아낸 다음 차마 권총은 발사하지 못한채 그것을 거꾸로 움켜잡더니 손잡이로 마구 조문개의 얼굴과 머리를 난타하기 시작했다. 두 손이 자유로우면 그것을 막기라도 하련만 그렇지 못하니 범인은 때리는 대로 고스란히 맞을 수밖에 없었다.

경호 책임자가 하도 미친듯 길길이 날뛰는 바람에 사람들은 처음에는 멀거니 구경만 하다가 범인의 얼굴이 온통 피투성이로 변하는 것을 보고서는 그제서야 서둘러 그를 뜯어말렸다. 바닥에 뻗어버린 조문개를 구두발로 서너 번 짓밟고 나서야 똥개는 뒤로 물러섰다. (우스운 이야기지만, 이때부터 그에게는 똥개라는 별명이 붙어다니게 되었다. 범인이 한 마디 내뱉은 것이 평생 모욕적인 별명으로 따라다니게 되었던 것이다.)

「짜아식, 성질 하나 더럽네. 누군 성질낼줄 몰라서 이러고 있는줄 알아.」

잡아 이끌리다시피해서 먼저 밖으로 사라진 경호 책임자를 보고 특수기관의 책임자가 투덜거렸다.

「화도 날만 하지. 아마 죽이고 싶을 거야.」

장관이 동정적으로 말하자 특수기관의 책임자가 발끈해서 쏘아붙였다.

「그 따위로 경호를 해놓고 뭘 잘했다고 큰 소리야. 나 같으면 고개도 못 쳐들겠다. 꼴사납게 굴더니 잘 됐지 뭐. 아니꼬와서 정말…….」

경호 책임자가 사라진 쪽으로 눈까지 흘긴다.

그동안 경호 책임자가 하도 꼴사납게 굴어서 많은 사람들이 그에 대해서 아니꼽게 생각하고 있었던 것은 사실이었다. 그는 양후보의 당선이 기정사실이나 되는 것처럼 생각했고, 따라서 자신도 새로운 권력집단의 제 2인자나 된 듯이 잔뜩 거드름을 피우며 다녔기 때문에 사람들의 눈총을 많이 받아왔던 것이다.

「저 친구 정말 눈뜨고 못 봅니다. 도대체가 안하무인이에요. 내가 한번 손을 봐줄려고 했는데.」

특수기관의 책임자가 다른 사람은 듣지 못하게 장관의 귀 가까이에다 입을 대고 속삭이자 장관 역시 잘 알고 있다는듯 끄덕였다.

바닥에 죽은듯이 쓰러져있는 범인의 몸뚱이 위로 다시 물이 부어졌다. 그러나 범인은 꼼짝도 하지 않고 있었다.

「혹시 죽은거 아니야?」

　장관이 걱정스러운듯 말하자 금테 모자가 엎어져있는 범인을
바로 눕혀놓았다. 범인의 가슴이 격하게 뛰고 있는 것이 보였다.

　「죽지는 않았군.」

　중얼거리고 나서 장관은 금테두른 모자를 쓰고 있는 경찰 총
수를 돌아보았다.

　「수시간 내에 전모를 밝혀내시오. 전문가를 동원하면 금방 알
　아낼 수 있잖아요.」

　「알겠습니다. 최대한 동원해서 전모를 밝혀내겠습니다.」

　대답은 그렇게 했지만 경찰총수는 걱정이 태산 같았다. 사건
이 워낙 어마어마하다보니 어떻게 처리해야 할지 엄두가 나지
않았던 것이다.

　단순히 살인미수나 상해사건이라면 조사가 끝나는대로 검찰
에 송치하면 경찰의 임무는 끝나는 것이다. 그러나 이번 사건 같
은 것은 그렇게 단순하게 처리할 수 없는 성격을 지니고 있다.
이런 경우에는 아무리 단순사건이라해도 법적으로 처리되지 않
고 정치적으로 과대포장되어 엉뚱한 방향으로 해결되기 마련이
다. 그 과정에서 상당수의 사람들이 다치거나 반대로 행운을 잡
게 된다. 그러니 경찰총수 정도가 나서서 해결을 볼 수 있는 사
건이 아닌 것이다. 자칫 잘못하다가는 자신의 목까지도 날아가
버릴지 모른다는 생각에 그는 실내의 무더위가 질식할 것처럼
느껴졌다.

　「배후를 밝혀내요. 화가가 뭣 때문에 양후보한테 칼을 휘둘렀
　겠어요. 제주도까지 따라와서 말이요. 틀림없이 배후가 있을
　테니까 그걸 밝혀내요. 이건 양후보의 당선을 저지시키려는
　야비한 음모가 틀림없으니까 그걸 밝혀내야 해요.」

　「그런데…… 정신감정을 의뢰해 볼 필요가 있을 것 같습니

다.」

누군가가 이렇게 말하자 장관을 그 말을 한 사람 쪽으로 시선을 돌렸다.

그는 도경 형사과의 한모 과장으로 양후보 경호원들이 범인을 족치는 동안 벙어리 냉가슴 앓듯 곁에서 내내 지켜보았던 사람이었다.

「그게 무슨 말이지?」

「아무래도 제 정신이 아닌 것 같습니다.」

한과장이 조심스럽게 말하자 경찰총수가 눈을 흘기면서 그의 말을 가로챘다.

「지금 무슨 말을 하고 있는 거야? 정신감정 결과는 이상이 없다고 나왔잖아!」

한과장은 고지식한 사람이었다. 그래서 세상살이에서 손해를 많이 보아온 편이었다.

「그 감정은 대강 서둘러서 본거고…… 사실은 정밀검사를 해야합니다. 서울로 데리고 가서 전문기관에서 시간을 좀 두고 살펴볼 필요가 있습니다.」

「이 보라구. 이런 사건 저지른 놈치고 정상적인 놈 봤어? 모두가 비정상이니까 이런 사건을 저지를 수가 있는 거야. 그렇다고 정신감정 운운하면서 정신병자로 몰아 석방한다면 말이 안 돼지 않아. 그런 식으로 문제를 보면 사람 쳐죽이고도 감옥에 갈 놈 한 명도 없다구. 문제를 보는 시각을 좀 고치라구. 정말 답답하기 짝이 없군. 이놈은 비정상이지만 그렇다고 똥오줌 못 가리는 정신병자는 아니야.」

경찰총수는 분위기에 어울리지 않는 발언으로 찬물을 끼얹은 한과장이 몹시 못마땅했지만 그렇다고 노골적으로 그 점을 지적해줄 수가 없어 답답하기만 했다.

「지금 정신감정 운운할 때가 아니야. 그렇게 한가하게 따질 수 있는 사건이 아니라는걸 잘 알면서 왜 엉뚱한 소리를 하고 있어? 이 사람 누구야?」

특수기관 책임자가 신경질적으로 날카롭게 쏘아붙이자 한과장은 비로소 자신이 입을 잘못 놀린 것을 알고는 당혹해하는 표정을 지었다.

「도경 형사과의 한영기 과장입니다.」

「그런 자리에 있으면서 그렇게 감각이 둔해서 어떻게 일해. 제주도니까 그렇게 통할지 모르지만 서울 같으면 하루도 견디지 못할 거야. 이런 사건일수록 관점과 목표가 분명해야 한다구. 당신들, 잘 들어두라구.」

특수기관 책임자는 눈을 부라리면서 주위에 서있는 사람들을 둘러보았다. 모두가 치안과 수사방면의 고참간부들이었지만 하나같이 공손한 태도로 그의 말에 귀를 기울였다. 그럴 수밖에 없는 것이 그는 막강한 권력을 쥐고 있는 인물이었던 것이다. 나이는 50안팎으로 고참간부들에 비하면 훨씬 젊었다. 그러나 거침없이 반말로 지껄여댄다.

「이 사건은 정치적인 냄새가 짙은 사건이야. 정신병자가 괜히 발작적으로 저지른 사건이 아니란 말이야. 알아듣겠어? 장관도 나하고 같은 생각이야.」

장관이 당연하다는듯 고개를 끄덕였다. 그들은 서울서 내려오는 동안 서로 의견의 일치를 본 것 같았다.

「내 생각도 같아요. 이 사건에서 정치적인 것을 빼면 아무 의미도 없어요. 아무 의미도 없는 사건을 가지고 우리가 이렇게 법석을 떨 이유가 없어요.」

　장관의 말이 끝나기 무섭게 특수기관 책임자가 다시 입을 열었다.

「다시 말해 이 사건은 정치적인 배후가 있는 사건이야! 복잡하게 생각할 필요없어. 아주 간단해. 양후보를 제거하고 대신 선거에 당선하려는 자의 음모야!」

　그는 음모라는 말에 힘을 주면서 주먹으로 책상을 쳤다.

　그는 티 하나없이 매끈하고 세련된 차림을 하고 있었다. 그러나 말투는 거기에 어울리지 않게 거칠었다.

「저놈은 그 음모의 하수인일 뿐이야! 그러니까 음모의 배후를 밝히라구! 뻔한거 아니야?」

　그는 눈을 부라렸다.

「더이상 말하지 않아도 알겠지? 양후보가 제거되면 이 세상에서 누가 제일 좋아하겠어? 누가 제일 득을 보겠어? 배후가 누구인지는 삼척동자도 다 알 수 있는 사건이란 말이야. 그러니까 상식적인 선에서 정치적인 암살음모를 캐는 쪽으로 수사방향을 잡아서 집중적으로 파고들란 말이야. 여러 방향으로 수사할 필요없어. 뻔한 사건을 가지고 일부러 복잡하게 그럴 필요가 없단 말이야. 여러 갈래로 복잡하게 늘어놓으면 시간 낭비일 뿐이야. 배후가 누구인지 다 아는 사건이니까 확신을 가지고 집중적으로, 그리고 신속하게 해치우란 말이야.」

「알겠습니다.」

　경찰총수가 다른 사람들을 대신해서 고개를 숙였다.

「이번 선거는 누가 당선되느냐에 따라 역사적 전기를 마련할 수 있는 아주 중요한 선거야. 이런 중요한 선거를 앞두고 가장 유력한 후보를 암살하려고 했다는 것은 역사를 후퇴시키려는 자의 시대착오적인 음모란 말이야!」

　다른 사람들은 다소곳이 서있었지만 그의 말에 귀를 기울이고
있는 것 같지는 않았다.
　「자, 우린 병원에 가봅시다. 지금쯤 깨어나셨을 것 같은데…
….」
　매끄럽게 생긴 사내가 손목시계를 들여다보고 나서 앞장 서서
밖으로 나가자 장관과 경찰총수, 그밖에 서너 명의 사내들이 우
르르 뒤따라 나갔다. 그들이 양후보보다 범인을 먼저 보러온 것
은 양후보가 그동안 잠들어있었기 때문이었다.
　「더러워서 정말 못해먹겠네.」
　철문이 닫히자 누군가가 기다렸다는 듯이 말했다. 노골적으로
불평을 늘어놓는 그 사내를 모두가 놀란 듯이 쳐다보았다. 그는
그때까지 한 마디도 하지 않고 잠자코 뒷전에 서있기만 하던 고
과장이었다.
　「자기가 뭔데 수사방향을 지적해주느냐 말이야. 우린 뭐 핫바
진가. 드러워서 정말…….」
　그는 더러운 것을 본 듯 바닥에다 퉤하고 침까지 뱉았다.
　한과장이 말조심하라는듯 곁에서 그의 옆구리를 쿡쿡 찔렀다.
그들은 같은 과장으로서 오래 전부터 친구처럼 지내는 사이였
다.
　「괜찮아. 난 곧 옷벗을 놈이니까 무슨 말을 해도 괜찮아. 이
세상에 내 입 막을 놈 아무도 없다구. 뭐, 역사를 후퇴시키려
는 자의 시대착오적인 음모라고? 정말 웃겼어. 해석도 제멋대
로야.」
　한과장이 말리는 것도 듣지 않고 고과장은 잔뜩 흥분해서 계
속 지껄여댔다. 다른 사람들은 흥미를 보이며 그의 불평불만에
귀를 기울이고 있었다.

「그래도 한 기관의 책임자로 국가의 녹을 먹고 있다면…… 우리 경찰에게 어떤 압력에도 굴하지 말고 공명정대하게 사건을 수사하라고 말하는 것이 옳지 않느냐는 말이야. 그러기는커녕 수사방향을 일방적으로 정해서 그 방향으로만 수사하도록 강요한다는 것은 사건의 본질을 은폐시키려는 짓이나 다름없어. 난 죽으면 죽었지 거기에 동의할 수 없어. 내 양심과 자존심이 도저히 거기에 승복할 수 없어. 자기가 뭘 안다고 이 사건에 정치적 배후가 있다고 단정을 내리느냐 말이야. 우리 경찰은 말이야, 정치 바람에 휩쓸리면 안 된다구. 누가 대통령에 당선되든 그건 우리가 상관할 바가 아니야. 그것과 사건수사를 연관시키면 안 된단 말이야. 사건은 사건이고 선거는 선거야. 수사결과가 선거에 어떤 영향을 끼치든간에 사실 그대로를 국민들에게 알려줘야해. 그게 우리의 의무야. 윗 사람들은 우리의 수사를 지원해주어야지 이렇게 해라, 저렇게 해라하고 수사방향을 강요해서는 절대 안 돼. 30년 넘게 수사생활을 해온 수사관으로서 나는 이번 사건에 내 자존심과 긍지를 걸어볼 생각이야. 누가 뭐라든 상관없어.」

실내는 물을 끼얹은듯 조용해졌다. 고과장의 말은 구구절절 옳은 말이었다. 그 말뜻을 모르는 사람은 아무도 없었다. 그러나 알면서도 구렁이 담넘어가듯 슬그머니 넘어간 것이 지금까지의 관례가 아니었던가. 여기저기서 한숨소리가 들려왔다. 그것을 모르는바 아니지만 현실이 어쩔 수 없는 것 아니냐는 무언의 신음소리처럼 들리는 한숨소리였다.

어디선가 낄낄거리는 웃음소리가 들려왔다. 그들은 서로 얼굴을 쳐다보다가 웃음소리를 내고 있는 사람이 조문개임을 알고는 모두 어리둥절해했다.

　범인은 엎어져있는 자세에서 바닥에다 얼굴을 댄채 웃고 있었다. 그것은 마치 지금까지 관계자들이 나누었던 이야기들을 모두 비웃는 것 같은 그런 웃음소리처럼 들려왔다.
　「너, 이 자식, 지금까지 모두 듣고 있었구나?」
　고과장이 화를 벌컥내면서 그쪽으로 다가가 아프지 않게 그의 허벅지를 걷어찼다. 그러나 그는 계속 낄낄대면서 웃어댔다.
　「야, 임마, 왜 웃어? 이 새끼 다 듣고 있었잖아? 야, 화가, 일어나봐.」
　뒤로 수갑이 채워져있었기 때문에 범인은 몸을 일으키는 것이 몹시 부자연스러워 보였다. 고과장이 팔을 움켜잡고 일으켜 세우자 그는 비틀거리며 일어섰는데 계속 낄낄거리고 있었다.
　「어, 이 새끼 봐? 야, 화가, 뭐가 그렇게 우스워? 뭐가 우스워서 그렇게 웃는 거야? 이 새끼 아프다고 엄살떠는거 다 가짜 아니야?」
　낄낄거리는 웃음소리가 이번에는 흐흐흐하는 소리로 변했다.
　「노는 짓거리들이 우습지 않습니까. 어리석기도 하고…… 한심스럽기도 하고…… 그래서 웃은 겁니다.」
　「뭐가 어째, 이 새꺄?」
　배불뚝이가 각목을 높이 쳐드는 것을 고과장이 막았다.
　「그러지 말아요. 이제부터는 우리 경찰이 맡을테니까 일절 이 자한테 손을 대지 말아요.」
　그가 워낙 근엄한 목소리로 말했기 때문에 배불뚝이는 머뭇거리다가 아무 말도 못한채 각목을 내동댕이쳤다.

　장관 일행이 병원 특실 앞에 도착했을 때 안에서는 웃음소리가 들려오고 있었다.

　병원 주위는 물론이고 병실 앞에도 삼엄한 경계가 펴져있었다.

　경호원들의 날카로운 시선이 그들을 훑었다. 분명히 연락을 받았고, 장관 일행의 얼굴을 알고 있을터인데도 경호원들은 그들을 곧바로 통과시키지 않고 몸을 수색하려고 했다.

　「장관님입니다.」

　비서가 화가 나서 말했지만 경호원들은 눈을 흘기면서 손으로 장관의 몸을 더듬어내렸다. 장관은 모욕감을 느끼면서도 상황을 이해하고 참는 것 같았지만 특수기관 책임자는 심하게 반발했다. 하지만 경호원들이 조금도 양보할 기색을 보이지 않았기 때문에 결국 그들의 요구에 응해 몸수색을 당할 수밖에 없었다. 그들은 오기로 그랬는지는 몰라도 그에 대한 몸수색만은 유난히 철저하게 했다. 물론 그가 지니고 있던 권총도 압수당했다. 그는 펄펄 뛰다가 안으로 들어갔다.

　안에서는 먼저 도착한 아첨배들이 진을 치고 있었다.

　양후보는 침대 위에 비스듬히 앉아 여유있게 미소를 짓고 있었다.

　장관과 특수기관 책임자가 양후보를 향해 90도 각도로 허리를 꺾었다. 마치 죄인으로서 속죄나하는 듯한 태도였다.

　「별 일 아닌데 뭣 하러들 왔어요.」

　양후보는 만족스러운 미소를 지으면서 손을 뻗어 그들과 악수를 나누었다. 두 사람은 황송한듯 두 손으로 그의 한 손을 잡았다.

　「아까 왔다가 주무시고 계시기에 범인을 만나고 오는 길입니다. 정말 죄송합니다. 모든게 제 불찰입니다.」

　장관이 치안의 총책임자로서 인사말을 했다.

「아, 뭐 그럴 수도 있는 거죠 뭐. 남자가 한평생 살다보면 이런 일도 겪을 수 있고 저런 일도 겪을 수 있는 거죠 뭐.」

양후보는 대범한듯 말했다.

그의 왼쪽 어깨에는 붕대가 감겨있었다. 그는 오른손으로 왼쪽 어깨를 쓰다듬으면서

「아까 방송을 들으니까 내가 중상이라고 보도하더군. 하하…… 이렇게 멀쩡한데 말이야.」

하고 말했다.

「곧 시정토록 하겠습니다.」

장관이 말했다.

「아, 아니에요. 그대로 둬요. 굳이 시정할 필요까지는 없어요. 악의적으로 그런 것도 아닐거고…… 그래도 살짝 다쳤다는 것보다는 많이 다쳤다는 것이 이미지 메이킹에 좋지 않겠어요. 살짝 다친걸 가지고 입원해있다면 엄살 되게 떤다고 하지 않겠어요.」

뭐가 우스운지 그는 낄낄거리고 웃었다. 그를 둘러싸고 있는 아첨배들도 함께 따라 웃었다.

「정말 다행이십니다. 하마터면 국가의 운명이 바뀔 뻔했습니다. 그런 점에서 우리 국민은 정말 행복한 국민입니다.」

장관이 자기보다 열 살이나 적은 양후보에게 머리를 조아리며 말했다.

모두가 하나같이 양후보에게 듣기 좋은 말을 할 수 있는 기회를 노리고 있었다.

여자처럼 뽀얀 피부를 가진데다 미남인 양후보는 자기를 칭찬하는 말들을 하나도 거부감 없이 받아들이고 있었다.

「그놈이 긴 일본도를 뽑아들고 달려들 때는 정말 눈 앞이 캄

캄하더라구요. 머리 위에 높이 쳐들려있는 일본도를 보는 순
간 아찔한 느낌이 들면서 난 이제 죽었구나 하고 생각했어요.
하지만 죽을 때 죽더라도 비굴하게 죽고 싶지는 않았고, 또 지
금 내가 죽으면 나라꼴이 어떻게 되겠느냐 싶어 놈에게 달려
들었어요.」

글쎄……. 그 장면을 목격했던 사람들은 과연 양후보가 범인
에게 달려들었다고 믿고 있을까. 얼결에 놀라서 손을 쳐들고 막
는 시늉을 보였을 뿐인데, 그것을 반격이라고 볼 수 있을까.

범인이 일본도로 내려치려고 하자 그는 너무 놀라 두 손을 머
리 위로 쳐들었다가 엉겁결에 범인의 팔을 잡았고, 그 순간 경호
원이 뛰어들었다. 그리고 칼은 그의 왼쪽 어깨를 스쳐갔던 것이
다. 스치긴 했지만 칼끝은 그의 양복 어깨 부위를 찢으면서 피부
를 1㎝ 정도의 깊이로 갈라놓았다.

양후보의 무용담은 계속되었고, 사람들은 거기에 맞춰 찬사를
적절히 늘어놓는 것을 잊지 않았다.

「내가 그놈 팔을 움켜잡지 않았으면 내 머리통은 두쪽이 났을
거야.」

「정말 천만다행입니다.」

「그 일본도라는거…… 바로 내 머리 위에 내려올 때 보니까
정말 위압적이더군. 나중에 들어보니까 묵직하더라고. 그걸로
내려치면 사람 머리 같은거 뎅겅뎅겅 잘려나가겠더라고. 무서
운 칼이야. 그게 바로 한때 세계를 상대로 해서 싸운 칼 아니
야.」

「네, 그렇습니다. 일제 때 보면 일본 놈들은 그 칼로 닥치는대
로 우리 조선 사람들 목을 자르고 다녔습니다. 일제 때 뿐만
아니라 그 이전…… 그러니까 임진왜란 때는 또 얼마나 많은

사람들의 목이 추풍낙엽처럼 떨어졌겠습니까? 놈들은 우리한 테 영원히 씻을 수 없는 죄를 지었습니다.」

「정말 악랄한 놈들입니다.」

아첨배들 사이에서 느닷없이 일본을 욕하는 소리가 흘러나오 기 시작했다. 그러나 양후보가 다시 입을 열었기 때문에 그들은 금방 잠잠해졌다.

「국민들은 이번 사건을 어떻게 생각하고 있어요?」

「몹시 분개하고 있습니다. 제가 각 방면에서 수집한 정보에 의하면 단순사건으로 보는 사람이 없습니다. 하나같이 정치적 인 테러로 보고 있고, 사건의 배후를 철저히 밝혀 그 배후를 엄벌에 처해야 한다고 이구동성으로 말하고 있습니다.」

정보 책임자가 자신만만한 어조로 말했다.

「국민들은 그 배후를 누구라고 생각하고 있어요?」

「경쟁관계 내지는 적대관계에 있는 인물이라고 생각하고 있 습니다. 일반적으로 퍼져있는 생각이 그렇습니다. 상식적으로 생각해도 그 밖에는 그런 짓을 할 사람이 없지 않습니까. 당선 이 확실시되는 상대 후보를 이런 식으로 제거하려고 든다면 선거 같은게 무슨 필요가 있느냐는 것이 국민들의 생각인 것 같습니다.」

「그 여론이라는 것이 주로 여당쪽 사람들의 의견 아니요?」

양후보는 아무래도 의심스럽다는듯 물었다.

「아닙니다. 그렇지 않습니다. 무작위로 추출해서 조사한 것입 니다. 90프로 이상이 각하의 당선을 저지하기 위한 정치테러 라고 보고 있습니다.」

「흥, 그렇다면 다행이군. 이번 사건이 선거에 어떻게 영향을 미칠 것 같아요? 여당 쪽에 유리할 것 같아요, 아니면 불리할 것 같아요? 유리하면 얼마나 유리할 것 같아요?」

「결정적으로 유리합니다. 이 상태가 계속된다면 80프로 이상
의 지지표가 몰려올 것으로 예상됩니다.」

「아무리 그럴까.」

양후보는 반신반의하는 표정으로 선거본부장 쪽으로 시선을
돌렸다.

「김본부장은 어떻게 생각해요? 지지표는 언제나 부풀려서 보
면 안 되고 냉정히 깎아서 보아야 한다구.」

「제가 보기에는 80프로까지는 안 되더라도 70프로 이상은 무
난할 것 같습니다. 이번 사건이 유리하게 작용하고 있는 것만
은 분명합니다.」

「그거 다행이군. 난 걱정했는데 말이야. 몸 상하고, 그 때문에
선거에도 참패하면 어쩌나 하고 걱정했는데 다행이군. 만일
7, 80프로의 지지표를 확보할 수만 있다면 그야말로 압도적인
표차로 당선된다고 볼 수 있는데…… 그건 그렇고 김후보의
지지율은 이번 사건으로 어느 정도의 변화가 있어요? 눈에 띄
게 변화가 있어야 할텐데?」

「피부로 느낄 수 있을 정도로 김후보의 인기는 하락하고 있습
니다. 그 사람은 변명하기에 급급하고 있습니다. 하지만 그 말
을 믿는 사람은 거의 없습니다. 이제는 자신감도 없어지고 몹
시 초조해하는 기색이 역력히 나타나고 있습니다.」

장관이 자신있게 말했다.

「변명이라니, 무슨 변명 말인가요?」

「야당하고 이번 사건하고는 전혀 관계가 없다는 겁니다. 여당
쪽에서 이번 사건을 선거에 이용하기 위해 배후에 야당이 관
계된 것처럼 벌써부터 악선전을 하고 다닌다는 겁니다. 그런

식으로 역공을 하고 있는걸 보면 아주 교활하고 양심도 없는 인물입니다. 그런 인물이 대권을 잡겠다고 나섰으니 정말 한심합니다.」

「사건 직후에 박장관이 김후보를 만났다는 정보가 있던데 무슨 일로 만났나요?」

정보책임자가 느닷없는 질문을 던지는 바람에 실내에 긴장감이 감돌았다.

장관이 당황한 표정을 짓고 있는 동안 사람들은 모두 입을 다문채 그를 쳐다보고 있었다. 양후보 역시 그에게서 시선을 떼지 않고 있었다.

「사실은 어제 오후…… 그, 그러니까 사건이 발생하고 나서 서너 시간쯤 지나서 김후보측으로부터 연락이 왔었습니다. 이런 이야기는 각하께 따로 말씀드리려고 했는데…….」

「아, 괜찮아요. 여기 있는 사람들은 다 믿을만한 사람들이니까 상관하지 말고 말해봐요.」

양후보를 감싸고 도는 사람들은 모두가 그를 각하라고 부르고 있었는데, 놀라운 것은 양후보 자신이 그런 호칭을 사양하지 않고 당연한듯 받아들이고 있다는 점이었다.

「그, 그럼 말씀드리겠습니다.」

장관은 손수건을 꺼내 이마에 번진 땀을 닦았다.

창문을 통해 시뻘건 불덩이가 수평선 위로 막 솟아오르는 것이 보였다. 그 불덩이는 점점 눈부신 빛을 발하면서 물 위로 떠오르고 있었다.

「김후보 측근이 하는 말이 김후보가 개인적으로 저를 좀 만나고 싶다는 거였습니다. 이번 사건과 관련해서 긴히 할 말이 있다고 했습니다. 사건이 사건인만큼 만나볼 필요가 있다고 생각되어 그 양반을 만나러 갔습니다.」

「그때가 오후 5시경이었지요? 명동성당에서 만나셨지요?」

정보책임자가 자신의 정보수집 능력을 과시하듯 물었다.

장관은 미간을 찌푸리면서 그를 흘겨보았다. 그가 몹시 못마
땅하고 밉살스러웠지만 양후보 앞에서 불쾌감을 표시할 수도 없
어 그냥 흘겨보는 것으로 참을 수밖에 없었다.

「박장관과 김후보는 같은 카톨릭 신자인 걸로 알고 있는데,
그렇지요? 함께 명동성당에 나가지요?」

정보 책임자는 한수 더 떴다.

「네, 그렇습니다. 우연히 그렇게 된 것 뿐입니다. 나는 그 성
당에 나간지 20년이 넘었습니다.」

정보 책임자의 비위를 거스리는 것도 좋은 일은 못된다. 그와
좋은 관계를 유지해야 자리를 계속 지킬 수가 있고, 앞으로도 희
망적이기 때문이다.

「성당에서 밀담을 나누다니, 그것 참 좋은 아이디어인데. 성
당에서 만나자고 한 것은 누구였지요?」

양후보가 입가에 야릇한 미소를 보이며 물었다.

「김후보 쪽이었습니다. 성당에 임신부라고 있는데, 그 신부
방에서 만나자고 했습니다.」

「임창덕 신부라는 자인데, 오래 전부터 반정부 활동을 해온
소장파의 핵심 인물입니나. 김후보하고 밀착되어있죠.」

정보 책임자가 재빨리 말했다.

「전 그건 잘 모르겠습니다. 임신부 방에서 만나자고 하기에
별 생각없이…….」

「치안 책임자가 그것도 몰라요?!」

정보 책임자가 눈을 번득이며 소리쳤다.

「임신부가 반정부 활동을 하고 있다는거, 알만한 사람은 다 알고 있는데 박장관이 모른다는거 말이 돼요? 박장관 밑에 부하가 얼마나 많아요.」

「자, 됐어. 됐어요. 그만들 해요.」

양후보가 손을 흔들어 정보 책임자의 다음 말을 막았다.

박장관은 모욕감으로 붉어진 얼굴을 숙이고 있었고, 정보 책임자는 의기양양한 표정으로 목에 힘을 주고 있었다.

「만났다는 그 자체가 나쁜건 아니지. 만나서 무슨 이야기를 나누었느냐 하는게 중요하지. 박장관, 안 그래요?」

「특별한 이야기는 없었습니다.」

「그래, 임신부 방에서 정말 만났나요?」

「네, 임신부 방에 갔더니…… 거기에 김후보가 와있었습니다.」

「김후보 외에 또 누가 있었는지 정확히 말해봐요.」

정보 책임자가 또 끼어들었다.

「임신부와 김후보의 비서실장이 있었습니다. 그리고 밖에는 김후보의 경호원들이 대기하고 있었습니다.」

「무슨 이야기를 했는지 말해보라니까요!」

양후보가 버럭 역정을 냈다. 박장관은 어쩔줄 모르며 허리를 구부렸다.

「이번 사건에 자기는 물론이려니와 야당의 그 누구도 관계가 없다고 김후보는 말했습니다. 아무 관계도 없는데 만일 여당이 야당에 의한 정치테러로 사건을 조작해서 선거에 이용하려고 든다면 자기는 가만있지 않겠다고 했습니다. 국민들한테 엄청난 음모라고 사실을 밝히면 자기 쪽에 오히려 유리하게 작용될 수 있을 거라고 했습니다.」

「그 영감쟁이!」

양후보가 자세를 고쳐앉으며 뇌까렸다.

「못된 영감쟁이 아니야! 떨어질 것 같으니까 발버둥을 치는
군. 배후가 밝혀질까봐 겁을 집어먹고 선수를 치는 거라구. 나
쁜 영감쟁이 같으니! 백 번 사과해도 시원찮은데 그따위 말을
해?! 정말 가만두면 안 되겠어. 박장관, 솔직히 말해보시오.
우리가 이번 사건을 조작했습니까?」

「아이구, 그, 그럴 리가 있습니까! 저, 절대 그렇지 않습니
다.」

박장관은 어쩔줄 모르며 말했다.

「그래서 장관은 뭐라고 대답했나요?」

정보 책임자가 다그치듯 물었다.

「그, 그래서 사건을 조작할 리가 없다고 했습니다. 입후보자
한테 위해를 가한 것은 범인이 누구이든간에 명백한 정치테러
인만큼 엄중히 수사해서 사실대로 밝히겠다고 했습니다. 수사
에는 여도 없고 야도 없다고 했습니다. 사실을 사실대로 밝힐
뿐이라고 했습니다. 그랬더니 김후보 말이 정부와 여당이 야
당 쪽에 불리하게 사건을 덮어씌우지만 않는다면 자기도 가만
있겠다고 했습니다.」

「개 같은 늙은이! 적반하장도 유분수지 그걸 말이라고 해?!
각하를 뭘로 보고!」

정보 책임자가 주먹을 쥐고 소리쳤다.

「그 늙은이 겁도 없이 까부는군. 그대로 두면 안 되겠는데요.」

비서실장도 한 마디 했다.

「차제에 작살내버리는게 좋겠습니다. 그대로 두면 또 무슨 짓
을 할지 모릅니다.」

　아첨배들이 여기저기서 이구동성으로 야당의 김후보를 욕하기 시작했다. 하나같이 이 기회에 그를 매장시키지 않으면 안 된다고 말했다. 이번 암살미수사건은 그가 배후 조종한 것이 틀림없는만큼 그를 엄벌에 처함으로써 두번 다시 재기할 수 없도록 만들어야 한다고 열을 내서 한 마디씩 말했다.

　고개를 끄덕이며 묵묵히 듣고 있던 양후보는 아첨배들의 말이 끝나자 천천히 머리를 가로저었다.

　「이건 아주 미묘한 사건이에요. 함부로 잘못 다루다가는 피해자인 내가 가해자로 둔갑할 수가 있어요.」

　아첨배들은 침을 삼키며 조용히 귀를 기울였다.

　「여론이란 항상 약자 쪽에 동정적이에요. 옳건 그르건 간에 약자편을 든단 말이요. 특히 지식인들은 그런 경향이 더 강해요. 그들은 야당을 전통적으로 약자로 보아왔기 때문에 그들한테 동정적이란 말이요. 만일 야당후보가 나처럼 테러를 당했다면 야단법석이 일어났을 거요. 틀림없이 정부와 여당 쪽에 화살을 겨누면서 야당 쪽에 결정적으로 유리한 분위기를 형성해나갔을 거요. 하지만 여당후보인 내가 테러를 당한데 대해서는 조금도 동정적이 아니에요. 여당후보가 지금까지 테러를 당한 예도 없었거니와 혹시 무슨 흑막이 있는 테러가 아닌가 해서 오히려 나를 의혹과 흥미의 눈으로 바라보고 있어요. 난 이렇게 자리에 누워있지만 그걸 피부로 느끼고 있어요.」

　지당한 말씀이라는듯 모두가 잠잠해져 있었다. 양후보는 뒤로 기대고 있던 상체를 앞으로 좀더 기울였다.

　「내가 테러를 당했다고 해서 나한테 지지표가 몰릴 것으로 생각해서는 안 돼요. 그건 큰 오산이에요. 김후보가 테러를 당했다면 그야 물어볼 것도 없이 동정표가 많이 쏠리겠지. 하지만 내 경우는 달라요. 나한테는 동정표라는게 없어요. 그 점을 잊어서는 안 돼요.」

「그건 사실 그렇습니다.」

조금 전까지만 해도 양후보 쪽으로 유리하게 분위기가 돌아가고 있다고 말한 정보 책임자가 금방 말을 바꾼다. 양후보는 못마땅한듯 그를 힐끗 쳐다보고 나서 다시 입을 열었다.

「따라서 여론이 내쪽으로 유리하게 돌아가고 있다고 나는 생각지 않아요. 사실 여론이란 믿을게 못돼요. 흔히 정치인들은 여론이라고 하면 사족을 못 쓰고 거기에 목들을 매지만, 난 그렇지 않아요. 난 여론을 절대적으로 신봉하지 않아요. 여론이란 가만히 주의깊게 관찰해보면 사실 그것처럼 마치 죽 끓듯 변화무쌍한 것도 없어요. 그것이 절대선이냐 하면 그렇지도 않아요. 여론은 매우 편파적일 때가 있고 독선적일 때도 있어요. 그럴 경우 그것은 전체주의의 좋은 이용물이 되는 거예요. 여론재판이란거 있잖아요. 그것도 일종의 여론에 의한 횡포라고 볼 수 있어요. 아무튼 난 여론 따위는 믿지 않아요.」

「그, 그래도 그것을 전적으로 무시할 수도 없는 거…….」

장관이 한 마디 하려는 것을 양후보가 손을 들어 막았다.

「내 경우를 한번 봐요. 난 분명히 테러를 당했어요. 알아볼 것도 없이 이건 정치테러에요. 그렇다면 누가 테러를 당했던 간에 여론은 정치테러를 지탄하고, 나의 생명에 이상이 없는지 걱정해주고, 나에게 당연히 동정적이어야 한단 말이에요! 하지만 여론은 그렇지가 않아요!」

여기서 양후보의 얼굴이 흥분으로 붉어졌다.

「여론은 각하께 유리하게 돌아가고 있습니다.」

선거본부장이 두 손을 앞으로 모은채 말했다. 양후보는 발끈
했다.

「그런 말 하지 말아요! 그런 구름잡는 말이 어딨어요! 국민들
이 의혹의 눈초리로 보고 있다는 것을 난 다 알고 있어요. 내
가 테러를 당해 상처를 입은 것에는 관심이 없고 이 사건에 모
종의 흑막이 있지 않나 하고 오히려 의혹의 눈초리로 보고 있
어요. 내 기가 막혀서! 그리고 앞으로 사건의 추이가 어떻게
되나하고 잔뜩 흥미를 가지고 지켜보고 있어요. 그들한테는
이번 사건이 단지 흥미거리 이상도 이하도 아니에요. 그들은
일종의 쇼처럼 이번 사건의 추이를 관망하고 있어요. 만일 김
후보가 테러를 당했다면 그러지는 않을 거예요. 당장 나한테
화살을 돌리면서 정치테러 규탄 데모라도 벌일거예요. 내가
테러를 당했다고 해서 현재 유리한 점은 하나도 없어요.」

양후보가 워낙 문제를 정확하고 날카롭게 지적하는 바람에 아
첨배들은 더이상 대꾸를 못한채 곤혹스런 표정만 지었다.

양후보는 추종자들을 둘러보다가 불쑥 손을 내밀었다.

「누가 담배 한 대 줘요. 속이 끓어서 담배라도 한 대 피워야지
안 되겠어.」

「담배는 끊으셨지 않습니까. 건강에 해롭습니다.」

「상관말고 한 대 줘요. 답답해서 죽겠어.」

본부장이 담배 한 대를 꺼내 두 손으로 건넨 다음 라이터불을
켜주자 정보 책임자가 재빨리 재떨이를 찾았다. 그러나 병실에
서는 담배 피우는 것이 금지되어있기 때문에 재떨이가 있을 리
가 없었다. 그래서 그는 조그만 접시를 집어들었다. 그리고 그것
을 양후보의 배 위에다 올려놓을 수도 없고 옆에다 놓기도 마땅
치 않아 양후보가 재를 털 때까지 그대로 그것을 두 손으로 받쳐

든채 서있었다.

양후보는 담배를 두어 모금 빨다가 쿨럭쿨럭 기침을 토했다. 그러나 그것을 다 피울 때까지 버리지는 않았다. 그가 담배재를 털 때마다 정보 책임자는 재빨리 접시를 갖다대곤 했다.

「그래서 하는 말인데…… 이 사건을 이유로해서 그 영감을 탄압할 생각은 하지 말아요.」

모두가 깜짝 놀란 얼굴로 양후보를 쳐다보았다. 혹시 그가 농담을 하는게 아닌가해서 그의 기색을 살폈지만 그런 것 같지는 않았다.

「아니, 그게 무슨 말씀입니까?」

「그 영감쟁이가 뒤에서 조종한 사실이 드러나도 가만 두라는 말씀입니까?」

「그건 말도 안 되는 말씀입니다.」

장관과 정보 책임자, 그리고 선거본부장이 노골적으로 반발을 보이며 한 마디씩 했다.

「탄압하자는게 아니고 법대로 처벌하자는 것입니다.」

특수기관의 책임자도 한 마디 보탰다.

그러나 양후보는 담배연기를 내뿜으면서 무겁게 고개를 가로 저었다.

「법대로 처벌하든 양심에 따라 처리하든 국민들의 눈에는 탄압으로 비칠 뿐이야. 국민들은 내막을 알려고도 하지 않고 무조건 음모로 받아들일 거고, 김후보를 처벌하면 야당 탄압한다고 할거란 말이야. 그건 바로 김후보가 노리고 있는 바야. 처벌이 능사가 아니란 말이요. 우리가 거기에 말려들면 안 돼요.」

「이 엄청난 테러사건의 배후 인물을 처벌하지도 않고 그대로 방치해두자는 말씀입니까? 이건 단순한 암살미수사건이 아닙니다. 각하를 제거하려고한 사건입니다. 그대로 방치해둔다는 건……」

「나중에 처벌해도 늦지 않아요. 선거에 영향을 받지 않게 조심스럽게 다루다가 선거가 끝난 다음에 법대로 처리해도 늦지 않아요. 내가 당선되면 영감을 처벌할 수 있을 거고, 반대로 그 영감이 당선되면 이번 사건은 유야무야되겠지. 안 그래요?」

그는 야릇한 눈길로 추종자들을 둘러보았다. 그는 말은 안 했지만, 그의 눈은 만일 자신이 선거에 패배할 경우 그를 배신하지 않고 끝까지 그에게 남아있을 사람이 과연 몇 명이나 될까 하고 묻고 있는 것 같았다. 그의 추종자들이 슬슬 그의 시선을 피하는 것을 보고 그는 입가에 차가운 미소를 흘렸다.

「그런데 나를 찌른 놈…… 그놈 이름이 뭐라고 했지요?」

「조문개라고 합니다.」

경찰총수가 대답했다.

「화가라면서요?」

「네, 그렇습니다.」

「진짜 화가인가요?」

「화가이긴 한데 별로 알려지지 않은 화가인 모양입니다. 프랑스에 유학도 다녀온 놈입니다. 유학한 사실은 확인됐습니다. 이혼한 전력이 있고, 일상생활이 문란한 놈입니다. 집안은 부유한 편으로……」

「그놈이 뭐라고 해요?」

상대방의 말을 자르면서 양후보가 물었다.

「묵비권을 행사하고 있습니다. 아주 질긴 놈입니다.」

「과거에도 사람을 찌르거나 한 적이 있나요?」

「그런 전과는 없습니다. 하지만 부인과 헤어진 이유가 부인한 테 너무 난폭하게 굴었기 때문이랍니다. 그런 사실로 비추어 볼 때 몹시 난폭한 놈인 것 같습니다.」

「왜 나를 죽이려고 했대요?」

경찰총수는 얼른 대답을 못한채 머뭇거리면서 경호 책임자를 쳐다보았다. 지금까지의 범인 신문은 경호요원들이 했으니까 당신이 대답할 차례가 아니냐는 뜻이었다.

그때까지 경호 책임자는 단 한마디도 하지 못한채 완전히 기가 죽은 모습으로 다른 사람들 뒷전에 밀려나있었다. 테러범을 사전에 막지 못해 이런 사건이 일어났으니 그로서는 입이 열 개라도 할 말이 있을 리가 없었다. 이미 사표를 제출한 그는 양후보의 처분만을 기다리고 있었다. 사건이 일어나기 전까지만 해도 그렇게도 기세등등하게 굴던 그가 입 한번 뻥긋하지 못한채 풀이 죽은 모습으로 남의 어깨 뒤에서 고개를 떨구고 있는 모습이란 우습기도 하고 측은하기도 했다.

「1차 수사는 경호요원들이 했습니다.」

경호 책임자가 입을 열지 않자 경찰총수가 참지 못하고 말했다. 경호 책임자는 당황해서 고개를 쳐들었다.

「왜 나를 죽이려고 했대요?」

양후보가 같은 질문을 반복하면서 곁눈질로 경호 책임자를 쳐다보았다.

경호 책임자는 마주 잡고 있던 두 손을 만지작거렸다.

「가, 각하의 당선을 저지하기 위해 그런 짓을 했다고 했습니다.」

그의 목소리는 너무 작아서 잘 들리지도 않았다.

「이유가 있을거 아니야? 왜 내가 당선되는 것을 저지하려고 했는지?」

「그, 그놈은 하수인 같습니다. 돈을 받고 그런 짓을 했던가 지령을 받고 했던가…… 아마 그런 것 같습니다.」

「아마 그런 것 같다고?」

양후보는 한심하다는듯 경호 책임자를 쳐다보았다.

「그놈이 자기는 하수인이라고 분명히 자백했어요? 그리고 배후가 누구인지도 밝혔어요?」

「아, 아직은 자백하지 않았습니다. 워낙 질긴 놈이라 아무리 손을 봐도 불지를 않습니다. 하지만 자백하는건 시간문제입니다. 철저히 배후를 밝혀내서…….」

「도대체 지금까지 뭣들 했어?」

양후보는 벌떡 몸을 일으키려고 하다가 어깨에 통증을 느끼고는 도로 주저앉았다.

「너무 그렇게 움직이시면 안 됩니다. 다른 분들은 모두 나가주십시오. 당분간 안정을 유지하셔야 합니다.」

언제 들어왔는지 담당의사가 들어와 말했다.

「내가 안정을 꾀하게 됐어요? 중요한 이야기가 있으니까 당신은 좀 나가있어요.」

거칠게 쏘아붙이는 말에 초로의 의사는 잠시 어이없어하는 표정으로 그를 쳐다보다가 아무 대꾸없이 밖으로 나가버렸다.

「의사가 건방져. 담당의사를 바꾸라구.」

「알겠습니다.」

하고 비서실장이 말했다.

「경호실장!」

「넷!」

경호 책임자는 차렷자세를 취했다. 그는 절도있는 행동이 몸
에 배어있었다.

「경호요원의 임무는 뭐요?」

「가, 각하를 경호하는 것이 임무이자 의무입니다!」

「알면서 왜 딴 짓을 해요? 누가 사건수사를 맡으라고 했어요?
누가 범인을 신문하라고 했어요? 범인을 직사하게 두드려팼
겠지? 그렇죠?」

「그, 그렇지는 않습니다.」

「이거 봐요. 보지 않아도 아는 일을 가지고 왜 거짓말을 해요?
그렇게 고문하다가 그놈이 죽어버리면 어떡 하려고 그래요?
범인이 고문으로 죽으면 어떤 결과가 초래될지 생각이나 해봤
어요?」

「죄, 죄송합니다.」

「그렇게 고문해서 얻은게 뭐가 있어요? 지금까지 아무 것도
밝혀낸게 없잖아요. 무지막지하게 후려팬다고 해서 사건이 해
결될거 같아요? 그런 놈은 기술적으로 다루어야지 잘못 다루
다가는 큰 일 나요, 큰 일 나! 알아요?」

「알겠습니다.」

「수사는 수사 전문가한테 맡겨요. 경호요원들은 거기에 얼씬
도 하지 말아요. 알겠어요?」

「잘 알겠습니다.」

경호 책임자는 어쩔줄 모르고 고개만 계속 숙이고 있었다.

「자기 임무도 제대로 수행하지 못하는 주제에 수사는 무슨 수
사야.」

8. 태양과 모래

푸른 바다 위로는 아침부터 눈부신 햇빛이 쏟아져내리고 있었다. 어제까지만 해도 그렇게 미친듯 울부짖던 바다는 마치 빙판처럼 잠잠하기만 했다.

해운대 ─ 오륙도 사이를 왕복운항하는 유람선 선착장이 있는 미포 쪽에서는 벌써부터 승객들을 끌기 위한 안내방송이 유행가 가락과 함께 마이크를 통해 요란스럽게 흘러나오고 있었다.

바다 위에서는 갈매기들이 한가롭게 날아다니고 있었다. 모래밭 쪽에는 비둘기떼도 있었다. 도시의 비둘기들이 모래밭에 흩어져있는 먹이를 찾아 바닷가까지 날아와 갈매기의 영역을 침범한 것이다. 그러나 갈매기들과 비둘기들이 인간들처럼 어리석게 집단으로 패싸움을 벌이는 일은 없었다.

일본인 외팔이 노무라는 아까부터 창가에 붙어서서 바닷가에서 움직이고 있는 사람들을 노려보고 있었다.

탁자 위에는 손도 대지 않은 아침식사가 그대로 놓여있었다. 너무 화가 난 그는 도저히 식사를 할 수가 없었다.

태풍이 지나가고 그동안 묶여 있었던 비행기 운항이 재개되었

기 때문에 그는 오늘 아침 비행기로 일본에 돌아가야 옳았다. 그
러나 그는 아직 떠날 채비를 하지 않고 있었다. 그 한국인 콜걸
을 만나보지 않고는 그대로 돌아갈 수가 없었기 때문이다. 그녀
와의 섹스에 실패하고, 거기다 바람까지 맞은채 그대로 돌아간
다는 것은 일본 사나이의 자존심에 먹칠을 하는 짓이다. 그런 모
욕을 감수하면서 귀국한다는 것은 도저히 참을 수 없는 일이다.

　일본의 경제력은 현재 세계를 제패하고 있다. 일본은 앞으로
군사력으로도 세계를 지배하게 될 것이다. 세계 지배를 노리고
있는 일본으로서는 한국 따위야 정말 하찮은 존재일 뿐이다. 당
장 한 입에 집어삼켜버릴 수 있지만, 그렇게 하면 세계 여론이
시끄러워질 것이기 때문에 팔짱을 낀채 조용히 관망하고 있는
것이다.

　위대한 일본을 건설한 일본의 사나이라면 마땅히 세계의 미녀
도 정복해야 한다. 그것은 세계를 제패한 자의 특권인 것이다.
강자에게는 당연히 아름다운 여자가 따르기 마련 아닌가.

　죠센징 계집애 하나 정복하지 못한다면 사무라이라고 할 수
없다. 돈이 얼마가 들든 시간이 얼마가 걸리든 그 계집애를 먹어
치워야 한다. 그렇지 않고는 절대 일본에 돌아가지 않을 것이다.

　그는 탁자 위에 놓여있는 목걸이를 돌아다보았다. 그것은 그
죠센징 계집애가 어제 놓고간 것이다. 옷장에는 노란색의 블라
우스도 하나 걸려있다. 그녀의 물건들이 방 안에 이렇게 있다는
것은 그녀가 도망치지 않았다는 것을 의미한다. 이번에 나타나
기만 하면 무슨 수를 써서라도 그녀의 몸 속에 정액을 쏟아붓고
야 말리라.

　그는 오른손을 내려 자신의 사타구니를 어루만져보았다. 그것
은 욕정을 이기지 못해 불룩하게 솟아있었다. 그는 지퍼를 내리

고 성기를 밖으로 꺼내보았다.

그것은 보기좋게 부풀어있었다. 그리고 나무처럼 단단하게 굳어있었다.

한쪽 팔이 없어서인지는 몰라도 그는 자신의 힘을 유난히 과시하고 싶어하는 욕구가 강한 편이었다.

전화벨 소리가 들려왔다. 그는 사이드테이블쪽으로 다가가 천천히 수화기를 집어들었다. 그의 비서한테서 걸려온 전화였다.

「방금 도쿄로부터 연락이 왔습니다. 오후 3시까지는 오셔야 한다고.」

「그럴 수 없어. 여기 일이 유동적이기 때문에 시간 약속을 할 수 없다고 전해.」

「하지만 빨리 처리하지 않으면 안 될 중요한 안건이 상정되어 있어서…….」

「여기 일도 중요해.」

그가 무게있는 목소리로 말하자 그의 비서는 더이상 대꾸하지 못하고 전화를 끊었다. 비서는 노무라가 한국에서 해야할 그 유동적이고 중요한 일이 무엇인지를 모르고 있었다.

다시 전화가 걸려왔다. 노무라는 여자 목소리이기를 기대하면서 수화기를 집어들었다. 그러나 그것은 비서로부터 다시 걸려온 전화였다.

「어제 그 한국 아가씨…… 다시 만나시겠습니까?」

「그 계집애 지금 어디 있지?」

노무라는 흥분을 누르면서 물었다.

「커피숍에 있습니다. 겨우 찾아냈습니다.」

「커피숍에서 뭘 하고 있지?」

「마담하고 함께 있습니다. 용서하신다면 마담이 다시 물건을 넣어주겠다고 했습니다.」
노무라는 심각하게 생각해보는 척하다가
「들여보내.」
하고 말했다.

한편 커피숍에서는 강마담이 유서화를 붙잡고 호되게 나무라
고 있었고, 그러는 한편으로는 그녀를 설득하느라고 꽤나 애를
쓰고 있었다.
강마담이 서화를 발견한 것은 바닷가 모래밭에서였다. 서화가
노무라의 방에서 나간 이후 들어오지도 않고 아무 연락도 없다
는 말을 들은 강마담은 큰일났다 싶어 해운대 일대를 뒤지다시
피하며 찾아다녀보았지만 아침이 될 때까지 그녀를 찾을 수가
없었다. 낙심 끝에 바닷가 호안벽 위에 멍하니 걸터앉아있는데
어딘선가 여자의 웃음소리가 들려왔다. 고개를 홱 돌려보니 서
화가 웬 젊은 남자와 함께 다정하게 팔짱을 낀채 걸어오며 히히
덕거리고 있었고, 그들 뒤로 일행인듯한 남자들 서너 명이 뒤따
라오고 있는게 보였다.
어이가 없어진 강마담은 한동안 멀거니 그 꼬락서니를 바라보
기만 했다.
서화가 팔짱을 끼고 있는 남자는 그녀보다 키도 작고 무거워
보이는 안경을 낀 아주 못 생긴 젊은이였다. 그를 비롯한 남자들
은 모두가 대학생들 같아 보였다. 걸음걸이며 헤픈 웃음들, 비틀
거리는 몸짓들이 술에서 아직 깨어나지 못한 모습들이었다.
서화는 한 손에 구두를 벗어든채 맨발로 모래를 밟으며 걸어
오고 있었는데 풀어헤쳐진 머리하며 흐트러진 옷매무새, 히죽거
리는 모습 등이 꼭 미친 년 같았다. 어디서 저렇게 못 생긴 애숭

이를 주웠을까. 팔짱을 끼고 다정하게 걸어오는 것이 애인 같아 보인다. 노무라가 보면 기절초풍하겠지.

서화가 모래밭에 털썩 주저앉자 남자들도 따라서 모두 그녀 주위에 앉는다. 그녀는 마치 여왕 같아 보였다. 저 기집애가 어떻게 해서 저렇게 많은 남자들을 거느리게 됐지? 강마담은 서화의 노는 꼬락서니를 보면 볼수록 어리둥절해지기만 했다. 그 어리둥절한 기분이 차츰 분노로 바뀌면서 그녀의 얼굴이 씰룩거려지고 눈꼬리가 사납게 치켜올라갔다. 그녀는 씩씩거리다가 더이상 참지 못하고

「야, 서화야!」

하고 소리쳤다.

고함소리가 하도 컸기 때문에 남자들은 일제히 고개를 돌려 그녀를 바라보았다. 그러나 서화만은 그것을 들었는지 못 들었는지 고개도 돌리지 않은채 바다만 바라보고 있었다.

그때 서화는 분명히 강마담의 부르는 소리를 듣고 있었다. 그러나 그녀는 별로 놀라지도 않았고, 단지 귀찮은 생각에 뒤돌아보지도 않고, 마침 바람을 받아 쏜살같이 달려가는 요트를 눈으로 쫓고 있었다.

「누님, 어떤 여자가 부르는데요.」

하이에나가 그녀의 팔을 잡아흔들었다.

강마담이 악에 받쳐 다시 막 소리를 지르려고 했을 때 서화가 천천히 고개를 돌려 그녀를 쳐다보았다.

「너 거기서 뭐 하는 거니?」

강마담의 거침없는 말투에 하이에나를 비롯한 남자들은 그녀의 정체가 궁금했다.

「저 여자 누구예요?」

훼방을 놓는 그 여인이 못마땅해서 표범이 물었다.

「언니에요. 있다가 봐요.」

그녀는 강마담 쪽으로 슬슬 걸어가다 말고 잠시 서서 길게 하품까지 했다. 입에서는 아직도 술냄새가 풍기고 있었다. 밤새워 술을 마시고 딩굴며 놀았기 때문에 그녀는 몹시 지쳐있었다.

강마담은 서화가 호안도로 위로 올라올 때까지 그녀를 노려보고 있었다.

「야, 너 지금 제 정신이니?」

강마담은 핸드백을 바꾸어들면서 오른손을 비워두었다. 그 손으로 언제라도 서화의 뺨을 후려치기 위해서였다.

서화는 희미하게 웃으면서 걸음을 멈추었다. 강마담은 그녀가 사과의 말을 꺼내기를 기다렸다. 그러나 그녀는 미친 년처럼 웃고만 있었다.

「너 지금 제 정신이냐 말이야?」

강마담은 손이 근질근질한 것을 간신히 눌러참으며 앙칼지게 물었다. 머슴아 녀석들이 조금 떨어진 곳에서 지켜보고 있기 때문에 그쪽에 자꾸만 신경이 쓰여 더이상 거칠게 쏘아붙일 수가 없었다.

「미안해요.」

「미안해요? 너 그거 지금 말이라고 하니? 너 밤새 어디서 뭐 했어? 너 찾아다니느라고 밤새 잠도 못 자고 시달린거 생각하면……」

화를 못 이겨 씩씩거리고 있는 그녀를 보고 서화는 손가락 하나를 펴서 입에 얼른 갖다댔다.

「언니, 제발…… 다른데 가서 이야기해요.」

서화는 하이에나 일행이 그녀가 콜걸이라는 사실을 눈치챌까

봐 걱정이 되었다. 아니, 두렵기까지 했다.

　그 사실이 알려지면 게임도 끝나는 것이다. 그녀는 지금 게임을 즐기고 있었다. 그 게임에 이기면 하이에나를 손에 넣을 수 있고, 그렇게 되면 장미빛 인생이 보장되는 것이다. 하이에나를 따라 미국에 가서 살 수만 있다면 그 추하고 치욕적이었던 과거도 숨길 수가 있을 것이고, 지금까지와는 전혀 다른 인생을 새로 시작할 수 있을 것이다. 그녀는 새로운 공기, 새로운 사람, 새로운 음식과 술을 절실히 필요로 하고 있었다. 지금의 더러운 생활에서 벗어나지 못하면 자신이 무슨 일인가 저지를지도 모른다는 예감에 사로 잡혀있었다.

「쟤들은 누구니?」

　강마담이 턱으로 하이에나 일행을 가리키며 물었다.

「오다가다 만난 애들이에요. 자, 여기서 이러고 있지 말고 안으로 들어가요.」

　서화는 고개를 조금 돌려 오리온호텔을 쳐다보았다.

「흥, 노무라상이 창 밖으로 내다봤으면 기가 막혀 말이 안 나오겠다. 지금 내다보고 있을지도 모르지. 하필이면 왜 이 호텔 앞에서 노닥거리고 있는 거니? 노무라상 보라고 그러는 거니?」

　호텔 커피숍은 아침부터 사람들로 복작대고 있었다.

　푸른 바다와 눈부신 햇빛, 은빛 모래가 대형 유리창을 통해 한눈에 들어오고 있었다. 날씨가 워낙 좋기 때문인지는 몰라도 호텔 안에 있는 사람들의 움직임과 표정도 활기에 차있는 것처럼 보였다.

　그러나 서화와 강마담은 그런 분위기에는 전혀 어울리지 않는 모습으로 이야기를 나누고 있었다. 이야기의 내용도 밝고 건강

한 것이 아닌, 보통 사람들이 들으면 불결하기 짝이 없는 것들이
대부분이었다.

이야기는 주로 강마담이 했고, 서화는 지껄일테면 얼마든지
지껄여보라는 식으로 잠자코 듣고만 있었다.

「하여간 말도 마. 애들 풀어서 밤새 찾아다녔지만 어디가 숨
었는지 보여야 말이지. 도대체 어디서 뭘 하고 있었니? 저 애
숭이들하고 그룹섹스 했어?」

그 말에 그때까지 다소곳이 듣고만 있던 서화의 표정이 확 변
했다.

「그래요. 저 애들하고 그룹섹스 했어요! 밤새도록 그 짓만 했
어요!」

그녀가 발끈해서 대드는 바람에 강마담은 조금 당황해졌다.

「그 말은 취소하겠어. 화가 나서 한 말이니까 기분나쁘게 생
각하지 마. 웬 머슴아들하고 아침부터 술에 취해 바닷가에서
비틀거리고 있는 꼴을 보니까 그런 생각이 안 들겠어.」

「그룹섹스 했다니까요! 젊은 대학생들하고 신나게 했다니까
요!」

두 여인은 한참동안 서로를 노려보고 있다가 강마담이 먼저
시선을 돌렸다.

「하여간 넌 별난 애야. 너한테 기대를 걸지 말아야 하는건데
괜히 끌어들여가지고 말썽만 생겼잖아. 너 때문에 난 완전히
사기꾼이 됐잖아. 세상이 그런 법이 어딨어. 아무리 세금 안
내는 뚜쟁이장사지만 장사는 장사야. 질서가 있고 신용이 있
는 거야. 그게 무너지면 장사를 할 수가 없어. 지금 노무라가
얼마나 화가 나있는줄 아니? 그 사람, 일본에 돌아가는 것도
연기하고 방 안에 틀어박혀서 널 기다리고 있어. 널 보지 않고

는 돌아가지 않겠다는 거야. 얼마나 화가 났으면 그러겠니?」

「그렇게 화가 나있는 사람 만났다가는 맞아죽겠네요. 무서워서 두 번 다시 어떻게 만나겠어요.」

「그렇지 않아. 화가 나있긴 하지만, 한편으로는 너한테 단단히 반했어. 반해도 보통 반한게 아니야. 반했으니까 일본에 돌아가지도 않고 널 기다리고 있지. 그렇게 바쁜 사람이 마음에도 없는 여자 하나 때문에 일정을 모두 취소하고 그렇게 기다리고 있을리가 있겠어. 너한테 푹 빠졌어. 빨리 몸단장하고 올라가봐.」

서화는 고개를 살살 흔들었다.

「싫어요. 그 사람 만나기 싫어요. 징그러워서 못 보겠어요.」

강마담의 눈꼬리가 치켜올라갔다.

「뭐가 어째? 이 애가 보자보자 하니까 제멋대로 까불어. 너 지금 이 바닥이 어떤 바닥인줄이나 알고 까부는 거니? 약속을 그렇게 네 맘대로 깰 수 있다고 생각해? 그렇게 까불다가는 뼈도 못 추려. 노무라 같은 인물하고 줄을 대는 것이 그렇게 쉬운줄 알아? 나 혼자 힘으로 그 사람하고 줄을 댄줄 아니? 천만의 말씀이야. 뒤를 봐주는 사람 없이는 어림도 없는 일이야. 난 사실 말이지 그 사람 코빼기도 보지 못했어.」

「그 사람 멋있는 사람이라고 언니가 침이 마르게 말했잖아요.」

「그거야 보지 않아도 이야기를 들었으니까 그렇게 말할 수 있는 거지.」

「한쪽 팔이 없는 병신이란거 왜 숨기셨죠?」

「그것 때문에 징그럽다는 거야?」

「의수를 떼어서 탁자 위에 철컥 올려놓는걸 보고 얼마나 놀란

줄 아세요? 기절할 뻔 했다구요. 그런거 상상이나 해봤어요?」
「난 또 그런줄은 몰랐지.」
「언니라면 놀라서 비명을 지르며 뛰쳐나왔을 거예요. 난 그래
도 도망쳐나오지는 않았어요. 어떻게하든 그 사람을 기쁘게
해주려고 노력했어요. 하지만 안 되는걸 어떡해요.」
「안 되다니, 뭐가 안 돼?」
서화는 커피를 한 모금 마시고 나서
「그 사람 임포란 말이에요.」
하고 말했다. 그리고는 손으로 입을 가리면서 킥킥하고 웃었
다.
「임포라니…… 그럼 불능이란 말이야?」
주위 사람들이 듣지 않게 강마담은 서화쪽으로 상체를 기울이
면서 속삭이는 소리로 물었다.
「네, 그렇다니까요. 그게 아무리 해도 서지 않으니 난들 어쩔
수가 없잖아요. 돈 돌려달라면 돌려주겠어요.」
서화는 핸드백 속에서 돈봉투를 꺼내 강마담 앞으로 밀어놓았
다.
강마담은 그것을 거들떠보지도 않고 서화를 빤히 쏘아보고 있
다가 어이없다는듯 피식하고 웃었다.
그녀들은 약속이나한듯 담배를 꺼내 불을 붙였다.
「너도 참, 그게 영원히 불능인지 임시로 그런건지 어떻게 아
니? 영원히 서지 않는 거라면 그 사람이 여자를 찾을 리가 있
겠어. 너무 피로해서 그럴 수도 있고, 심리적인 부담이나 그
밖에 다른 이유로 해서 일시적으로 그럴 수도 있는거 아니야.
첫번째에 실패했다고 해서 불능이라고 단정하는건 지나친 속
단이야. 그 사람은 더구나 한쪽 팔까지 없기 때문에 정상적인

사람보다 훨씬 스트레스가 심할거 아니야. 그런걸 네가 이해하고 인내심을 가지고 기다려야지 그냥 빠져나와 아무 연락도 없이 안 들어가면 어떡 하니? 더구나 그 사람 보라는 듯이 호텔 앞에서 머슴아들하고 히히덕거리고 있으면 어떡 하니?」

「보면 보는 거죠 뭐. 차라리 봤으면 좋겠어요. 질투로 몸살이라도 나게 말이에요.」

그 말에 강마담은 눈을 흘겼다.

「지난 밤에 네가 안 들어간 것만으로도 그 사람은 굉장히 쇼크를 받았을 거야. 자존심이 굉장히 강한 사람이라던데…….」

「홍, 오만한 일본놈 콧대 꺾어놓은 건데 뭘 그래요. 차라리 잘됐어요. 솔직히 말해 고소해요.」

서화는 후련하다는듯 담배연기를 후우하고 내뿜었다. 그런 그녀를 토끼눈을 하고 쏘아보다가 강마담은 달래듯이 말했다.

「다시 한번 노력해봐. 네가 잘만 해주면 그거 일으켜 세울 수 있을 거야. 그 사람 재기불능의 임포는 아닐거야. 그거 일으켜 세워서 그 사람 자존심만 세워주면…… 그 사람 널 여왕처럼 떠받들어 줄거야. 너 하기에 따라서 네 운명도 바뀔 수가 있어. 그 사람은 그 정도로 막강한 사람이야. 아무나 접촉할 수 있는 사람이 아니야.」

「홍, 일본놈 덕분에 제 운명을 바꾸고 싶지는 않아요. 제 운명은 제가 알아서 처리할 거예요.」

그때 한 건장한 사내가 그녀들 쪽으로 성큼성큼 다가왔다.

요란스러운 무늬의 남방에다 짙은 선글래스까지 낀 사내였다. 머리를 스포츠형으로 짧게 깎고 얼굴색이 구리빛인 것이 운동을 하는 사람처럼 보였다. 그는 선글래스 너머로 거만하게 그녀들을 내려다보더니 아무 말도 없이 거칠게 빈 자리에 털썩 앉았다.

광대뼈에 칼자국 같은 것까지 나있는 것이 인상이 좋지 않은 남자였다.

「이 애가 그 계집애야?」

그는 턱으로 서화를 가리키면서 강마담에게 반말로 물었다. 강마담은 사내와 서화를 번갈아 쳐다보고 나서 서화에게 말했다.

「애, 인사드려. 내가 항상 신세지고 있는 오빠 같은 분이야. 아까도 말했지만 노무라 같은 귀한 분을 모실 수 있게 된 것은 전적으로 이 오빠의 덕분이야. 오빠의 힘이 없으면 그런 사람 만나는거 어림도 없어. 인사드려.」

그러나 서화는 다리를 꼬고 앉은채 고개만 조금 까닥해보였다. 그것을 보고 칼자국의 짙은 눈썹이 꿈틀했다. 그는 질겅질겅 씹고 있던 껌을 재떨이에다 뱉아내더니

「야, 이 쌍년아, 어디서 다리 꼬고 앉아 건방떠는 거야?!」

하고 쏘아붙였다.

워낙 목소리가 거칠고 커서 주위 사람들이 모두 그들쪽을 쳐다보았다.

서화는 기가 질려 그를 망연히 쳐다보기만 했다.

「야, 이 개 같은 년아, 너 찾느라고 어제 밤에 얼마나 고생한 줄 알아?! 씨팔, 잠도 못 자고 말이야, 우리 애들 풀어서 이 일대 모두 뒤지고 다녔다구. 너 어제 밤 어디서 뭘 했어?! 말해봐. 어디서 뭐 했어?! 말 안 해?! 어, 이게 꼬나보네. 너 그 쌍통, 묵사발 만들어줄까?」

사내는 재떨이를 집어들더니 그것을 정말 던질 것처럼 쳐들었다. 그 바람에 담배재가 탁자 위로 쏟아졌고, 서화는 재떨이에 맞지 않으려고 머리를 한쪽으로 피했다.

「아이, 오빠, 참아. 여기서 이러면 어떡 해? 오빠, 앞으로 그러지 않기로 했으니까 진정해요. 서화야, 잘못했다고 사과해. 빨리.」

강마담은 형식적으로 말리는 척하고 있었다.

「손님, 여기서 이러시면 안 됩니다. 이게 뭡니까?」

지배인으로 보이는 사람이 다가와 사내에게 정중히 말했다. 그러나 사내는 오히려 큰 소리를 쳤다.

「알았어, 임마! 가있어!」

지배인이 그 기세에 주눅이 들어 그대로 굳은 표정으로 서있자 사내는 재떨이로 쾅하고 탁자를 내리쳤다. 재떨이는 두 조각났고, 커피잔과 접시가 바닥으로 굴러떨어졌다.

「야, 임마, 가있으라면 가있어! 너 여기서 장사 다 하고 싶어? 깨진거 배상할테니까 계산서 가져와.」

지배인은 더이상 거기에 있다가는 무슨 봉변을 당할지 모르겠다고 생각했는지 모욕감으로 붉어진 얼굴을 숙인채 슬그머니 그곳을 떠났다.

「야, 너 이리 따라와! 안 따라오면 죽을줄 알아!」

그는 벌떡 몸을 일으키더니 서화를 노려보면서 정말 그녀를 죽일 것 같은 기세로 말했다. 하도 험악한 기세라 서화는 아무 말 못한채 그를 쳐다보기만 했다.

사내가 자리를 뜨자 강마담도 따라서 일어섰다. 그녀는 움직일 기미를 보이지 않고 있는 서화를 흘겨보면서

「빨리 일어나지 않고 뭐 하고 있니?」

하고 쏘아붙였다.

사람들이 모두 좋은 구경거리라는 듯 쳐다보고 있었기 때문에 더이상 그곳에 죽치고 앉아있을 수도 없었다.

창피한 것도 창피한 것이지만 사내가 어떻게 나올지 몰라 겁
이 나기도 했다.

커피숍을 벗어나자 지하로 내려가는 엘리베이터 승강장 앞에
그 사내가 버티고 서있는 것이 보였다. 서있는 것을 보니 레슬러
처럼 더욱 우람해 보였다. 쭈뼛거리고 있는 그녀를 강마담이 잡
아끌었다.

「그러고 있지 말고 따라와. 여기서 우물쭈물하고 있으면 머리
채 잡혀. 저 사람은 사람들 보는 앞에서도 머리채 끌고갈 사람
이야.」

그 말이 끝나기 무섭게 사나운 목소리가 터져나왔다.

「빨리 오지 않고 뭐 하고 있는 거야?!」

강마담은 서둘러 서화의 팔을 잡아끌었다.

「저 사람 도대체 누구예요? 누군데 처음 보는 사람한테 욕을
하고 창피를 주는 거예요? 깡팬가요?」

「저 사람 끼지 않으면 아무 일도 할 수 없어. 그렇게만 알고
있어. 얻어맞지 않으려면 무조건 잘못했다고 그래. 말대꾸하
지 말고 무조건 잘못했다고 그래. 저 오빠 성질 건드렸다가는
병신되기 십상이니까. 성질은 고약하지만 의리가 있고, 사귀
어두면 앞으로 큰 도움이 될 거야. 부산 바닥에서는 저 사람
끼지 않으면 아무 일도 안 돼. 잘못한건 사실이니까 무조건 잘
못했다고 그래.」

커피숍 안에서 한바탕 소동이 벌어지는 동안 그것을 흥미있게
지켜본 사람들 가운데에는 최명치도 끼어있었다. 만일 서화가
그곳에서 명치를 발견했더라면 앞으로 전개될 그녀의 운명이 크
게 달라졌을지도 모른다. 그러나 불행하게도 그녀는 그때 명치
를 발견하지 못했었다.

　표범이 일행에서 빠져나와 오리온 호텔 커피숍에 나타난 것은 서화가 강마담과 함께 호텔 안으로 사라진 직후였다. 어떻게든 서화를 손에 넣고 싶어 몸살이 날 지경인 그는 화장실에 간다고 하면서 일행으로부터 빠져나와 그녀의 뒤를 밟았던 것이다. 서화에 대한 관심이 지대한 나머지 그녀에 관한 것이라면 무엇이든지 알고 싶었던 것이다. 그녀는 아직 정체를 알 수 없는 여인이었고, 그래서 그는 그녀에 대해서 알고 싶은 것이 많았다.

　처음 커피숍 안에서 그녀를 찾아낸 표범은 좀더 가까이서 들키지 않고 여자들의 대화를 듣고 싶었기 때문에 그녀가 등을 지고 있는 쪽 부근의 자리가 비기를 기다렸다. 다행히 그 부근의 테이블 하나가 마침 비게 되었기 때문에 그는 잽싸게 그쪽으로 다가가 표나지 않게 조용히 앉아 귀를 기울였다.

　서화가 한번이라도 뒤돌아보는 날에는 고개를 들 수 없을 정도로 창피를 당하겠지만 행운인지, 불행인지 그녀는 자리를 뜰 때까지 한 번도 뒤를 돌아보거나 하지를 않았다.

　처음 두 여자는 속삭이는 소리로 이야기를 했기 때문에 무슨 말을 하고 있는지 알아들을 수가 없었다. 간간이 노무라라는 일본인 이름과 그가 몹시 화를 내고 있다는 것, 약속을 지키지 않으면 큰일 난다는 것, 누군가가 한쪽 팔이 없는 병신이라는 것, 그밖에 무슨 불능이니 하는 따위의 말들이 오갔다. 말하는 투로 보아서 언니라는 뚱뚱한 여인이 약속을 어긴데 대해 해바라기를 질책하면서 그녀에게 무엇인가를 강요하고 있었고, 해바라기는 그것을 듣지 않으려고 한사코 피하고 있는 것 같았다. 그러나 그녀들의 대화는 한 사내의 등장으로 중단되었고, 그 사내의 거칠고 상스러운 말투는 일부러 귀를 기울이지 않아도 될만큼 뚜렷이 들려왔다.

그 사내는 해바라기한테 처음부터 욕이었다. 말하는 품으로
보아 깡패 같아 보였는데, 해바라기가 무슨 잘못을 저질렀는지
몰라도 그녀한테 마구잡이로 욕을 해대고 있었고, 반면 그녀는
끽소리 하나 못한채 그 수모를 고스란히 당하고 있었다. 야, 이
쌍년아, 어디서 다리 꼬고 앉아 건방떠는 거야?! 이런 욕설을 들
었을 때는 표범 자신도 듣기 민망해 그녀를 대신해서 그에게 달
려들고 싶은 심정이었다. 그러나 사내가 워낙 우람하게 생긴데
다 그 기세가 보통이 아니어서 그에게 달려든다는 것은 감히 생
각할 수도 없는 일이었고, 그 자신이 거기에 끼어들어서 참견해
야할 이유도 없었기 때문에 그대로 잠자코 앉아있었다. 사내가
재떨이를 내려치면서 행패를 부렸지만 그 많은 사람들 가운데
그에게 대든 사람은 지배인이 마지못해 형식적으로 그를 한번
말리다가 혼쭐이 나서 몸을 피했을뿐 모두가 방관자적 입장을
취하고 있었다.

사내는 지난 밤에 해바라기를 찾아다니느라고 밤새 고생을 한
것 같았고, 그 점에 몹시 화가 나있는 것 같았다.

지난 밤 해바라기가 어디서 무슨 짓을 했는가는 누구보다도
표범 자신이 잘 알고 있었다.

도대체 무슨 잘못을 저질렀기에 소처럼 저렇게 끌려가는 것일
까. 저 사내는 누구이고 저 언니라는 뚱보 여인은 또 어떤 관계
일까. 엘리베이터 쪽으로 마지못해 걸어가는 해바라기의 갑자기
왜소해보이는 뒷 모습을 바라보면서 표범은 아무튼 앞으로 전개
될 일이 굉장히 재미있을 것 같은 생각이 들었다.

「쯔쯧, 얼굴은 반반하게 생겼는데 안 됐다 안 됐어.」

표범은 얼굴을 돌렸다. 여자 종업원 두 명이 나란히 서서 해바
라기의 뒷모습을 바라보고 있었다.

「정말 아깝다. 저런 얼굴 가지고 왜 저런 생활을 하지?」
얼굴이 길쭉하게 생긴 종업원이 말했다.

「끼있는 여자는 할 수 없나봐.」
머리에 노랑 리번을 얹고 있는 아가씨가 대꾸했다.

「저 여자 어제 오후에도 봤어. 너무 미인이고 옷 입은 것도 세
련되고 매너도 괜찮아서 그런 짓 하는 아가씨라고는 생각지도
못했어.」

「요새는 하도 감쪽같이 그런 짓들을 해서 여간해서는 콜걸인
지 아닌지 잘 모른다구. 대학생들도 그 짓 하는데 뭐.」

「참, 한심하다 한심해. 그래도 시집은 갈거 아니야.」

그때 지배인이 나타나 그녀들에게 서화가 앉았던 테이블을 빨
리 치우라고 신경질적으로 말하는 바람에 그녀들은 그쪽으로 급
히 다가갔다.

그녀들이 지껄인 말들 가운데서 튀어나온 콜걸이라는 말이 송
곳이 되어 표범의 귀를 후벼들었는데, 그 말을 듣는 순간 그는
소스라치게 놀라면서 모든 의문이 일시에 풀리는 것 같았다. 그
렇구나! 그랬었구나! 난 그런줄도 모르고. 하이에나 자식 쌍통
을 한번 보고 싶은데. 그는 친구들에게 달려가 이 기막힌 사연을
까발리고 싶어서 견딜 수가 없었다. 그러나 마음은 그랬지만 그
는 결코 서두르지 않았다. 해바라기에 대한 기대감과 그녀의 육
체를 정복하고 싶어 끝없이 달아오르기만 하던 욕정이 일시에
거품처럼 꺼져버리는 허망함을 달래면서 그는 앞으로 전개될 사
태에 대해 곰곰히 생각해보았다.

여기서 만일 해바라기가 더이상의 장난을 삼가하고 그들 앞에
서 사라져버린다면 일은 간단히 끝날 수가 있다. 그러나 그렇지
않고 그녀가 자신의 신분을 숨긴채 계속 순진한 대학생들을 농

락하려고 든다면 그때는 내가 나서는 것이다. 그녀가 더이상의
장난을 치지 못하게 내가 사태를 주도하고 내가 손을 써야 한다.
그렇다고 그녀한테 대놓고 창피를 주어서는 안 된다. 그녀가 함
정에 빠져 헐떡거리는 그 참담한 모습을 극적으로 연출시켜야
한다. 기막히게 멋있는 좋은 방법이 없을까?

　그는 주위를 둘러보다가 구석진 곳으로 자리를 옮겨앉았다.
그리고 노랑 리번을 단 여종업원을 손짓해 불러 커피 한 잔을 더
시켰다.

　조금 후 그녀가 커피잔을 내려놓고 돌아서려고 하자 그는 그
녀를 불러세웠다.

　「저기, 뭐 하나 물어봐도 되겠습니까?」

　그의 필요 이상으로 예의를 차리는 말투에 그녀는 볼우물을
지었다.

　「네, 얼마든지 물어보세요.」

　그는 그녀의 볼록하게 솟은 가슴 위에 달려있는 명찰을 눈여
겨보았다.「白慈英」이라는 한자 이름이 적혀있었는데 가운데 자
가 무슨 글자인지 알 수가 없다. 그냥 미스 백이라고 부르면 되
겠지.

　「해운대에서 오륙도 돌아오는 관광유람선이 있다고 하던데
　어디서 타죠?」

　「아, 그건 저쪽 끝이에요. 해변 끝으로 가면 돼요. 저기 유람
　선이 보이잖아요.」

　그녀는 미포 쪽에 정박해있는 유람선을 가리켜보였다. 표범은
고개를 돌려 그녀가 가리키는 쪽을 보고 나서

　「아, 저 배군요. 오륙도 돌아오는데 얼마나 시간이 걸리나
　요?」

하고 물었다. 마치 지금 당장 그 배를 타러갈 것처럼. 그러나 그는 그 배를 타고 싶은 마음은 추호도 없었다.

「아마 한 시간쯤 걸릴거예요.」

「저기 수평선에 보이는게 오륙도인가요?」

표범은 시침을 뗀채 수평선 오른쪽에 점점이 몰려있는 섬들을 가리켜보였다.

「네, 오륙도예요. 부산은 처음이신가 보죠?」

「네, 처음입니다. 부산 아주 좋은데요.」

「이 호텔에 묵고 계신가요?」

「아뇨. 콘도에 묵고 있습니다. 한번 놀러오세요.」

그 말에 그녀는 담뿍 미소를 지었다.

「혼자 오셨나요?」

「아뇨, 친구들하고 함께 내려왔어요. 남자들끼리만 있으니까 재미가 없어요.」

「어느 콘도인데요?」

「태평양콘도 1015호실에 있어요. 시간 있으면 놀러오세요. 라면 끓여드릴께요.」

그 말에 그녀는 손으로 입을 가리며 웃었다.

「몇 시에 근무가 끝나십니까?」

거기에는 대답하지 않고 그녀는 허리를 틀고 있다가

「학생이세요?」

하고 물었다.

「네, K대 경영학과에 다니고 있습니다.」

K대학이라면 어디에다 명함을 내놓아도 알아주는 대학이다. 그는 두 번 재수 끝에 1억이 넘는 돈을 주고 뒷구멍으로 그 대학에 들어갔는데 어떻게 됐든 K대 재학생이라는 것만은 엄연한

사실이다. 그 사실을 떳떳이 밝힐 수 있다는 것이 그는 매우 자랑스러웠다. 대학생이라는 신분은 어느 경우에도 호감을 살 수가 있기 때문에 여러모로 편리한 점이 참 많다. 그것을 잘 알고 있는 표범은 자신이 K대생이라는 사실을 어디서든 과시하려고 들었다.

「그럼, 서울서 오셨어요?」

가지 않고 허리를 틀며 구체적으로 물어오는 것이 이쪽에 관심이 있다는 증거이다. 표범은 이빨을 숨긴채 부드럽게 미소를 지으며 끄덕였다.

「네, 그저께 내려왔는데…… 태풍 때문에 꼼짝 못하고 방 안에 틀어박혀 지냈어요. 부산 안내좀 해주세요.」

「부산에 애인 없으세요?」

「아직 없습니다. 이번 기회에 하나 만들어야겠어요. 불편해서……」

그녀가 손으로 입을 가리면서 또 허리를 틀었다. 가늘고 유연해보이는 허리였다.

그때 「미스 백!」하고 부르는 소리가 났고, 그녀는 놀라서 소리가 들려온 쪽으로 급히 걸어가버렸다. 그녀의 좌우로 흔들리는 엉덩이를 바라보면서 표범은 일단 초는 쳐놨으니까 이따가 전화로 그녀를 불러내야겠다고 마음먹었다.

엘리베이터 안에 들어서기가 무섭게 서화는 철썩하고 따귀를 얻어맞았다.

「썅년! 어디서 까불고 다녀?!」

그녀가 미처 피할 사이도 없이 이번에는 무릎이 사정없이 그녀의 옆구리를 내질렀다. 그 바람에 그녀는 힘없이 엘리베이터

박스 구석에 걸레처럼 구겨져 처박혔다.

「아이, 오빠! 그만해요!」

발로 짓밟으려는 사내를 강마담이 뜯어말렸을 때 문이 열렸다.

「따라와! 너 같은 계집애는 손을 봐야해.」

미처 일어나지 못하고 있는 서화를 구둣발로 한번 걷어찬 다음 사내는 먼저 밖으로 나갔다.

서화는 강마담의 부축을 받고서야 겨우 몸을 일으킬 수가 있었다. 갑작스레 당한 충격이라 얼떨떨했고, 옆구리가 결려 숨을 제대로 쉴 수가 없었다.

「무조건 잘못했다고 그래. 말대꾸해봐야 얻어맞기만 할테니까 무조건 잘못했다고 하고, 앞으로 잘 하겠다고 그래. 단순한 사람이니까 잘못했다고 빌면 금방 수그러져.」

「싫어요! 자기가 뭔데 사람을 이렇게 때리는 거야? 자기가 뭔데…….」

서화는 화를 못 이겨 이렇게 말했지만, 기세가 많이 꺾여있어 사내한테 직접 대들지는 못했다.

앞서가던 사내가 그녀의 말을 듣고는 몸을 홱 돌렸다.

「내가 누군지 보여줄까? 아직도 정신 못 차려서 나불거리는 거야? 여기서 애들 불러 작살내줄까?」

걸핏하면 애들 운운하는 것이 자기 휘하에 거느리고 있는 똘마니들을 말하는 것 같았다.

「아이, 오빠, 그러지 말아요. 앞으로 잘 하겠다는데 왜 그래요.」

강마담이 사내의 등을 밀자 그는 저쪽 구석에 세워져있는 독일제 BMW 쪽으로 걸어갔다.

지하 주차장이라 사람이 거의 없었고, 그래서 사내가 더욱 난폭하게 나오면 꼼짝없이 당할 것 같아 서화는 치미는 분노를 억누른채 사내 뒤를 따라갔다.

「야, 안으로 들어가!」

사내가 차 뒷문을 열어젖히면서 말했다. 서화가 겁먹은 얼굴로 머뭇거리자 그는 그녀의 팔을 난폭하게 나꿔채서는 그녀를 차 안으로 밀어넣었다. 그리고 자기도 그녀 옆에 올라탔다. 뒤이어 강마담도 운전석 옆자리로 들어와 앉았다.

「야, 이 쌍년아!」

사내는 서화의 기를 완전히 꺾어놓을 셈인지 앉자마자 팔꿈치로 그녀의 옆구리부터 내질렀다. 서화는 고통으로 얼굴이 일그러지면서 숨이 막혀 입이 크게 벌어졌다. 뒤이어 등 위로도 팔꿈치가 내려찍혔다. 그녀는 몸을 뒤틀면서 밖으로 나가려고 했다.

「나가긴 어딜 나가, 이년아! 나가기만 하면 죽여버릴 거야!」

사내는 무쇠 같은 팔로 그녀의 가는 목을 휘여감더니 잭나이프를 꺼내들었다. 버튼을 누르자 칼날이 철컥하고 튀어나왔다.

사내는 칼날을 그녀의 뺨에다 갖다대더니 쓱하고 그었다. 간담이 써늘해지는 차가운 감촉에 그녀는 비명을 질렀다. 그러나 사내의 억센 팔뚝이 그녀의 비명을 막았다.

앞자리에 앉은 강마담이 오빠 어쩌고 하면서 말리는 척했지만 그것은 형식적으로 그러는 것일 뿐 그녀는 오히려 사내가 서화를 단단히 혼내주기를 은근히 기대하고 있는 눈치였다.

「소리 지르지마! 코를 잘라버릴테니까 조용히 있어!」

사내가 팔을 조금 풀어주자 서화는 캑캑거렸다.

「너 때문에 내가 얼마나 망신당한줄 알아? 난 완전히 스타일 구겼고, 일본애들한테 신용까지 잃었어. 화를 내고 가겠다는

걸 간신히 붙잡아뒀어. 너, 노무라 그 사람이 누군지나 알고
바람 맞힌 거야?」

「아, 아뇨.」

그녀는 고개를 흔들었다. 그러자 강마담이 고개를 홱 돌려 그
녀를 쏘아보았다.

「내가 말했잖아. 보통 일본 사람들하고는 다른 거물이라고 몇
번이나 말했잖아. 넌 애가 시건방져 탈이야. 남이 무슨 말을
하면 귀담아들어야 할거 아니야.」

「그 사람은 거물중의 거물이야. 도쿄바닥을 주름잡는 사람이
란 말이야. 그 정도면 그 사람이 어떤 인물인지 알겠지?」

「네, 알겠어요.」

「일본 정치인들도 그 사람 앞에서는 맥을 못 춰. 간단히 말해
앞으로 일본을 이끌어갈 사람이란 말이야. 넌 그런 사람한테
크게 실례한 거야. 그 사람의 심기를 아주 불편하게 해줬어.
즐겁게 해줘야 하는데 오히려 기분 나쁘게 해줬단 말이야. 그
때문에 우리 일도 엉망진창이 되고 말았어. 큰 거래를 눈앞에
두고 있는데 잘못하면 깨지게 됐단 말이야.」

사내의 손이 옷 속으로 파고들더니 그녀의 젖가슴을 우악스럽
게 움켜잡았다. 서화는 고통으로 몸을 뒤틀면서도 소리를 지르
지는 않았다.

「젖가슴이 꽤 풍만하구나. 시키는대로 하지 않으면 이걸 잘라
버릴 거야. 난 여자 젖가슴 자르는데 이골이 난 사람이야. 마
담한테 물어봐.」

젖가슴을 쥐어비트는 바람에 그녀의 입에서는 어쩔 수 없이
아아하고 신음이 흘러나왔다.

「조용히 해, 이년아!」

「잘못했어요. 다시는 안 그러겠어요.」

그녀는 마침내 울기 시작했다. 그러나 사내는 그녀를 놓아주지 않았다. 그러기는커녕 이번에는 손을 그녀의 두 다리 사이에다 밀어넣었다. 그녀가 다리를 오무리자 그는 욕설을 퍼부으면서 거침없이 그 부분을 애무했다.

「야, 강마담은 좀 나가있어.」

「알았어요. 적당히 해두세요. 알만한 애니까.」

강마담은 문을 열고 자리를 피해주었다. 서화는 더욱 공포에 사로잡혔다. 사내의 손놀림이 더욱 집요해지고 있었다. 그는 그녀의 귓가에 뜨거운 입김을 토하면서 이렇게 말했다.

「이 바보 같은 계집애야, 이렇게 좋은 걸 가지고 그 일본놈을 녹여버리지 않고 왜 도망쳤어? 이왕 이 길로 나섰으면 빼지 말고 철저히 할 것이지 왜 그러는 거야, 응? 털도 아주 무성하고 떡판도 아주 좋은데 그래. 젖가슴도 그만이야.」

사내는 흥분하고 있었다. 서화 역시 사내의 집요하고 노골적인 손놀림에 어쩔 수 없이 몸이 달아오르고 있음을 느끼고 있었다. 몸과 마음은 서로 상반되는 입장에서 움직이고 있었다. 육체의 배반이랄까. 그녀는 기가 막히고 화도 났다. 자신의 육체가 폭력에 완전히 굴복하고, 거기에 길들여지고 있는 쪽으로 기울어지고 있음을 그녀는 분명히 의식하고 있었다.

「노무라하고 일 끝나고 나서 만나. 너하고 한번 해야지 안 되겠어. 알았어?」

「알았어요.」

이런 사내란 잘 사귀어둘 필요가 있다. 잘못 건드렸다가는 병신되기 십상이다. 그들의 세계를 어느 정도 알고 있는 서화는 고분고분하게 응해주었다.

「처음 같아서는 널 작살내려고 했는데 특별히 봐준다. 하지만 지금부터 노무라한테 가서 서비스를 잘 해줘야 해. 기막히게 녹여버리란 말이야. 노무라가 일본 돌아가는 것을 계속 연기할 정도로 녹여버리란 말이야. 노무라를 녹여놓으면 너한테도 좋은 일이 생길거야. 그 사람은 무엇이나 할 수 있는 사람이니까 잘 사귀어두면 호박이 넝쿨째 굴러들어올지도 몰라. 선택은 너한테 달렸어.」

「잘 해보겠어요.」

그녀는 헝클어진 머리를 쓰다듬은 다음 차에서 내렸다.

강마담은 옆에 세워져있는 차 안에서 기다리고 있다가 문을 열어주었다. 서화는 그녀 옆에 올라앉자 왈칵 눈물이 쏟아졌다. 그러나 소리내어 울지 않고 금방 눈물을 닦은 다음 강마담을 노려보았다. 그리고 사내의 차가 빠져나간 다음에야 입을 열었다.

「저한테 이럴 수가 있어요?」

「나로서는 어쩔 수 없었어.」

강마담은 담배를 꺼내 그녀에게 권했지만 분을 삭이지 못한 서화는 차갑게 거절했다.

「싫어요!」

「이해해. 나 혼자 하는 일이 아니잖아.」

「전에는 이러지 않았잖아요.」

「지금은 과거하고 달라. 개인 플레이 같은 건 할 수 없어. 계집 장사도 마음대로 할 수 없다구. 뒤를 봐주는 사람 없이는 아무 것도 할 수 없어. 다 일장일단이 있어.」

「그 야만인은 도대체 누구예요? 깡패인가요?」

「시시한 깡패는 아니야.」

「시시한 깡패가 아니라면 무슨 깡패예요? 마피아 두목이나 돼나요?」

「제발 삐딱하게 나가지 말고 시키는대로 고분고분하게 굴어.
너 정말 한동안 못 봤더니 많이 건방져졌어. 그동안 얼마나 컸
는지 모르지만 그러면 못 써.」

「언니, 제가 묻는 말에 왜 대답 안 하시죠? 그 자식이 누구냐
고 물었잖아요? 그 개자식 말이에요. 죽이고 싶어 혼났어요.
죽일 수만 있었으면 죽였을 거예요.」

강마담은 어이가 없다는 표정으로 서화를 쳐다보다가 그녀의
두 눈이 시퍼렇게 살기를 띠는 것을 보고는 슬그머니 시선을 돌
렸다.

「차암, 겁도 없이 까부는구나. 그 사람 앞에서 한번 그래보지
그래. 하여간 시시한 깡패는 아니니까 그렇게 알고 있어. 그
사람 끼고 있으면 부산 바닥에 있는한 걸리적거리는 것 없이
편하게 장사할 수 있으니까 그렇게 알라구. 너도 편하게 돈벌
고 싶으면 그 사람 사귀어두는게 좋아. 주먹도 주먹이지만 발
이 넓어서 안 통하는데가 없는 사람이야. 자, 이거 도로 가져
가.」

강마담은 아까 서화로부터 받았던 돈봉투를 도로 내주었다.
서화는 마지못해 그것을 받아챙기면서 눈을 흘겼다.

「그런 자식한테 빌붙어서 살아가고 싶지는 않아요. 차라리 빌
어먹는게 낫지…….」

「넌 아무리 봐도 빌어먹을 상은 아니야. 창피당해서 화는 나
겠지만 현실을 무시할 수는 없어. 현대는 조직사회야. 조직에
속해서 살아야 속편하게 살아갈 수 있지 그렇지 않고 독불장
군처럼 혼자 살아갈 수는 없어. 조직 가운데서도 가장 강한 조
직에 속해야 도움을 받으며 잘 살 수가 있어. 아까 그 오빠는

그런 조직을 거느리고 있어. 경찰도 손 못 대는 아주 강력한 조직이야. 자산도 많고 회원도 수만명이나 되는 무서운 조직이야. 회사도 여러 개 가지고 있고, 일본쪽하고도 손을 잡고 있어. 일본쪽하고는 의형제까지 맺었는데, 노무라는 이를테면 후견인격으로 초대를 받고 건너온 거야. 그래서 아주 극진히 모셔야 하는데…… 너 때문에 일이 잘못 꼬이게 된 거야.」

「그건 그 사람 책임도 있어요. 저야 뭐 그런 사정이 있는줄 알았나요. 임포라 아무리 애를 써도 안 되기에 신경질도 나고, 바람도 쐬일겸 해서 밖에 나왔다가 그렇게 된 거예요.」

「이왕 지나간 일 따져서 뭘 해. 이제부터라도 잘만하면 되니까 어떻게든 그 사람 자존심을 세워주라구. 일본에 돌아가는 것까지 연기하고 널 찾는 걸 보면 너한테 반해도 보통 반한게 아닌 모양이야. 모든 일정 취소하고 너만 찾고 있다는 거야. 그 소리 들으니까 솔직히 말해 같은 여자 입장에서 질투가 나더라구.」

「그 사람이 정말 저한테 반했나요?」

「그렇다니까. 그래서 널 찾는거지, 세상에 쓰레기처럼 널려있는게 여자인데 왜 하필 너만 찾겠니.」

「난 그 사람한테 잘 해준 것도 없는데…….」

서화는 이해할 수가 없다는듯 고개를 갸우뚱했다.

「이제부터 잘 해주라구. 틀림없이 너한테 뭔가 크게 돌아올테니까. 큰 선물 받으면 혼자 독식하지 말고 나한테도 좀 나눠줘.」

그 말에 서화는 아무 대답도 하지 않았다. 지나가는 말로나마 약속했다가 많은 것을 잃을 수도 있기 때문이었다. 그런 경험을 몇 번 겪은 적이 있었기 때문에 그녀는 섣부르게 함부로 약속하거나 하지 않았다.

「그 사람보고 자꾸만 거물이라고 하는데…… 어떤 점에서 거물이라는 거예요? 그 사람 정말 국회의원이에요?」

「그렇다고 했잖아. 국회의원 같은건 그 사람한테 아무 것도 아니야. 그 사람은 재력도 엄청난데다 일본의 지하조직까지 휘어잡고 있고…… 신세대의 리더로 앞으로 일본 정치를 떠맡을 사람이야. 뭐라더라. 무슨 정치단체의 리더인데 그 단체의 힘이 막강하고 극우파래. 극우파가 뭐지?」

「잘 모르겠어요.」

서화는 막연하게나마 그 말이 무엇인지는 알고 있었지만 아는 체 하기 싫어 그렇게 대답했다.

「하여튼 그 파가 앞으로 일본 정치를 주무를 거라고 하는데…… 간단히 말해 노무라 그 사람은 장래 대통령이 될 사람이래. 일본 대통령이면 굉장하잖아?」

「일본에는 대통령이 없어요. 수상이면 수상이지…….」

「수상이나 대통령이나 그게 그거지 뭐.」

「노무라가 그 사람 본명인가요?」

「아니야. 본명은 따로 있어. 하지만 그건 나도 몰라. 그건 비밀이야. 아무튼 넌 호박이 넝쿨째 굴러들어온 거니까 너 하기에 따라서 네 운명이 바뀔 수도 있다는거 알고 잘 해보라구. 내가 좀 젊고 이렇게 살만 찌지 않았다면 너한테 양보하지 않고 내가 어떻게든 차지해보겠어. 네가 잘만하면 그 사람, 널 일본으로 데려갈지도 몰라. 그렇게 되면 신나는거 아니야?」

「글쎄요.」

그녀는 시큰둥하게 대꾸했다.

일본을 생각하자 그녀는 머리가 어지러워왔다. 악몽의 순간순간들이 송곳처럼 머리 속을 쑤셔왔다. 결코 두번 다시 생각하고 싶지 않은 장면들이었다. 일본은 그녀에게 있어서 악몽 바로 그 것이었다.

강마담과 헤어져 호텔 로비로 올라온 그녀는 주위를 둘러보았 다.

바다 쪽에 면한 대형 유리창에는 푸른 바다와 눈부신 햇빛, 그 리고 바닷가를 오가는 사람들의 모습이 가득했고, 로비는 어제 와는 달리 활기에 차있었다.

그녀는 화장실로 들어갔고, 그때까지 그녀의 뒤를 미행했던 표범은 차가운 미소를 지으면서 기둥 뒤에서 모습을 드러냈다.

서화는 거울 앞에 서서 자신의 모습을 바라보았다.

그야말로 몰골이 말이 아니었다. 머리는 헝클어져있었고, 얼 굴은 화장기 하나 없이 창백하기만 했다. 지난 밤의 광란이 얼굴 에 그대로 남아있는 것 같아 그녀는 두 손으로 차가운 물을 받아 얼굴을 문질렀다.

지난 밤은 잠 한 숨 못 자고 꼬박 지새웠다. 나이트클럽으로 몰려가 새벽 2시까지 흔들어대다가 콘도로 돌아가 그때부터는 진탕 먹고 마시고 떠들어대며 지냈었다. 그것은 한 마디로 광란 의 파티라고 부를 수 있는 것이었다. 그리고 그 파티의 중심은 바로 그녀 자신이었다.

얼굴을 씻고난 그녀는 로션만 조금 바르고 나서 헝클어진 머 리를 대강 빗었다.

거울 앞에는 다른 여자들 서너 명이 늘어서서 열심히 얼굴을 매만지고 있었다. 여자들의 자기 얼굴에 대한 관심은 광적일 정 도로 집요하다. 보고 또 봐도 지루하지가 않는 모양이다. 예쁘지 도 않은 얼굴을 열심히 만져대고 있는 여자들과 함께 나란히 서서 그들처럼 거울 속의 자신을 들여다보고 있는 것이 흡사 원숭이 같은 생각이 들어 그녀는 냉큼 돌아서서 안쪽으로 들어가 소변을 보고난 다음 밖으로 나왔다.

강마담은 미장원에 들러 머리도 새로 손질하고 화장도 곱게 한 다음 노무라한테 가라고 했지만 그녀는 귀찮은 생각이 들어 그대로 엘리베이터를 탔다.

노무라는 어떤 얼굴을 하고 나를 맞을까? 그는 정말 나한테 반했을까? 그래서 일본에 가는 것까지 연기했을까? 엘리베이터 안에서 그녀는 별의 별 생각을 다 해보았다. 노무라 같은 거물이라면 주위에 미녀들이 널려있을 것이다. 손만 내밀면 달려와줄 늘씬한 미녀들이 말이다. 그런데 그런 그가 과연 나한테 반했을까?

15층에 내리자 그녀는 가슴이 두근거려오기 시작했다. 만일 그가 때린다면 어떡 하지? 욕을 퍼붓고 나와버릴까? 아니면 한 대 정도는 그대로 맞아주고 참을까?

1501호 앞에 이른 그녀는 마른 침을 꿀꺽 삼키고나서 망설이다가 마침내 초인종을 눌렀다. 일부러 힘주어 눌렀다.

조금 후 안으로부터 응답도 없이 문이 벌컥 열렸다. 머리를 짧게 깎은 뚱뚱한 사내가 조그만 눈으로 그녀를 훑어보더니 일본말로 누구를 찾느냐고 물었다.

「노무라상 계신가요?」

「아, 노무라상 말이군요. 다른 방으로 옮기셨습니다. 이쪽으로 오십시오.」

옆으로 넙적하게 퍼진 사내는 복도를 꽉 채우며 앞장서서 걸어갔다. 그 뒤를 서화는 거리를 두고 따라가며 물었다.

「노무라상은 왜 방을 바꾸셨나요?」

「그 방이 좁아서 옮기셨습니다. 당신이 바로 미스 유인가요?」

사내는 기분 나쁘게 웃으면서 돌아보았다.

서화는 끄덕였다.

1510호에 이르자 사내는 자세를 바로 하더니 초인종을 누르기 전에 이렇게 말했다.

「1501호를 거쳐야만 이 방에 들어올 수가 있습니다.」

왜 이렇게 복잡하게 구는 것일까 하고 그녀는 생각했다. 거물이기 때문에 그러는 것일까.

그녀는 거물이라는 사람들을 싫어했다. 자타가 인정하는 거물들을 겪어보지 않은 것이 아니었다. 겪어본 끝에 남은 것이란 환멸과 혐오 뿐이었었다.

문이 열리더니 젊은 사내가 고개를 내밀었다.

「미스 유가 왔다고 말씀드려.」

뚱뚱한 사내가 그녀를 인계하면서 말했다.

「아, 그렇지 않아도 기다리고 계십니다. 들어오시죠.」

일본말로 지껄이는 것이 그 역시 일본 사람인 것 같았다.

서화는 조심스럽게 안으로 들어섰다.

그 방은 입구에 면한 이를테면 대기실 같은 곳이었다. 그 방에서 비서인지 경호원인지 모를 사내가 한 명 대기하고 있으면서 출입자들을 감시하는 것 같았다. 전에 호텔에서 거물을 만날 때 이와 같은 방에 들어가본 적이 있었다. 젊은 사내가 안으로 들어간 동안 서화는 의자에 앉지도 않고 그대로 서서 기다리고 있었다.

조금 후 사내가 나오면서 그대로 문을 열어둔채 한쪽으로 비켜섰다.

「자, 들어가시죠.」

안쪽에서는 피아노 소리가 흘러나오고 있었다.

사내의 눈이 거머리처럼 달라붙는 것을 느끼면서 그녀는 대기실을 지나 안으로 들어갔다.

운동장처럼 드넓은 방이 시야에 가득 들어왔다. 바닥에는 고급 카펫이 깔려있었고, 맞은편 구석 쪽에는 그랜드 피아노가 한 대 놓여있었는데, 노무라는 그 앞에 앉아 한 손으로 건반을 건드리고 있었다.

서화는 방의 중간쯤에 서서 숨을 죽인채 노무라의 움직임을 지켜보고 있었다. 한 손만으로 피아노를 칠 수 있다는 것이 신기하기만 했다. 노무라는 그녀 쪽은 거들떠보지도 않고 있었다. 뜸을 들이는 것인지 아니면 정말 관심이 없는 것인지 두고보면 알겠지. 안으로 들어오도록 허락한 것을 보면 관심이 전혀 없는 것도 아닌 것 같은데.

그는 알 수 없는 곡을 치고 있었다. 쉬운 곡 같은데 한 손만으로 치기 때문에 그것은 몇 번이나 끊어질듯 하다가 아슬아슬하게 이어지곤 하고 있었다.

그녀가 조금은 안타까운 생각이 들었을 때 갑자기 피아노 소리가 멈추면서 그가 고개를 돌려 그녀를 쳐다보았다.

「피아노 칠줄 아나?」

목소리는 조용했지만 표정은 차갑게 굳어있었다.

그녀는 자신이 피아노를 칠 수 있다는 사실이 이때처럼 기쁠 수가 없었다. 그러나 내색은 하지 않은채 고개만 끄덕여 보였다.

「그럼 한 곡 쳐봐요.」

노무라는 일어서서 피아노를 가리켰다.

그는 흰 바지 위에 흰 와이셔츠를 입고 있었다.

오른쪽 소매는 걷어올려져있었고, 왼쪽 소매는 그대로 밑으로 늘어져있었다. 왼쪽 소매자락이 헐렁해보이는 것이 의수를 따로 떼어놓은 것 같았다.

서화는 그대로 서있다가 노무라가 소파에 앉는 것을 보고서야 몸을 움직였다. 노무라는 피아노를 잘 볼 수 있는 위치에 자리를 잡은 다음 파이프에 불을 붙였다. 멋진 곡을 쳐야겠다고 생각하면서 그녀는 피아노 앞에 조심스럽게 앉았다. 사이드 테이블 위에는 악보집이 몇 권 놓여있었다. 그녀는 영화주제가만을 모아놓은 책을 집어들었다.

피아노 건반을 두드려본지도 너무 오래 되어 제대로 칠 수 있을런지 걱정이 되었다. 방 안에는 숨막히는 정적만이 감돌고 있었다. 그녀는 노무라쪽으로 시선을 돌릴 수가 없었다. 마음을 진정시키기 위해 그녀는 잠시 창밖으로 시선을 던졌다.

대형 유리창이 이쪽 벽에서 저쪽 벽까지 사이의 공간을 가득 채우고 있었다. 그것을 또 끝없이 펼쳐진 바다가 푸른 색으로 채색해놓고 있었다. 바다 위로 쏟아지는 햇빛 때문에 눈이 부셔서 그녀는 눈물이 나오려고 했다. 의자를 다시 조금 앞으로 당긴 다음 그녀는 책을 펼쳤다. 적당한 곡을 찾다가 「러브스토리」의 주제곡을 발견하고는 페이지를 고정시켰다.

너무 오랫동안 치지 않아 제대로 칠지 모르겠다는 말이 불쑥 튀어나오려는 것을 겨우 눌러참으면서 그녀는 건반을 두드리기 시작했다. 몇 번 조심스럽게 손을 놀리다가 처음부터 다시 치기 시작했다. 처음에는 손가락이 굳어버린 것 같은 느낌이 들었지만 시간이 흐르면서 그 느낌이 부드럽게 풀리는 것 같았다.

손가락만 움직이던 것이 차츰 몸 전체까지 움직이기 시작하고 있었다. 시간이 흐름에 따라 그녀는 자신감이 붙는 것을 느끼면서 점점 피아노 선율 속으로 몰입되어갔다.

어느 사이엔가 파이프 담배 향기가 코끝을 간지럽히고 있었다. 그러나 그녀는 아직 남자 쪽을 쳐다볼 수가 없었다.

그녀가 피아노를 열심히 쳤던 것은 중고등학교 몇 년간이었었다. 그때는 누가 시킨 것도 아닌데 정말 열심히 피아노를 쳤고, 거기에 앞으로의 희망을 모두 걸어놓은듯 깊이 빠져있었다.

그녀는 무엇인가를 시작하면 거기에 정신없이 빠져드는 경향이 있었다. 그러다가 어느 날 갑자기 거기서 빠져나와 언제 그랬었느냐는듯 다른 일에 몰입하는 것이었다.

고등학교 3학년이 되자 그녀는 느닷없이 사격에 몰두했다. 친구 오빠를 따라다니며 사격장에 드나들다가 타겟을 쏘아맞힐때의 스릴에 빠져들어 한동안 학교만 파하면 사격장에서 살다시피 했었다. 그 뒤로는 피아노 앞에 접근하는 것을 삼가했다.

그러나 타락한 생활에 젖어들면서부터는 울적할 때마다 룸살롱 같은 곳에 놓여있는 피아노 앞에 앉아 자신의 마음을 달래듯이 몇 곡씩 칠 때도 있었다.

「잘 치는군. 피아노를 전공했나?」

그녀가 한 곡을 끝냈을 때 남자가 말했다. 그녀는 비로소 고개를 돌려 노무라를 쳐다보았다. 그는 싸늘한 눈으로 그녀를 쏘아보고 있었다.

「아뇨. 전공하지는 않았어요.」

「옷을 벗고 쳐봐요. 모두 벗고 피아노를 쳐봐요. 아주 멋있을 거야.」

서화는 놀라서 눈을 크게 떴다. 이 남자가 나를 골탕먹이려고 그러는 것일까. 나에게 모욕을 가할 셈인가. 어떻든 그가 무엇을 요구하든 나로서는 거절하기가 어려운 입장이다. 어쩔줄 모르며 서있는 그녀를 향해 그가 같은 요구를 되풀이했다.

「벌거벗고 쳐본 적 있어요? 아마 없을거야. 기분이 전혀 다를 거야. 옷이란 사실 거추장스러운 거지. 하나도 남기지 말고 모두 벗어요. 벌거벗고 피아노를 치는 모습을 보면 그 여자의 진가를 알 수 있지.」

그는 일어나 홈바쪽으로 가더니 서화한테 그쪽으로 오라고 손짓을 보냈다.

「다시 만난 기념으로 우선 한 잔 하는게 좋겠어. 뭐 마시겠어요?」

「위스키…… 더블로…….」

일본인은 모든 것을 한 손으로만 처리하면서도 그녀한테 도움을 청하지는 않았다. 위스키병 마개가 열리지 않자 왼쪽 겨드랑이에 병을 끼운 다음 마개를 빼냈는데 그 솜씨가 어색하지가 않고 아주 익숙해 보였다. 그는 꼬냑을 자신의 잔에 따랐다.

「자, 건배!」

두 개의 유리잔이 조심스럽게 부딪쳤다. 서화는 잔 속의 술이 몹시 흔들리는 것을 내려다보았다.

「난 아가씨를 다시 보기 어려울줄 알았지.」

그녀는 술을 단숨에 들이켰다.

「죄송해요.」

중얼거리면서 비로소 남자를 똑바로 쳐다보았다.

노무라는 그녀에게 지난 밤에 어디에 있었느냐는등 꼬치꼬치 캐묻지는 않았다. 그러나 그녀를 응시하는 눈초리에는 모든 것을 알고 싶어하는 기색이 역력히 드러나있었다.

「이제 옷을 벗으라구. 그리고 피아노를 다시 쳐봐요.」

이 남자는 지금부터 나를 얼마나 괴롭힐 셈인가. 어떤 방법으로 나를 괴롭히려는 것일까. 나는 과연 어느 선까지 참아낼 수 있을까.

그녀는 어느 새 옷을 하나씩 벗고 있었다. 남자 앞에서 옷을 벗는 것쯤이야 아무 것도 아니다. 그러나 벌거벗은 몸으로 피아노 앞에 앉아본 적은 지금까지 한 번도 없었다. 더구나 남자가 보는 앞에서 알몸으로 피아노 건반을 두드려본 적은 더더구나 없었다.

위스키라도 마신게 그녀에게는 어느 정도 도움이 되었다. 마지막으로 브래지어와 팬티만 남았을 때 그녀는 다시 한번 노무라를 쳐다보았다. 이 정도면 되지 않았느냐고 그녀의 두 눈은 묻고 있었다. 그러나 그는 고개를 흔들었다.

「하나도 남기지 말고 모두 벗어요.」

그녀는 먼저 브래지어를 벗어 그것을 둘둘 만 다음 구석 쪽으로 던져버렸다.

코발트색의 손바닥만한 팬티를 벗을 때는 움직임이 신경질적으로 빨라졌다. 다리를 뽑아내자 그것을 발로 걷어차버렸다. 팬티는 높이 날아오르더니 창에 부딪쳤다가 카핏 위에 떨어졌다.

「한 잔 더 하겠어?」

그가 바 앞의 간이 의자에 앉으며 물었다.

「네, 좋아요.」

그녀는 바 앞으로 다가서서 크고 탄력있는 엉덩이를 간이 의자 위에 올려놓았다. 그리고 오른쪽 다리를 왼쪽 다리 위에다 포개놓은 다음 왼쪽 팔꿈치를 스탠드 위에다 걸쳤다. 그녀의 하체는 더없이 탐스러워 보였고, 하체의 중심을 장식하고 있는 기름지고 무성한 검은 음모는 그 탐스러움을 매혹적인 모습으로 바꾸어놓고 있었다.

그녀는 노무라가 따라준 술을 이번에는 천천히 음미하듯 마셨다. 노무라는 그녀의 알몸을 감상하면서 꼬냑의 향기를 음미하다가 잔에다 하얀 가루약을 뿌렸다. 마약인 것 같았지만 그녀는 그의 움직임을 쳐다보기만 할뿐 그것이 무엇이냐고 묻지는 않았다.

「이건 약인데 효과가 백발백중이지. 술에다 섞어 마시면 효과가 더욱 좋아요. 필요하면 타라구.」

그는 조그만 용기를 그녀 쪽으로 밀었다.

「전 필요없어요.」

그녀는 고개를 흔들었다. 약의 도움없이는 섹스를 할 수 없나보지 하고 그녀는 생각했다.

「역시 근사하군. 그렇게 앉아있는 모습이 아주 멋져.」

꼬냑을 한 모금 마시고나서 그가 중얼거리듯 말했다. 그러나 아직 그녀의 몸에 손을 대지는 않고 있었다. 그와 그녀 사이에는 빈 자리가 하나 있었다. 그러나 그가 손을 뻗으면 충분히 닿을 수 있는 거리였다.

그녀가 몸을 움직일 때마다 무거워보이는 두 개의 젖가슴이 탐스럽게 흔들렸다. 그녀는 머리를 흔들어 머리채를 한쪽 어깨 위로 쏟아지게 했다. 그녀의 몸에서 시선을 떼지 않고 있는 그의 두 눈빛이 점점 탁해지고 있었다. 아마 약기운 때문일 것이라고 생각하면서 그녀는 자리에서 일어나 피아노 쪽으로 느릿느릿 걸어갔다. 옆으로 벌어진 엉덩이가 걸음을 옮길 때마다 무엇에 부딪쳐 튕기듯 흔들렸다. 길게 뻗은 두 다리는 마치 대리석으로 빚어놓은 것처럼 미끈해 보였다.

그녀는 피아노 앞에 걸터앉은 다음 노무라 쪽으로 몸을 돌렸다. 그리고 화난 목소리로 불쑥 말했다.

「전 일본 사람이 싫어요.」

왜 갑자기 그런 말이 튀어나왔는지 자신도 알 수 없었다. 상대
방이 싸움을 걸어오기를 바라고 있었기 때문에 그런 말을 내뱉
았는지도 몰랐다.

「그래? 나 역시 죠센징을 싫어하지. 아니, 혐오한다는 표현이
옳겠지.」

노무라는 바 앞에 그대로 앉아있었다.

「그러고 보니까 우리는 서로 싫어하면서 이렇게 한 방에 앉아
있군. 묘한 인연이군. 그렇게 생각하지 않아요?」

그녀는 노무라를 쏘아보다가 가만히 몸을 일으켰다. 그리고
바다쪽으로 시선을 던졌다. 피아노에 가려있던 그녀의 몸이 밝
은 빛 속에 노출되자 눈부신 모습으로 변했다.

바닷가에는 점점 사람들이 많아지고 있었다. 벌써부터 물 속
에 들어가 첨벙대는 사람들도 있었다. 눈에 보이는 모든 것들이
뜨겁고 요란스러운 하루를 예고하고 있었다. 그녀는 물 속으로
뛰어들고 싶은 욕구를 억제하면서 노무라 쪽으로 시선을 돌렸
다.

「인연이라고 생각지는 않아요. 일본 남자들하고 인연을 맺고
싶은 생각은 조금도 없어요.」

「그렇다면 왜 돌아왔지?」

노무라의 목소리가 작아지고 있었다. 그는 결코 큰 소리로 말
하지 않는다. 그런데도 매우 권위적으로 들린다.

「물건도 찾을겸 당신이 기다린다고 해서요.」

「흥, 이유가 그럴듯 하군. 난 당신네 한국인들의 그 이중성이
싫어. 구역질난단 말이야.」

서화는 대꾸하고 싶은 것을 꾹 참으면서 계속 그를 쏘아보고
있었다. 자신이 입을 열면 무슨 험한 말이 또 튀어나올지 모르기

때문이었다. 그리고 상대방이 그런 말을 어느 정도의 인내심을 가지고 들어줄지도 의문이었다.

「당신들은 겉으로는 우리 일본을 싫어한다고 말하면서 일본 제품을 좋아하고 일본 문화를 좋아하고 일본 관광을 즐기고 있어. 일본 것이라면 무조건 믿고 좋아한단 말이야. 사실 그럴 만도 하지. 일본 것은 어느 것 하나도 엉터리가 없으니까 말이야. 그러고 보면 죠센징은 자존심도 없고 긍지도 없고 속이 텅 비었어. 무식하면서도 거드름이나 피우고 허풍이나 떨고……그러다가 결국 남한테 먹히면 울고불고 야단이지. 하지만 그 때는 이미 너무 늦고 말지. 한국이 우리 일본의 식민지가 되는 건 시간문제야. 알았어? 이 말은 혼자만 기억하고 있으라구. 밖에 나가 지껄이면 시끄러워지니까. 당신, 왜 일본 남자를 싫어하지? 일본 남자들처럼 신사적이고 자상한 남자도 없는데 말이야.」

「일본 남자들은 좀스럽고 오만해요. 그리고 한국인을 멸시해요. 한국에 대해 미안하게 생각하는 사람은 보기 드물어요.」

「죠센징은 멸시받을만 하지. 특히 당신 같은 여자는 멸시받아 마땅하지.」

「뭐라구요?」

그녀의 얼굴이 시뻘개지면서 일본인을 노려보았다. 몸이 떨릴 정도로 그녀는 감정이 격해지고 있었다. 그 바람에 젖가슴이 더욱 크게 부풀어오르는 것 같았다. 그런 그녀를 노무라는 잔뜩 비웃음을 띤채 바라보고 있었다. 이 남자가 이제 비로소 본색을 드러내 나를 학대하기 시작하는구나 하고 서화는 생각했다.

「화를 내니까 더 예쁘군 그래. 당신은 입으로는 일본 남자를 싫어한다고 하면서도 속으로는 일본 남자를 좋아하고 있지 않

아. 그러니까 일본 남자한테 몸을 팔고 있는거 아니야.」

더이상 모욕적인 말이 있을 수가 없었다. 그녀는 숨을 깊이 들여마셨다. 그 바람에 가슴이 풍선처럼 부풀어올랐다. 남자를 쏘아보고 있는 그녀의 두 눈이 활활 타오르고 있었다.

노무라는 바의 간이의자에서 내려오더니 그녀쪽으로 슬금슬금 다가왔다. 그리고 들고 있던 술잔을 피아노 위에 내려놓은 다음 그녀의 젖꼭지를 만지기 시작했다.

「일본 남자를 싫어하면서 왜 몸을 파는 거지? 넌 일본 남자한테 몸을 파는 콜걸이야. 돈 몇 푼 받고 가랑이를 벌려주는 콜걸이란 말이야. 잘난거 하나도 없잖아. 지금까지 몇 놈한테 다리를 벌려주었지? 백 명? 2백 명? 1개 사단쯤 되나?」

젖꼭지를 비틀어대는 바람에 몹시 아팠다. 그녀의 몸이 바르르 떨렸다.

「개새끼!」

그녀는 한국말로 욕설을 내뱉으면서 노무라의 손등을 탁 쳤다.

「하아!」

노무라는 손등이 아픈지 그것을 옆구리에다 비비더니

「방금 뭐라고 그랬지?」

하고 물었다.

「욕을 했어요.」

「뭐라고 욕했지?」

「나쁜 사람이라고 욕했어요. 제가 미우면 그런 식으로 모욕을 주지 말고 차라리 따귀라도 한 대 갈기세요. 그리고 싫으면 싫다고 말하세요. 언제라도 나갈 준비는 되어있으니까!」

「그건 내가 하고 싶은 말이야. 내가 싫으면 언제라도 나가라

구. 붙잡지 않을테니까 눈치보지 말고 나가라구. 돈이 필요하
면 더 주겠어. 싫으면 언제라도 가라구. 당신이 두고간 물건은
저 속에 있으니까 잊지말고 가져가요.」

그는 대형거울이 달려있는 장식장을 턱으로 가리켰다.

「당신 말마따나 난 비천한 콜걸이에요. 고객이 싫다고 해서
마음대로 갈 수는 없어요. 당신이 내쫓기 전에는….」

노무라는 차가운 눈으로 그녀를 쏘아보다가 알겠다는듯 고개
를 끄덕였다.

「하지만 난 당신을 내쫓을 수가 없어. 솔직히 말해 당신이 싫
지가 않단 말이야. 이유는 그거야.」

그의 손이 그녀의 아랫배를 어루만지더니 더 밑으로 내려가
무성한 털로 덮여있는 음부를 쓰다듬기 시작했다.

「이렇게 무성한 털은 처음이야. 당신은 여기가 제일 매력적이
야. 아주 멋있어.」

서화는 피아노에 상체를 기댄 다음 그가 마음대로 애무할 수
있게 하복부를 앞으로 내밀었다.

「아, 멋있어. 기막힌데.. 난 죠센징을 좋아하는게 아니고 바로
여기를 좋아해. 알았어?」

「알고 있어요.」

노무라가 무릎을 꺾더니 그녀의 몸에다 얼굴을 갖다댔다.

서화는 신음을 토하면서 허리를 뒤틀었다. 저주하고 증오하면
서도 남자를 받을 수밖에 없다는 사실에 그녀는 절망감을 느꼈
다.

「죠센징은 할 수 없어. 겉으로는 일본 사람을 싫어하는척 하
면서도 속으로는 좋아한단 말이야. 그렇지? 그렇지?」

「그렇지 않아요.」

서화는 감고 있던 눈을 떴다.

「그렇지 않긴 뭐가 그렇지 않아!」

「다시 말하지만, 전 일본인이 싫어요. 정말이에요.」

노무라는 천천히 몸을 일으키더니 그녀의 턱을 손가락으로 치켜올렸다.

「확실히 넌 좀 다른 데가 있어. 다른 한국 계집애들은 갖은 아양을 다 떨면서 일본 사람을 좋아한다고 하는데 넌 오히려 정반대로 말하거든. 이걸 어떻게 받아들여야 하지?」

「마음대로 하세요. 마음에 안 드시면 다른 여자와 바꿀 수 있으니까요. 여자들은 얼마든지 있어요. 예쁜 애들 말이에요.」

「다른 여자는 싫어!」

노무라는 머리를 세차게 흔들었다.

「너를 손아귀에 넣고 말거야! 피아노를 치라구!」

그는 갑자기 노기어린 표정으로 명령했다.

서화는 피아노 앞에 앉은 다음 영화 「대부」의 주제곡을 치기 시작했다.

노무라는 탁자 앞에 상체를 굽힌채 한 손을 떨면서 파이프에 담배를 새로 재고 있었다. 그리고 역시 떨리는 손으로 라이터불을 붙이고 나서 상체를 뒤로 젖혔다.

「잠깐! 처음부터 다시 쳐봐!」

서화는 남자를 힐끗 쳐다보고 나서 다시 처음부터 곡을 치기 시작했다. 노무라를 힐끗 쳐다보았을 때 그녀의 눈에는 물기가 번져있었지만 남자는 미처 그것을 보지 못했다.

피아노 소리가 실내를 울리기 시작하자 노무라는 두 눈을 슬그머니 감았다. 그는 그 곡이 마음에 들었다. 그러나 그는 이내 눈을 뜨고 여자의 움직임을 주시했다.

서화는 처음보다도 더 많이 상체를 움직이고 있었다. 주위를 의식하지 않은채 곡 속에 몰입되려고 애를 쓰고 있었다. 두 손에 힘이 가해질 때마다 묵직해보이는 젖가슴이 흔들리곤 했다. 가는 허리와 그 밑으로 흘러내리다가 둥근 엉덩이를 이루는 아름다운 선이 춤추듯 계속 움직이고 있었다. 머리칼이 바람에 날리는 잡초처럼 뒤엉킨채 앞으로 쏟아져내렸다가 갑자기 뒤로 젖혀지곤 했다. 눈물이 계속 볼을 타고 흘러내리고 있었다. 그러나 그녀는 상관하지 않고 그대로 건반을 두드려대고 있었다.

한 곡을 모두 끝내자 그녀는 다음 곡을 치기 시작했다. 한참 듣고 있던 노무라가 그녀를 중지시켰다.

「아, 잠깐, 그게 무슨 곡이지?」

「빠삐용 주제곡이에요.」

「아, 그렇지. 나도 그 영화 봤지. 영화도 좋지만 주제곡도 멋지지. 좋아, 계속 쳐봐요.」

서화는 탈출을 꿈꾸며 절벽 위에 서서 망망대해를 바라보고 있는 스티브 맥퀸의 모습을 생각하고 있다가 처음부터 다시 곡을 치기 시작했다.

노무라는 뚫어지게 그녀의 움직임을 쳐다보고 있다가 천천히 자리에서 일어나 그녀의 뒤쪽으로 돌아갔다. 그리고 한참동안 꼼짝 않고 서서 그녀의 뒷모습을 또 쳐다보았다. 다른 각도에서도 그녀를 보기 위해서였는데, 그녀의 뒷모습 역시 뒤에서 껴안아주고 싶도록 매혹적이었다.

그런데 의자를 덮고 있는 둥근 엉덩이가 어쩐지 안정감이 없이 불안해 보였다. 뒤에서 보는 허리는 더욱 가늘어 보였고, 아주 유연하게 움직이고 있었다.

곡은 슬픈 색조를 띠고 있었다. 서화는 눈을 들어 바다를 바라

보았다. 창밖으로 펼쳐져있는 바다는 너무 푸르러 눈이 아플 정
도였다. 먼 바다에는 어느 새 하얀 요트들이 떠있었다. 그녀는
밖으로 뛰어나가 물 속으로 첨벙 뛰어들고 싶은 강렬한 충동에
자기도 모르게 건반을 힘껏 눌렀다. 그 바람에 곡의 흐름이 뒤틀
리면서 엉망이 되고 말았다. 당황해서 재빨리 제자리로 돌아갔
을 때는 슬픈 색감을 더이상 느낄 수가 없었다.

그녀가 뒤돌아보았을 때 일본인은 자리를 옮겨 바의 스탠드에
기대서있었다. 그는 술잔에 또 무엇인가를 타고 있었다. 좀더 많
은 양의 마약이 필요한 모양이었다. 그렇지 않고는 그 일을 치를
자신이 없는 것 같았다.

그가 박수를 쳤다.

「빠삐용은 언제 들어도 멋있어. 감미롭고 애잔하고 슬프고……
…… 그리고 호소력이 있어.」

흥, 제법 듣고 평할줄은 아는 모양이네 하고 서화는 속으로 코
웃음쳤다.

「아주 근사했어. 피아노 치는 모습이 멋있었어. 무대 위에서
도 화려한 드레스를 입을게 아니라 모두 벌거벗고 연주를 했
으면 좋겠어. 드레스를 입는다는 것은 일종의 위장이야. 환상
적인 의상으로 청중의 눈을 속이려는 위장이란 말이야.」

「여자는 그래도 괜찮아요. 남자가 벌거벗고 노래를 부르는 모
습을 한번 상상해보세요.」

「그거…… 그건 정말 못 봐주겠는데…….」

노무라는 그 모습을 생각했는지 낄낄거리고 웃었다. 남자 같
은 시원한 웃음이 아닌 답답할 정도로 찔끔거리는 웃음이었다.

서화는 다시 새로운 곡을 치기 시작했고, 노무라는 잔 속의 술
을 한번에 마셔버렸다.

「그건 무슨 곡이지?」

「태양은 가득히의 주제곡이에요.」

그녀는 손을 놓고 남자가 웃벗는 모습을 잠깐 쳐다보았다. 웃통을 벗자 다른 것은 보이지 않고 잘린 팔만이 그녀의 눈에 들어왔다. 그녀는 얼른 눈을 돌려버렸다. 거기에 익숙해지려면 상당한 시간이 필요할 것 같았다.

「태양은 가득히라고? 어느 나라 영화지?」

「프랑스 영화예요. 알랑들롱이 주연한 영화인데 아주 오래된 거예요. 못 보셨나요?」

「난 못 봤어. 내용이 뭐야?」

「푸른 바다가 배경으로 나오는 영화예요. 지중해의 푸른 바다 말이에요.」

그녀는 다시 해운대의 푸른 바다를 바라보았다.

「뜨거운 태양과 흰 모래, 하얀 요트, 그리고 푸른 바다와 잘생긴 젊은 남녀들의 사랑과 질투, 살인…… 이런 것들이 등장하는 영화예요. 특히 주제곡이 바다에 너무 잘 어울리기 때문에 이런 바닷가에서 듣기에는 아주 좋은 곡이에요. 영화에서는 트럼펫 솔로로 나오는데 그 트럼펫 소리를 듣고 있으면 마치 요트를 타고 지중해 위를 달리는 것 같은 기분이 들어요.」

그녀는 고개를 숙이고 건반을 두드리기 시작했다.

그녀의 움직임이 차츰 격렬해지고 있었다. 그녀는 무엇에 홀린듯 정신없이 피아노를 치고 있었다. 허공으로 시선을 던지기도 하고 바다를 바라보기도 하고, 그러다가 갑자기 고개를 숙이기도 하는 것이 노무라의 존재를 완전히 잊은듯이 보였다.

이윽고 그녀가 그 곡을 모두 소화해내고 고개를 돌렸을 때 노무라는 벌거벗은 모습으로 스탠드 앞에 걸터앉아있었다. 그녀의 눈에는 다른 무엇보다도 잘린 팔만이 눈에 들어왔다. 팔꿈치 위에서 잘려나간 팔은 끔찍한 모습으로 그녀의 시야를 어지럽히고 있었다.

「감미로운 곡이군. 아주 좋았어.」

「감미로운 내용은 아니에요. 잔인한 살인도 있으니까요.」

「어떻게 죽이는데?」

서화는 의자에서 일어나 탁자 쪽으로 걸어갔다. 노무라의 시선이 그녀의 탄력있는 둔부의 흔들림을 놓치지 않고 뒤쫓고 있었다.

그녀는 탁자 위에 올려놓은 핸드백 속에서 담배를 한 개비 꺼냈다. 그것을 보고 노무라는 말을 걸어왔다.

「이리 와요. 내가 담배불 붙여줄테니까.」

탁자 위에는 재떨이와 성냥이 놓여있었지만 그녀는 남자 쪽으로 다가갔다.

노무라는 다가오는 그녀의 육체를 감상하고 있다가 그녀가 다가서자 라이터 불을 켜주었다.

「어떻게 죽이느냐하면, 알랑들롱이 달리는 요트 위에서 친구를 칼로 찔러 죽여요. 그리고…… 바다에 던져버려요. 그리고 친구의 애인과 요트를 차지해요. 그런 배경에 계속 주제곡이 흐르는 거예요.」

벌거벗은 남녀는 서로 상대방의 몸을 쳐다보았다.

그녀는 스탠드에 기대서서 담배를 피우고 있었고, 노무라는 의자 위에 걸터앉아있었다.

노무라의 몸은 너무나 하얘보였다. 그의 피부는 햇빛을 한번도 쬐지 않은 것 같았다. 그녀의 시선이 남자의 다리 사이에 가서 머물렀다. 그의 성기가 우스꽝스러운 모습으로 일어서있었다. 몸의 피부는 흰데 반해 그의 성기는 시커먼 색깔을 띠고 있었다. 아마 약기운 때문에 그것이 일어선 모양이라고 생각하면서 그녀는 그것을 가만히 쥐었다.

그것은 뜨겁고 단단한 느낌이었다. 뜨거운 피가 혈관을 타고 흐르는 것이 손바닥 가득히 느껴지고 있었다. 마치 한 마리의 짐승이 손바닥 안에서 꿈틀거리고 있는 것 같았다.

「당신은 나를 사랑하고 싶으세요, 아니면 정복하고 싶으세요?」

그녀는 진지한 표정으로 그를 쳐다보았다. 노무라는 앉은채로 다리를 더 벌렸다.

「정복하고 싶어. 난 어떤 여자도 사랑한 적이 없어.」

서화는 머리를 가로저었다.

「참된 의미의 정복이란게 있을 수 있을까요? 남자 쪽에서는 정복했다고 생각할지 모르지만 여자 쪽에서는 그렇게 생각 안 할 수도 있잖아요. 남자 쪽에서 일방적으로 정복했다고 생각한다는건 좀 우습지 않을까요?」

「무슨 말을 하고 싶어서 그러는 거야?」

그의 표정이 굳어졌다.

「이런 일에는 정복욕보다는 사랑이 더 효과가 있고 중요하기 때문에 하는 말이에요.」

그녀는 그의 기분을 거스르지 않으려고 조심해서 말했다.

「그럴까. 하지만 사랑이란 골치아픈 거야. 난 골치아픈건 싫어. 다른 할 일도 많은데 여자한테 푹 빠져있을 수는 없어.」

「아주 간단하게 생각하시는군요.」

「쓸데없는 말 하지 말고 이리 와서 앉아.」

그는 자기 하체를 가리켰다.

서화는 몸을 돌려 그의 허벅지 위에 올라앉았다. 노무라가 뒤에서 그녀의 허리를 끌어안았다.

그녀는 허공을 향해 담배연기를 후하고 내뿜었다.

「너만은 내가 꼭 정복하고 싶은 상대야. 너 때문에 내 스케줄이 엉망이 됐어. 네가 뭔데 나를 이렇게 붙잡아두는 거지?」

그의 손이 그녀의 젖가슴을 뒤에서 감싸쥐었다.

그녀는 그의 말을 듣자 온몸이 무겁게 가라앉는 것 같은 느낌이 들었다. 그렇다면 네가 나를 정복할게 아니라 내가 너를 정복하고 말겠다. 이 자식을 꼼짝 못하게 손아귀 안에 넣고 장난감처럼 가지고 놀아야지.

「한국의 이렇다할 유명인사들이 나를 만나고 싶어서 나래비 줄을 서있어. 하지만 난 그 작자들을 만나주지 않고 있어. 그 작자들은 나를 못 만나서 모두 안달이 나있어. 그런데 넌 거꾸로 나를 기다리게 했어. 넌 나를 기다리게 한 유일한 한국인이야. 네가 뭔데 나를 밤새 기다리게 한 거지? 네가 뭔데 말이야?」

그가 천천히 몸을 일으켰다. 그는 그녀의 몸이 떨어지지 않도록 뒤에서 그녀의 허리를 바싹 조이고 있었다. 서화는 두 손으로 의자를 껴안으면서 상체를 앞으로 깊이 숙였다.

「난 어제 밤 한숨도 자지 못했어. 널 기다리느라고 말이야. 너무 화가 나서 잠을 잘 수가 없었어.」

그녀는 눈을 감은채 이번만은 그가 제발 성공할 수 있기를 빌었다.

「누구를 기다리느라고 밤을 새기는 난생 처음이야. 수상을 만난다해도 난 밤샌 적이 없었어. 천황도 물론이고.」

그의 목소리가 흥분 때문이지 조금 떨리고 있었다.

「그야 당연하지 않아요. 남자에게 있어서 최대 관심거리는 여자이니까요. 남자란 만일 여자가 없다면…….」

그녀는 갑자기 입을 벌리면서 낮게 신음했다. 낑낑거리며 안간힘을 쓰던 그가 제대로 방향을 잡고 숨가쁘게 돌진해들어왔기 때문이었다. 그녀의 허리는 더욱 가늘어지면서 밑으로 활처럼 휘어졌다. 그녀는 신음소리를 내지 않으려고 입술을 깨물었지만 그것은 마치 구토처럼 터져나오고 있었다.

「아직도 일본 남자를 싫어하나?」

그가 승리감에 도취되어 큰 소리로 물었다.

「네, 그래요. 일본 남자들을 경멸해요.」

그녀는 의자에 덮여있는 가죽을 손톱으로 긁어댔다.

「그럼 나도 경멸하겠구나?」

그녀는 밀리지 않으려고 버티면서 말했다.

「네, 그래요.」

「나도 너를 경멸해.」

「전 콜걸이니까 당연하죠. 저를 경멸한다고 해서 섭섭하게 생각하지는 않아요.」

「우는 소리 하지마. 네가 뭐라 해도 현실은 현실이야. 아무리 죠센징이 일본을 경멸해도 현실적으로 한국을 지배하고 있는 것은 우리 일본이야. 지금은 별로 눈에 띠지 않지만 앞으로 좀 있으면 너희들이 우리 일본한테 지배당하고 있다는 것을 알게 될 거야. 너희들은 뭐 하나 성취하면 요란스럽게 떠들지만 우리는 소리없이 조용히 전진하고 있어. 새벽의 기습작전처럼 말이야. 우리는 너희들처럼 떠들지도 까불지도 않아. 샴페인을 터뜨리지도 않아. 너희들은 너무 일찍 샴페인을 터뜨렸지만 우리는 결코 그것을 터뜨리지 않아. 우리는 계속 조용 조용히 전진한다.」

그는 계속 지껄이고 있었다.

서화는 그의 말을 듣지 않으려고 애를 썼지만 그럴수록 그의 지껄이는 소리는 귀에 선명하게 들려오고 있었다.

「우리가 전진할수록 너희 죠센징들은 우리를 경멸하고 미워하고 싶겠지? 그걸 뭐라고 하는줄 알아? 바로 컴플렉스라고 하는 거야. 넌 바로 컴플렉스 덩어리야.」

노무라는 마지막 안간힘을 다해 그녀를 밀어부쳤다.

그러나 그는 모욕적이고 자신만만한 말투와는 달리 싱거울 정도로 쉽게 그것을 터뜨렸다. 그리고 이내 허물어져 내리면서 알아들을 수 없는 소리로 중얼거렸다.

서화는 달아오르다가 식어버린 몸을 일으키면서 담배부터 찾았다.

「드디어 성공하셨군요. 감상이 어떠세요?」

그녀는 담배에 불을 부치고 나서 그를 흘겨보았다.

노무라는 의자에 걸터앉아 가쁜 숨을 몰아쉬고 있었다.

「최고야.」

그의 목소리는 들떠있었고, 눈에는 만족스러운 미소가 감돌고 있었다. 싱겁게 끝나긴 했지만 그는 성공한 것만도 다행이라고 생각하고 있는 것 같았다.

「아주 좋았어. 당신은 어땠어?」

서화는 그의 얼굴에다 후하고 담배연기를 내뿜었다. 이자에게 점점 무례하게 굴어야겠다고 그녀는 생각했다.

「난 아직 멀었어요. 시작하다가 말았는걸요. 성공하긴 했는데 너무 싱겁게 끝났어요. 왜 그렇게 싱거워요?」

「다음에는 싱겁지 않을 거야. 처음이니까 그래. 모두 쏟아내고 나면 더이상 나올게 없거든.」

「기대해봐야겠군요. 우리 목욕이나 해요.」

그녀는 욕실 안으로 먼저 들어갔다. 이자한테는 절대 굽신거려서는 안 된다. 비굴하게 굽신거리면 오히려 더 모욕을 받게 될지도 모른다. 그녀는 단단히 마음을 다지면서 넓은 욕실 안을 둘러보았다.

욕실은 호화롭게 꾸며져있었다. 수도꼭지는 하나같이 금으로 도금된 외제였고, 벽이며 바닥, 욕조도 외국에서 수입한 대리석으로 꾸며져있었다.

그녀는 원형으로 되어있는 녹색의 대리석 욕조 안으로 들어가 샤워기를 틀었다.

대형 거울을 통해 노무라가 안으로 들어오는 것이 보였다. 그녀는 일부러 한쪽 발을 높이 쳐들었다.

노무라는 욕조 앞에 서서 그녀를 내려다보고 있었다. 그녀는 치켜올린 발끝으로 그의 허벅지를 건드렸다.

「들어오지 않고 뭐 하시는 거예요?」

노무라는 그녀의 발을 밀어내면서 욕조 안으로 들어왔다. 그리고 그녀를 마주보고 앉았다. 서화는 그를 응시하고 있다가 그쪽으로 다가가 갑자기 그의 목을 휘여감으며 그의 입을 덮쳤다. 그녀의 갑작스런 행동에 노무라는 잠시 어쩔줄 모르며 그녀의 키스를 받고 있다가 그녀의 허리를 끌어안았다.

뒤엉킨 그들의 머리 위로 물이 쏟아져내리고 있었다.

그녀가 하도 열정적으로 키스를 퍼붓는 바람에 얼마 후 그는 숨이 막혀 버둥거렸다.

「그만…… 그만해…….」

그녀는 사내를 내려다보면서 크게 미소를 지어보였다. 하얀 치아가 보기좋게 드러나있었다.
「당신은 차가운 여자인줄 알았는데 그렇지가 않은 모양이
지?」
그녀의 열정에 약간 주눅이 든듯한 목소리로 그가 말했다.
「차갑기도 하고 뜨겁기도 하고 그래요.」
그녀는 몸을 뒤로 젖힌 다음 두 발을 남자의 하체 위에다 올려
놓았다. 그래도 그는 기분이 좋은듯 호의적인 눈으로 그녀를 바
라보고 있었다.
「당신은 아주 정열적인 여자 같아.」
「불같이 활활 타오르는 연애가 아니면 난 싫어요. 미지근한
연애는 감질만나고 싱거워요.」
노무라는 그녀를 지그시 쳐다보다가
「애인 있나?」
하고 물었다.
「애인이요?」
그녀는 사내를 빤히 쳐다보다가 마치 자신을 조소하는 듯한
냉소를 입가에 흘렸다.
「그런거 없어요. 저 같은거 누가 애인을 삼겠어요.」
그러나 일본인은 의심스러운 눈길로 그녀를 쳐다보았다.
「그만한 미모에 애인이 없을까. 거짓말하는거 아니야?」
「난 그런 거짓말하지 않아요.」
그녀는 비누를 집어들고 남자의 몸에다 비누칠을 하기 시작했
다.
「애인이란거…… 무의미하다고 생각해요. 아무 의미도 없어
요.」
「그건 나하고 생각이 같군 그래.」

「꽤 여러 남자들하고…… 이른바 사랑이란걸 해봤는데……
벌써 다 헤어졌어요. 아무 의미도 없어요. 남자들이란 배설만
하고 나면 그것으로 끝이에요. 여자들은 관계를 하고 난 뒤에
도 그것으로 끝나지 않고 아기자기한 그 무엇인가가 계속되기
를 바라거든요. 자, 돌아앉으세요.」

남자는 시키는대로 등을 돌리고 앉았다. 그 바람에 그의 잘린
팔이 그녀의 몸을 건드리며 지나갔다. 그녀는 깜짝 놀라 몸을 움
츠렸다가 그의 등에 비누칠을 하면서 조심스럽게 물어보았다.

「어쩌다가 팔이 이렇게 됐죠?」

쉽게 대답해줄줄 알았는데 사내는 그렇지가 않았다. 어깨를
조금 앞으로 구부린채 잠자코 앉아있었다.

「사고 당하셨나요?」

노무라는 여전히 아무런 반응도 보이지 않는다. 서화는 거기
에 대해 더이상 물을 수가 없었다.

「제 말 안 들려요?」

「듣고 있어.」

서화는 한 곳만을 빼놓고 상체에 모두 비누칠을 했다. 잘린 팔
만은 차마 손을 댈 수가 없어 그대로 두었다. 그런데 사내가 그
녀의 마음을 읽었는지 잘린 팔을 쳐들어 그녀를 찌를듯이 하면
서

「여긴 왜 비누칠 하지 않지? 나보고 하라는 건가?」

하고 물었다.

「아, 아니에요.」

그녀는 손에다 비누를 잔뜩 칠한 다음 사내의 잘린 팔을 두 손
으로 싸잡았다. 그리고 그것을 보지 않은채 비누칠을 하기 시작
했다. 손을 놀리고 있는 동안 차츰 생각과 느낌이 달라져 정성스

럽게 그 팔을 닦아주었다. 나중에는 돌리고 있던 시선을 거기에다 고정시킬 수도 있게 되었다.

「됐어요. 일어나 욕조에 걸터앉아보세요.」

「고맙군.」

노무라는 기뻐하면서 욕조 턱에 걸터앉았다.

서화는 그의 몸에다 물을 뿜어 비누를 씻어낸 다음 이번에는 하체에다 비누칠을 하기 시작했다.

하체의 중심부분을 집중적으로 비누칠을 하고, 허옇게 거품으로 뒤덮인 그곳을 손으로 정성스럽게 애무해주자 노무라는 옅은 신음소리를 내면서 다시 흥분하기 시작했다.

「노무라상, 당신은 왜 그렇게 한국과 한국인을 멸시하죠? 이유가 뭐에요?」

그녀는 분위기에 전혀 어울리지 않는 질문을 던졌다.

「멸시할 것 밖에 없으니까 그렇지. 아, 음…….」

「그건 편견이에요. 도대체 당신은 한국에 대해서 얼마나 알고 있나요?」

그녀는 점점 그를 학대하고 싶은 충동을 느끼면서 손을 난폭하게 움직였다.

「일본이라는 나라, 제발 이 지구상에서 없어져버렸으면 좋겠어요.」

「왜 그렇지?」

노무라는 차갑게 웃으며 물었다.

「계속 우리를 괴롭히고 우리한테 해만 끼쳐왔으니까 그렇죠. 일본이 언제 우리한테 도움을 준 적이 있나요? 일본은 영원한 적이에요. 그런 나라와 이웃하고 있다는 사실이 불행한 일이죠.」

「흥, 그렇게 애국자인줄은 몰랐었지. 대단한 애국자시군.」

「난 애국자가 아니에요. 객관적으로 볼 때 그렇다는 거예요.」

「죠셴징들, 이제 우는 소리 그만했으면 좋겠어. 지금이 어느 때인데 아직도 피해의식에 젖어 우는 소리 하고 있는 거야. 국제관계는 냉혹하다구. 거기서 휴머니즘이니 뭐니 하는거 찾는다는건 웃기는 일이라구. 국제관계에는 오로지 힘의 논리만이 존재하고 있어. 힘이 약한 놈은 가차없이 먹힐 수밖에 없어. 역사가 그걸 증명하고 있잖아. 힘이 없어서 먹힌걸 가지고 계속 우는 소리 해봐야 귀 기울여줄 놈은 아무도 없어. 그렇게 우는 소리 할 시간 있으면 실력을 기르라구, 실력을. 잘못하다가는 우리 일본한테 또 먹힌단 말이야.」

서화는 샤워기를 들고 사내의 다리 사이를 향해 물을 뿜었다.

「참 간단한 논리이군요. 약육강식의 논리 이외에는 존재하지 않는다는 말이군요.」

「국제관계가 얼마나 냉혹한지 말해줄까? 지금 이 지구상에는 수백 수천만 명의 난민들이 있어. 그들은 나라가 없기 때문에, 또는 자기 나라에서 살 수가 없기 때문에 도망쳐나온 사람들이야. 그들은 먹고 살기 위해 방황하고 있지만 지구상의 어느 나라에서도 그들을 받아들이려고 하지 않아요. 그들이 굶어 죽든 병들어 죽든 상관하지 않아. 그래서 그들은 오늘도 수없이 죽어가면서 지구라는 위성 위를 정처없이 떠돌고 있어. 애초에 이 지구상에는 국경 같은게 없었을 거고, 그래서 사람들은 어디든 자유롭게 돌아다닐 수 있었을 거란 말이야. 그런데 인간들은 국경이란걸 만들어놓고 그 경계선을 넘어오지 못하게 했고, 영토점령을 위해 부단히 전쟁을 일으켰고, 그러는 동안 국경선은 더욱 견고해지기만 했지.」

「당신, 거물이라고 하던데 정말이에요?」

그녀는 무례할 정도로 퉁명스럽게 물었다.

「누가 그래?」

「그렇다고 들었어요. 앞으로 일본을 이끌어갈 수상감이라고 하던가, 뭐 그렇게 들었어요.」

남녀관계란 일단 서로 알몸을 보이고 가장 부끄러운 부분을 접촉하고 나면 웬만한 무례는 눈감아주기 마련인가 보다. 노무라는 그녀가 장난스럽게 그것을 가지고 놀면서 무례하게 함부로 말을 내뱉는데도 그저 부드러운 눈빛으로 그녀를 바라보고 있었다.

「글쎄, 두고보면 알겠지. 늙은 여우들이 죽치고 앉아있는한 일본은 더이상 발전할 수 없어. 정치 뿐만 아니라 모든 분야에 걸쳐 일본은 노인 인구가 너무 많아. 장수가 반드시 좋은건 아니야. 노인 인구는 국가 발전의 저해요인이 될 수 있어. 그들을 솎아내고 낡은 기계에 새 오일을 쳐야하는데 그게 쉽지가 않아.」

「당신은 증오하는 사람이 많군요?」

「그래. 난 증오하는 사람이 많아.」

「당신은 아까 한국은 머지않아 일본의 식민지가 될 거라고 했는데, 그 말이 정말인가요?」

노무라의 얼굴에서 슬그머니 미소가 사라졌다. 그러나 그는 이내 다시 미소를 지으면서 고개를 끄덕였다.

「아마 그렇게 될거야. 왜? 그 말이 신경에 걸리나?」

「네, 걸려요. 걸리는 정도가 아니에요.」

노무라는 쿡하고 웃었다.

「일본말을 아주 잘 하는군. 어디서 그렇게 배웠지?」

「혼자서 배웠어요. 우리 같은 콜걸은 일본말을 못하면 맥을 못 추니까요. 어떻게 해서 한국이 일본의 식민지가 된다는 거죠?」

「관심이 많군. 간단히 이야기하면, 경제적으로, 그리고 기술적으로 현재 한국은 완전히 일본의 손아귀 속에서 놀고 있어. 일본이 마음대로 주물러대고 있단 말이야. 현재 한국의 대일 무역적자가 얼마인줄 알아? 백억 달러가 넘어. 그 폭은 눈덩이처럼 불어나고 있어. 그뿐이 아니야. 기술 격차는 30년으로 벌어졌고, 점점 더 그 격차도 커지고 있어. 뭐, 일본을 따라잡겠다고? 흥, 한 번 해보시지. 우리를 따라잡으려면 30년이 걸려. 하지만 30년 후에는 우리 일본은 더 멀리 가있어. 까마득히 멀리 가있을 거란 말이야.」

그는 손가락 끝으로 그녀의 턱을 받쳐들었다.

「잘 들어둬. 너희들 죠센징이 우리 일본을 따라잡는다는건 영원히 불가능해. 알았어? 아무리 발버둥쳐도 소용없는 일이야. 쓸데없이 헛수고하지 말고 아예 우리 일본에 동화되어버리는 게 어때? 그전처럼 피를 보지 말고 조용히 흡수되어버리는게 좋잖아? 엇 뜨거!」

갑자기 그녀가 그의 사타구니에다 뜨거운 물을 뿜었기 때문에 그는 펄쩍 뛰었다.

두사람은 무서운 눈으로 서로 상대방을 노려보았다. 그녀는 노무라에게 미안하다는 말을 하지 않았다. 왜냐하면 일부러 뜨거운 물을 뿜었기 때문이었다.

「망할 년 같으니!」

사내는 욕설을 퍼부으면서 세차게 그녀의 뺨을 후려갈겼다. 철썩하는 소리가 욕실 안을 울렸다.

서화는 얻어맞은 뺨에다 손을 갖다댔다. 워낙 세게 얻어 맞았기 때문에 아프다는 느낌보다는 얼얼한 느낌이었다.

「일부러 그랬지?」

노무라가 무서운 눈으로 그녀를 노려보면서 물었다.

서화는 차가운 미소로 거기에 답했다.

「화상을 입으면 어떡 하려고 그래?」

그녀는 차갑게 웃기만 했다.

「너, 그러고 보니까 아주 악질이구나!」

「악질은 당신이죠. 한국을 집어삼키려는 당신이야말로 일본의 대표적인 악질 아닌가요?」

「그래. 네 말이 맞다. 난 일본의 대표적인 악질이다. 내 꿈은 새로운 일본을 건설하는 거야. 그 기초는 다 되어있어. 칼집에서 칼만 빼들면 되는 거야. 신일본은 아주 원대한 구상이야. 아무도 그걸 막지 못해. 대세가 이미 그렇게 기울어져있기 때문이야.」

「과대망상에 사로잡혀있군요. 당신은 과대망상병 환자예요.」

거침없이 쏘아붙이는 그녀를 쏘아보고 있다가 노무라는 갑자기 껄껄거리고 웃었다. 일개 계집이 뭘 알겠느냐는 그런 태도였다.

「넌 역시 당돌하고 배짱이 있어서 좋아. 그게 매력적이란 말이야. 좋아. 그점에 반했어.」

「흥, 잘 봐줘서 고맙군요. 당신이 한국을 정복하겠다면 난 당신을 정복하겠어요. 얼마든지 할 수가 있어요.」

그녀는 그에게 욕조 안으로 내려앉으라고 말했다. 그리고 그가 물 속에 내려앉자 그의 허벅지 위에 올라앉으면서 그의 목을 끌어안았다. 다음에 그녀는 몸의 중심을 잡고 나서 엉덩이로 그의 아랫도리를 깊이 내려눌렀다.

「그 새로운 일본이라는게 뭐예요?」

물이 출렁거리기 시작했고, 사내의 머리는 점점 뒤로 젖혀져 갔다.

서화는 시간을 오래 끌지 않았다. 사내가 흥분하는 것을 보고 갑자기 몸을 일으켜 욕실 밖으로 나와버렸다.

흥분한 노무라는 물에 젖은 몸으로 따라나와 그녀를 붙잡으려고 했다. 서화는 붙잡히지 않으려고 넓은 실내를 이리저리 뛰어다녔다. 호텔방을 10개쯤 합쳐놓은 것 정도로 넓었기 때문에 그녀는 두터운 고급 카펫 위를 마음대로 뛰어다닐 수가 있었다.

「누굴 약올리는 거야?」

「강간해보세요.」

그녀는 창가에 서서 해변을 내려다보았다. 노무라는 뒤로 다가와 씩씩거리며 그녀의 허리를 끌어안았다. 그의 뜨거운 입김이 그녀의 목덜미에 쏟아졌다.

「어머나, 저 사람들좀 봐요! 벌써 저렇게 많아졌어요!」

그녀는 남자의 기분 따위는 묵살한채 말했다.

해변에는 어느 새 울긋불긋한 비치파라솔이 이쪽 끝에서 저쪽 끝까지 이어져있었고, 모래밭은 벌거벗은 사람들로 들끓고 있었다. 새로 도착한 사람들이 흡사 파도처럼 계속 모래밭으로 밀려들고 있었다.

「사람들이 굉장히 밀려들고 있어요. 저것좀 봐요! 엄청나잖아요! 오늘 굉장하겠어요. 오늘이 토요일이라 그러나봐요.」

「오늘 같은 날은 밖에 나갔다가는 밟혀죽겠는데. 방 안에서 술이나 마시면서 벌거벗고 지내는게 낫겠지. 저건 피서가 아니라 숫제 시장바닥이야.」

　서화의 어깨 너머로 아래를 내려다보면서 노무라가 말했다. 그녀의 허리를 끌어안고 있는 오른손이 아래로 미끄러져 내려가더니 아랫배를 쓰다듬기 시작했다.

「난 싫어요. 이렇게 좋은 날 방 안에만 죽치고 있는건 딱 질색이에요. 저 사람들 속에 섞여서 짠 바닷물에 몸도 담그고 모래밭에서 딩굴고 싶어요.」

　그녀는 몸을 돌려 실내를 둘러보았다.

「아무리 이 방이 호화롭다해도 지금 저한테는 감옥처럼 보일 뿐이에요. 우리 밖에 나가요. 나가서 수영해요.」

「수영 잘 하나?」

「조금은 해요.」

「난 수영할 수가 없어.」

　그녀의 몸에서 슬그머니 떨어져나가면서 그가 말했다.

「한 팔로 아무리 해보려고 하지만 안 돼. 난 바다가 싫어.」

　그녀가 몸을 돌려 쳐다보았을 때 그는 와이셔츠를 입고 있었다. 잘린 팔이 소매 안으로 들어가려다가 잘못되어 허공을 한번 휘젓는 것을 보고 그녀는 시선을 돌려버렸다. 처음으로 그녀는 노무라의 마음을 이해할 수 있을 것 같은 생각이 들었다. 그러나 그녀는 비키니수영복 차림으로 푸른 바닷물 속으로 뛰어들고 싶은 충동을 억제할 수가 없었다.

「수영 같은거 안 하시면 어때요. 비치파라솔 밑에 앉아서 시원한 맥주나 마시고 있으면 되잖아요.」

「나보고 구경만 하라는 건가?」

　그가 자조적인 미소를 지으면서 물었다.

「싫으면 그만두세요.」

　그녀는 다시 몸을 돌려 아래를 내려다보았다.

그 아래 호안도로 위를 오가고 있는 많은 사람들 사이에는 마침 제주도에서 막 도착한 하형사 일행이 섞여있었다. 그들은 땀을 흘리며 걸어가고 있었는데, 서화의 눈에는 물론 무리를 이루고 있는 사람들 속에 묻혀있는 그들의 모습이 보일 리가 없었다. 보였다해도 그들이 누구인지 알아볼 수가 없었을 것이다.

「참, 아까 당신이 말하다만거 이야기해줘요. 새로운 일본이란 거 말이에요. 그게 도대체 뭐죠?」

「과대망상이라면서 관심이 있나?」

「과대망상이지만 듣고 싶어요.」

「듣고 싶겠지. 현실을 무시할 수는 없을테니까.」

「말해보세요. 당신이 구상하고 있다는 그 신일본이라는거…….」

그녀는 창가에서 물러나 티셔츠부터 입었다. 노무라는 바지의 지퍼를 올렸다.

「앞으로 죠센징의 운명은 우리 일본의 손에 달려있어. 아무리 부인해도 현실은 현실이야. 현재는 경제적인 영향력이 크지만 앞으로는 군사적으로도 일본의 절대적인 영향을 받게 돼. 일본의 군사력은 온통 첨단기술로 무장되어있기 때문에 한국의 오합지졸과는 상대가 안 돼. 미국의 마지막 부대가 한국에서 철수하는 날 그 힘의 공백을 과연 누가 메꾸겠어? 미국은 그 공백을 우리 일본이 메꾸어주기를 그전부터 바래왔어. 우리는 지금까지 어떠한 대답도 회피해왔어. 한국을 비롯한 주변국들이 겁에 질린채 두려운 눈으로 우리를 경계하고 있기 때문에 앞장서서 나서지 않은 거야. 우리는 시기가 오기만을 조용히 기다려왔을 뿐이야. 아쉬운 쪽은 한국이니까 한국에서 우리를 필요로 할 때까지 잠자코 기다려온 거야. 그 기다림이 이제야

열매를 맺기 시작했어. 한국은 일본의 군사기술과 지원을 바라고 있어. 군사적인 동맹관계도 바라고 있어. 바라고 있으면서도 과거의 역사가 되풀이되지 않을까해서 노골적으로 표현은 하지 못한채 눈치만 보고 있는 거야.」

서화는 핫팬츠에 다리를 끼고 나서 지퍼를 올렸다. 그리고 담배에 불을 붙였다. 노무라는 말을 계속 했다.

「일본도 더이상 기다릴 수가 없게 됐어. 돈이 주체할 수 없을 정도로 쌓여있는데다 군사력도 세계 최강이야. 세계 누구도 우리 일본을 막을 수가 없게 됐어. 우리는 넘쳐흐르는 힘을 일본열도 안에만 잠재워둘 수가 없게 됐어. 힘이 넘치면 폭발하기 마련이야. 마치 화산처럼 말이야. 누구도 그 폭발력을 막을 수가 없는 거야. 일본 열도는 우리 일본의 폭발하는 에네르기를 소화하기에는 너무 좁아.」

「그래서 한국을 먹어치우겠다는 건가요?」

노무라는 차갑게 미소지었다.

「겨우 한국 말인가? 한국 따위는 안중에도 없어. 한낱 발판에 불과해. 우리 대일본이 한국 정도에 만족할줄 아나?」

「그럼 뭐죠?」

「전세계가 우리의 표적이야. 우리는 전세계를 상대로 싸우는 거야. 전세계가 우리의 적이야.」

「머리가 아프군요. 우리 밖으로 나가요. 밖에 나가서 이야기해요.」

「좋아.」

노무라는 엘리베이터 안에서까지 그 이야기를 계속했다. 그는 잔뜩 흥분해있었다.

「세계 지배가 우리의 최후 목표야. 우리는 과거의 실패를 교훈삼아 두번째에는 결코 실패하지 않을 거야. 완벽한 계획하에 작전을 추진해나갈 거야. 그 일을 위해 일본의 최고 두뇌들은 오래 전부터 연구에 연구를 거듭해왔어.」

엘리베이터가 멈추더니 두 명의 중년남자가 들어왔다. 그들은 무더운 날씨인데도 불구하고 정장차림이었다. 노무라는 입을 다물었다.

잠시 후 엘리베이터가 1층 로비에 닿자 노무라는 커피숍쪽으로 걸어갔다. 그것을 보고 서화는 좀 당황했다. 아까 많은 사람들 앞에 망신을 당한터라 자신의 얼굴이 이미 많이 팔려있을 거라는 생각 때문에 커피숍에 따라 들어가기가 민망스러웠다. 그러나 갑자기 반발심이 생기면서, 그녀는 턱을 치켜들고 오만한 표정으로 노무라 뒤를 따라 안으로 들어갔다.

커피숍에서 일하는 종업원들이 그녀를 힐끗힐끗 쳐다보았지만 그녀는 상관하지 않고 그대로 커피숍을 가로질러가 창가의 빈 자리에 노무라를 마주보고 앉았다.

「갑자기 커피 생각이 나서 말이야.」

노무라가 그녀의 표정을 살피면서 말했다. 그녀는 행복한듯이 웃어보였다. 그리고 노랑 리번을 머리에 단 여자 종업원이 다가오자 맑은 목소리로 커피 두 잔을 주문했다.

넓은 커피숍의 중간중간에는 칸막이 역할을 하도록 대형 화분들이 몇 개 놓여있었다.

그때까지 커피숍에 죽치고 앉아있던 표범은 해바라기의 모습을 보자 얼른 자리를 바꿔 화분 뒤로 몸을 숨겼다. 그곳에 앉아있으면 여간해서는 눈에 띄지 않을 것 같았다.

머리에 리번을 얹은 백자영이 그의 곁을 지나치다 말고 미소를 지어보였다.

「이쪽으로 옮기시겠어요?」

「네, 미안합니다.」

표범은 눈빛을 부드럽게 하면서 공손히 말했다.

「아니에요.」

그녀는 그에게 얼음조각이 담긴 물을 갖다주었다.

해바라기보다는 못하지만 저 가는 허리를 끊어질 정도로 한번 안아보고 싶다고 그는 생각했다. 그녀의 미소가 아까보다 더 호의적인 것 같아 그는 자신감이 붙었다.

화초 사이로 해바라기와 중년사내의 모습이 뚜렷이 보였다.

중년사내는 깨끗이 빗어넘긴 머리에 얼굴빛은 창백할 정도로 희어 보였다. 코밑에는 수염을 기르고 있었다. 그 얼굴은 여름 햇볕에 검게 그을린 여느 남자들의 모습하고는 사뭇 달라보였다. 그한테서는 전형적인 일본인의 냄새가 풍기고 있었다. 거리가 떨어져있어 말소리가 들리지 않는 것이 아쉬웠다.

백자영이 서화의 테이블에 커피를 날라다주고 돌아오면서 일부러 표범 곁에서 걸음걸이를 늦추었다.

「뭐 필요한거 없으세요?」

「아뇨. 됐습니다. 고맙습니다. 참, 저기 방금 커피 갖다준 테이블 말인데요…… 그 남자 일본 사람인가요?」

백자영은 그쪽을 한번 쳐다보고 나서 고개를 끄덕였다.

「네, 일본 사람이에요. 왜 그러세요?」

「아뇨. 멋지게 생겼는데…… 어쩐지 한국 사람 같지가 않아서요.」

「저 사람, 한쪽 팔이 없어요.」

「네?」

　그가 놀라는 것을 보고 그녀는 오른손을 펴서 자신의 왼팔을 자르는 시늉을 해보였다.

「이쪽 팔이 없어요.」

「그래요?」

표범은 그 일본인의 움직임을 유심히 살폈다.

「보세요. 오른손만 쓰잖아요.」

「그렇군요. 그럼 저 여자는 부인입니까, 아니면……?」

「부인이냐구요?」

그녀는 손으로 입을 가리면서 허리를 틀었다.

「아닌가요?」

「저 여자가 부인으로 보이나요?」

「그럼 애인인가요?」

「애인이요?」

그녀는 비웃는 표정으로 서화쪽을 한번 쳐다보고 나서

「애인이면 좋게요. 같은 여자 입장에서 창피해요.」

하고 속삭였다. 그리고 그가 다시 뭐라고 묻기 전에 지배인의 눈총을 받을까봐 저쪽으로 가버렸다.

　표범은 화초를 손으로 조금 젖힌 다음 서화와 일본인쪽을 흡사 맹수가 사냥감을 노리듯 노려보았다.

　서화는 꽤나 큰 소리로 떠들며 웃어대고 있었다. 과시하려고 그러는 것인지 아니면 반발심으로 그러는 것인지는 알 수 없었지만 그렇게 떠들어대는 것이 어쩐지 과장된 짓처럼 보였다. 그녀는 일본말로 떠들어대고 있었다.

　그러나 그녀와는 달리 일본인 남자의 목소리는 조금도 들리지가 않았다. 그는 다른 사람들에게 방해가 되지 않게 작은 목소리로 이야기하고 있었다.

해바라기가 일본인 외팔이 사내와 데이트하고 있는 장면을 하이에나 그놈한테 보여주면 그놈 쌍통이 어떻게 변할까? 그리고 모두가 그렇게 흠모해 마지 않았던 그녀가 콜걸이라는 것을 알게 되면 그놈은 과연 어떤 반응을 보일까? 정말 이건 놀라 자빠질 정도로 충격적인 뉴스다. 저 여자는 그러니까 양다리를 걸친 채 놀아나고 있는 것이다. 같은 해변에서 대학생들과 노닥거리다가 시간을 내어 이번에는 일본놈하고 재미를 보고 있는 것이다.

표범은 친구들한테 빨리 달려가 이 기막힌 뉴스를 알려주고 싶어 좀이 쑤셨다. 그러나 생각과는 달리 친구들에게 곧장 달려가지는 않았다. 그는 인내심도 좀 있는 편이었고, 신중한 일면도 지니고 있었다.

일단 내 손에 걸려든 이상 그대로 내버려둘 수는 없다고 그는 생각했다. 친구들한테 곧장 달려가 까발린다는 것은 너무 싱거운 일이다. 이 기막힌 비밀을 내 주머니 속에 넣어둔채 가장 맛있게 나 혼자서 먹어치워야 한다.

노무라는 서화에게 새로운 일본에 대한 자신의 구상을 열심히 이야기하고 있었다.

서화는 정신없이 이야기하고 있는 그의 모습을 지켜보면서 그런 중요한 이야기를 지껄이고 있는 그의 마음을 도무지 헤아릴 수가 없었다. 그의 이야기는 한국인의 감정을 자극할 수 있고, 외교문제로까지 충분히 번질 수 있는 그런 내용이었던 것이다. 입이 너무 가볍기 때문일까. 아니면 이제는 그런 이야기 때문에 외교문제가 발생해도 일본이 워낙 강하므로 걱정하지 않아도 된다는 자신감 때문일까. 그것도 저것도 아니라면 지금 약기운 때문에 겁도 없이 횡설수설하고 있는 것일까. 내 앞에서는 무슨 말

을 해도 걱정할게 없다는 생각이 들 정도로 나 같은 것은 그에게
있어서 그 정도로 하찮은 존재일까. 아니면 나를 그만큼 믿기 때
문에 이렇게 아무 말이나 마구 지껄여대고 있는 것일까.

「……결국 한국은 아시아를 일본 중심으로 재편하는데 있어
서 우리가 첫발을 내딛어야 하는 발판인 셈이지. 한국을 발판
으로 해서 새로운 대동아 공영권을 만드는 거야. 과거에는 그
것을 만드는데 실패했지만 앞으로는 절대 실패하지 않아. 두
번 실패는 없다는 것이 우리가 역사에서 배운 교훈이야. 우리
는 절대 실패하지 않을 거야. 대동아 공영권이 하나의 블럭으
로 굳혀지면 다음에는 소련, 미국, 유럽 등을 잠식해들어가는
거야. 돈으로 살 수 있으면 돈으로 사고, 싸울 필요가 있으면
싸워서 먹어치우는 거야. 과거와는 달리 우리한테는 이 지구
를 다 사고도 남을만큼 많은 돈이 있어. 거기에다 최첨단 무기
로 무장된 가공할 군사력까지 지니고 있어.」

노무라의 동공은 술에 취한듯 많이 풀어져있었다. 약기운 때
문에 그렇게 된 것 같았다. 그런 그를 서화는 무표정하게 바라보
고 있었다. 일일이 반응을 보이기도 귀찮고 번번이 화를 낼 수도
없었기 때문에 냉담한 표정으로 앉아있었다.

「우리는 결코 서두르지 않아. 천천히 한 발짝씩, 그러나 확실
하게 전진하고 있지. 너희 죠센징처럼 허둥대며 달려가다가
보기좋게 나가떨어져 세계의 웃음거리가 되지는 않아요. 내가
보기에는…… 너희 죠센징들은 어떻게 할 수 없는 한심한 족
속들이야. 남의 지배를 받을 수밖에 없는 한심한 족속들이란
말이야. 도대체 질서도 없고, 단결도 안 되고, 불결하고, 무식
하기 짝이 없고, 비전도 없는 국민들이야. 의리도 없는 인간들
이야. 예를 하나 들까? 한국은 지금까지 계속 독재권력이 판

을 쳐왔는데, 그 독재자가 권좌에서 물러나 국민의 지탄을 받
게 되면 그 밑에서 녹을 받아먹던 아첨배들은 으례껏 겉으로
의리를 내세우며 그를 옹호하고 나서지. 하지만 의리를 지키
기 위해 자결한 놈은 지금까지 한 명도 없었어. 우리 일본 같
은데서 만일 그런 상황이 벌어졌다면 아마 수십 명이 할복자
살했을걸.」

그리고 보니 그 말은 공감이 가는 말이었다. 그의 말은 오만무
례하고, 모욕적이고, 철두철미 침략근성을 드러내고 있었지만,
중간중간에 아픈 곳을 건드리는 귀담아 들을만한 내용도 있었
다. 그러나 다른 사람도 아닌 일본인한테서 그런 말을 듣는다는
것이 그녀의 기분을 상하게 하고 있었다.

「내가 그런 말을 하니까 기분이 상하나?」

「아뇨. 구구절절이 옳은 말씀인데요 뭐.」

그녀는 쓰디쓴 미소를 입가에 담았다.

「사실 말이지 한국은 일본의 지배를 받는 것이 속편할지도 모
르지. 일본의 한 부분이 되면 오히려 살기가 좋아질 거야. 그
편이 오히려 한국의 발전에 도움이 될 거야. 한국은 하나의 국
가로서 독립을 유지해나가기에는 문제가 많은 나라야. 정치인
들은 물론이고 국민들도 자질이 부족해. 우리 일본한테서 많
은 것을 배워야 해. 한국과 일본이 합치면 강대한 나라가 될
수 있을 거야.」

「상상력이 풍부하시군요. 일본인들이 여전히 침략근성을 버
리지 못하고 있다는 것은 익히 알고 있어요. 저는 이런 생각을
할 때가 있어요. 아주 큰 화산폭발이 일어나 일본 전역을 화산
재와 용암으로 뒤덮어버리면 얼마나 좋을까 하고요. 그렇게
되면 골치거리도 걱정거리도 없어지고 평화롭게 살 수 있을거

아니에요. 일본은 역사적으로 한국에 해악만 끼쳐온 우리의 영원한 적이니까.」

노무라는 눈을 크게 뜨고 그녀를 바라보고 있다가 갑자기 큰 소리로 웃음을 터뜨렸다. 그가 껄껄거리며 웃어대자 주위에 있던 사람들의 시선이 모두 그쪽으로 쏠렸다.

「상상력치고는 아주 멋져! 그야말로 일본 침몰이야. 수년 전 일본 침몰이라는 가상소설이 베스트셀러가 된 적이 있지. 그 상상력을 버리지 말고 소설로 한번 써봐요. 내가 출판해줄테니까.」

빈정대는 말에 서화는 화제를 돌렸다.

「저기, 노무라라는 이름…… 본명이 아니죠? 진짜 이름좀 가르쳐주세요.」

「내 본명은 다나베 유우지(田邊雄二)…… 내가 누구인가는 다른 일본 사람을 붙잡고 물어봐.」

그는 자신만만하게 말했다.

「자, 우리 나가요. 수영하고 싶어 미치겠어요.」

서화는 앞장서서 밖으로 나갔다.

밖으로 나온 그들은 약속이나 한듯 선글래스를 꺼내 눈을 가렸다.

건장한 사내 네 명이 좀 떨어져서 다나베 뒤를 따라왔다.

모래밭으로 내려가자 비치파라솔 주인이 다나베에게 거머리처럼 달라붙어 자기 파라솔을 가리켰다.

「얼마예요?」

서화가 대신 물었다.

「10만원만 내세요. 조금 있으면 그나마 자리가 없습니다.」

일본인이라는 것을 알아보고 바가지를 씌우려고든다.

「그런게 어딨어요. 10만원이 뭐 아이스크림 값인줄 아세요.」

서화가 눈을 흘기자 까맣게 탄 사내도 그녀를 아래위로 흘겨
보았다.

「이거 왜 이래요. 특별히 해준건데, 싫으면 관둬요.」

서화가 더이상 대꾸하지 않고 가려고 하자 사내가 그녀를 가
로막았다.

「만원 깎아줄테니까 골라서 앉으세요.」

「싫어요!」

「아가씨, 이거 봐요. 아가씨가 돈 내는거 아니잖아. 일본 아저
씨가 돈 내는 건데 왜 이래.」

제법 눈까지 부라린다. 서화는 그를 노려보다가

「싫단 말이에요! 아무리 그렇지만 그런 바가지가 어딨어요.」

하고 쏘아붙였다.

「에이, 씨팔. 재수가 없을래니까 저런 갈보 같은 년이…….」

중얼거리는 욕설이 차라리 그녀의 귀에 안 들렸더라면 좋았을
걸, 그것은 뒤돌아서서 가는 그녀의 귀에 마치 비수처럼 날아들어
와 박혔다.

성질이 불 같은 그녀가 그대로 지나칠 리가 없었다. 그녀는 홱
돌아서서 사내를 무섭게 노려보았다.

「뭐가 어째? 개 같은 자식!」

「알았어. 빨리 가서 왜놈 그거나 핥아먹어.」

그녀의 오른손이 사내의 따귀를 철썩하고 후려갈겼다.

「날강도 같은 놈!」

그녀는 분을 이기지 못해 구둣발로 사내의 정강이를 걷어찼
다. 그러나 사내는 잽싸게 비켜서더니 그녀를 모래밭에다 세게
밀어버렸다. 그 바람에 그녀는 모래밭에 얼굴이 처박혔다가 한

바퀴 굴러서야 머리를 쳐들 수가 있었다.

「쌍년, 어디다 건방지게 손을 대는 거야?! 꼴 좋다!」

얼굴에 마치 밀가루를 뒤집어쓴듯 모래를 덮어쓴 그녀를 보고 사내가 말했다. 어느 새 몰려든 많은 구경꾼들이 그녀의 모습을 보고 킬킬거리고 웃었다.

그녀는 몸을 일으키기 전에 노무라, 아니 다나베를 찾아보았다. 그가 다가와 손이라도 잡아줄줄 알았는데 그의 모습은 구경꾼들 틈에도 보이지 않았다. 그때 건장한 사내 네 명이 구경꾼들을 헤치고 안으로 들어섰다.

「일어나십시오.」

그들 가운데 한 명이 일본말로 정중히 말하면서 서화의 손을 잡아주었다. 서화가 얼굴에 붙은 모래를 터는 동안 그는 작은 소리로 말했다.

「저쪽에 앉아계십니다.」

그러나 그녀는 그가 가리키는 쪽은 쳐다보지 않고 자기를 밀어넘어뜨린 사내만 노려보았다.

건장한 청년 네 명 가운데 두 명이 그 사내 앞에 다가서있었다. 다른 두 명은 좀 떨어진 곳에서 팔짱만 끼고 있었다.

건장한 청년 두 명이 사내한테 뭐라고 말하고 있는 것 같았는데 너무 조용히 말하는 바람에 그녀의 귀에는 잘 들리지가 않았다.

조금 후 턱하는 소리가 나더니 사내가 뒤로 벌렁 나자빠지는 것이 보였다. 사내의 얼굴은 어느 새 피투성이가 되어있었다. 비틀거리며 일어서려는 그를 청년들은 사정없이 걷어찼다.

「까불면 죽여버릴거야. 이 새끼, 누구한테 감히 손을 대.」

위협하는 소리는 그런대로 들려왔다.

비치파라솔 하나로 터무니 없이 돈을 울궈내려던 사내는 비참하게 구겨진채 헐떡거리고 있었다.

네 명의 건장한 청년들 가운데 사내를 때린 자들은 한국인들 같았고, 팔짱을 끼고 구경만 하던 자들은 일본인들로 보였다. 그러니까 그들은 합동으로 다나베를 경호하고 있는 것 같았다. 한국인 청년들은 머리를 적당히 기른 모습이었고, 일본인들은 운동선수처럼 머리를 짧게 깎은 모습이었다.

그들의 인상이 하도 험하고 체격 또한 워낙 우람했기 때문에 구경꾼들은 그들이 지나갈 때 주눅이 들어 아무 소리 못하고 슬슬 피하기만 했다.

다나베는 멀리 떨어진 곳에 설치되어있는 파라솔 아래 앉아 맥주를 마시고 있었다. 그 파라솔 주인은 다른 사람이었고, 이미 돈은 지불된 것 같았다.

「보통이 아니더군.」

서화가 자리에 앉자 다나베가 웃으며 말했다. 서화는 화난 얼굴로 그를 쳐다보았다.

「그렇게 사나운줄 몰랐어. 꼭 암표범이 으르렁거리는 것 같았어.」

「그 사람 아주 나쁜 사람이에요.」

「달라는대로 줄 것이지 창피하게 싸우긴 왜 싸워.」

「어머머, 부당한건 부당하다고 따져야죠.」

그녀는 갈증이 나서 맥주를 벌컥벌컥 들이켰다.

「난 그렇게 부당한건 참을 수가 없어요. 저런 사람은 버릇을 고쳐놔야 해요. 돈이 많고 적고가 문제가 아니에요.」

「발길질도 잘 하더군.」

서화는 그의 허벅지를 꼬집었다. 다나베는 미간을 조금 찌푸

리면서

「바다가 아름다워.」

하고 말했다.

서화는 비로소 바다 쪽으로 시선을 돌렸다.

바다에는 울긋불긋한 요트와 윈드서퍼들이 일대 장관을 이루고 있었다.

중요한 부분만을 아슬아슬하게 가린 젊은 여인들이 얕은 물가에서 물장구를 치며 놀고 있었다.

모터보트가 요란스럽게 엔진소리를 내면서 오륙도 쪽으로 달려가고 있었다.

미포쪽 선창에서는 유람선 손님들을 끌어모으기 위해 마이크를 통해 안내방송을 내보내고 있었다.

아이들은 모래를 헤집고 있었고, 그 위에서는 갈매기들이 한가롭게 날아다니고 있었다.

미끈하게 생긴 청년이 자유형으로 힘차게 헤엄쳐가는 것을 보고 있다가 서화는 일어섰다.

「잠깐 기다리세요. 수영복으로 갈아입고 오겠어요.」

그녀는 돌아서가려다가 도로 자리에 앉았다. 그리고 저만치 떨어진 자리에 앉아있는 건장한 남자들은 쏘아보았다.

「참, 저 남자들은 누구예요?」

「두 명은 내 경호원이고…… 다른 두 명은 한국측에서 보낸 죠센징이야. 내가 한국에 머무는 동안 계속 나를 경호해줄 거야.」

「그 파라솔 주인을 무자비하게 때렸어요. 제 의견은 묻지도 않고, 도와달라고 요청하지도 않았는데 멋대로 달려들어 난폭하게 때렸어요. 주의를 줘도 될텐데 코피가 터질 정도로 잔인하게 때렸어요. 당신이 그렇게 하라고 시킨 건가요?」

「난 아무 말도 하지 않았어.」

능청스럽게 시침을 떼는 것을 보고 서화는 약이 올랐다.

「당신이 말릴 수도 있었잖아요.」

「난 바다만 쳐다보고 있었기 때문에 무슨 일이 일어났는지 몰랐어.」

「당신, 시침떼는데는 뭐가 있군요. 저 사람들 보이지 않게 쫓아버리세요. 보기만 해도 기분 나빠요.」

「알았어. 옷이나 갈아입고 와요.」

다나베는 돌아서가는 그녀의 뒷 모습을 지켜보다가 차가운 미소를 지었다.

서화는 호안도로 위로 올라서자 곧장 태평양콘도쪽으로 걸어갔다. 차를 콘도 지하주차장에 세워두었기 때문이었다.

갑자기 모든 것이 서로 톱니바퀴를 맞춰 제대로 돌아가기 시작한 것 같은 느낌이 들었다. 이러다가는 정신없이 바빠지겠는데 하고 그녀는 생각했다.

양쪽을 오가면서 전혀 다른 남자들과 사랑을 나눈다. 한쪽은 20대의 애송이, 그리고 다른 한쪽은 40대의 일본 남자. 그것도 해운대라는 한 무대 위에서 벌리는 곡예 같은 사랑이다. 그것이 언제까지 계속될지는 알 수 없지만 그 어느 쪽도 포기하고 싶은 생각은 추호도 없다. 연하의 하이에나는 그녀 입장에서 보면 미래의 희망이라고 할 수 있다. 이룰 수 없는 사랑이겠지만 여름 한 철이나마 그 희망을 끌어안고 몸부림치고 싶은 것이었다.

하이에나가 희망이라면 다나베는 절망이라고 할 수 있다. 다나베의 배후에는 캄캄한 어둠만이 존재하고 있을 뿐이다. 그 어둠 속에 손을 넣어 휘저으면 목걸이도 걸려 올라오고 엔화도 적잖게 건져진다. 술냄새도 나고 악취도 풍긴다. 그러나 흡사 마약 중독자처럼 그녀는 그 어둠 속에서 헤어나오지를 못한다. 결코 자신이 그 속에서 헤어나오지 못할 것이라는 것을 그녀는 잘 알고 있다. 그런데도 그녀가 하이에나한테 희망을 걸고 있는 것은 마치 지푸라기라도 붙잡고 싶은 심정 때문일 것이다.

동일한 무대 위에서 1인2역을 하다보면 마주칠 수도 있을 것이고 정사의 현장을 들킬 염려도 있다. 하지만 무대를 다른 곳으로 옮기고 싶지는 않다. 무대를 옮기면 이 기막힌 스릴이 반감되고 말기 때문이다. 들키면 미련없이 떠나는 거다.

들키건 안 들키건 그건 운명에 맡기고 볼 일이다. 줄타기 곡예는 계속해볼 생각이다. 선택은 나의 손에 달려있고, 모든 결정은 내가 한다.

그녀는 하이에나 일행에게 발각될까봐 주위를 조심해서 살핀다거나 하지도 않고 그대로 꼿꼿한 자세로 걸어갔다.

이윽고 콘도 건물 안으로 들어간 그녀는 엘리베이터를 타고 지하로 내려갔다. 수영복은 지하에 주차해둔 그녀의 차 속에 들어있었다.

표범은 가게문을 밀치고 안으로 들어갔다. 그곳은 바닷가로부터 조금 떨어진 상가 밀집지역이었다.

젊은 남자가 헐떡거리며 들어서는 표범을 의아한 눈으로 쳐다보았다. 표범은 손가락으로 소형 망원경을 가리켰다. 그것은 여러 종류의 카메라와 함께 진열장 안에 들어있었다.

「이 망원경 얼맙니까?」

「그건 일제라 값이 좀 비싼데요.」

「얼맙니까?」

「12만원은 받아야 하는 건데…… 11만원만 주세요.」

「10만원에 안 돼요?」

성급하게 묻는 품이 안 된다고 하면 당장 나가버릴 것 같은 기세다. 주인은 마지못해 파는듯 천천히 고개를 끄덕였다. 그러면서 망원경을 진열장 위에다 꺼내놓았다.

「성능은 아주 좋아요. 거짓말 조금 보태서 오류도에 있는 갈매기 똥까지 보여요.」

표범은 10만원짜리 자기앞수표를 꺼내놓은 다음 망원경을 집어들고 도망치듯 그곳을 빠져나왔다. 주인이 따라나오면서 수표 뒤에다 이서(裏書)를 해줘야 하지 않느냐고 물었지만, 그는 들은 체도 하지 않고 건널목을 뛰어건넜다.

「이거 봐요! 그냥 가면 어떡 해?」

「틀림없는 수표니까 걱정하지 말아요.」

그는 공중전화 부스 안으로 뛰어들었다. 그리고 서울의 집에다 전화를 걸었다. 전화를 받은 사람은 젊은 가정부였다.

「난데 엄마 바꿔.」

「지금 목욕중인데요.」

「빨리 받으라고 해! 급한 일이야!」

가정부는 시골 출신으로 먼 일가뻘 된다고 하는데 이제 열아홉 살이었다. 그러나 촌수를 따지면 그보다 위로, 조카격인 그가 그녀에게 존대어를 써야 마땅할 일이었다. 그런데 두 사람의 대화는 그것이 거꾸로 되어있었다. 게다가 그는 그녀에게 손까지 댔었다. 집에 어른들이 없을 때 그녀를 강제로 몇 번 유린한 그는 그녀가 임신하는 바람에 겁을 집어먹고 그 다음부터는 그녀의 몸에 일절 손을 대지 않았다. 그녀는 그가 쥐어준 돈을 들고 혼자 병원에 찾아가 아기를 지웠었다. 그런 일이 있었는데도 그

녀는 그 집을 떠나지 않고 그대로 눌러앉아 몸이 부서지게 일만
하고 있었다.

표범의 부모들도 예의범절 같은데 관심이 없는 사람들이라 아
들이 가정부한테 아랫말을 쓰는데도 하나도 이상할게 없다는 듯
이 여기고 있었다.

「명치니?」

「저예요. 아버지 계세요?」

「지금이 몇 신데…… 나가고 안 계시지. 그런데 지금 어디서
뭘 하고 있지?」

여간 조심해서 묻지를 않는다.

「여기 부산이에요.」

「자주 연락이라도 해야할거 아니야? 아버지가 얼마나 걱정하
고 계시는데…….」

「친구들하고 같이 있으니까 걱정하지 말라고 하세요.」

퉁명스럽게 쏘아붙이자 그의 계모는 주눅이 들어 더욱 조심스
러워진다.

「그래도 여러 날 집에도 안 들어오고 소식도 없으니까 걱정이
돼서…….」

「걱정할 필요 없어요. 집에는 뭐 하러 들어가요. 안 들어간다
고 하세요.」

「그러면, 안 돼. 아버지가 얼마나…….」

「알았으니까 관두세요.」

그의 계모 윤씨는 남편보다도 전처 자식인 명치를 더 두려워
한다. 명치가 자기 때문에 밖으로만 나돌아다니고 있다고 생각
한다.

젊은 계모가 집안에 들어온 것은 표범이 고등학교 3학년 때였

다. 그 전 해에 그의 친모는 집에서 쫓겨나다시피 이혼을 당했었
다. 캬바레에서 만난 젊은 제비족에게 홀딱 빠져 몸과 돈을 계속
갖다바치다가 2년만에 들통이 나서 간통죄로 구속되었던 것이
다.

그렇다고 명치의 아버지 최상두가 여자관계에 있어서 깨끗한
것은 결코 아니었다. 오히려 그는 치마만 둘렀다하면 닥치는 대
로 손을 대는 호색한이라고 할 수 있는 인물이었다. 다만 아무도
모르게 바람을 피우기 때문에 소문이 나지 않고 있을 뿐이었다.

본처와 이혼하고 나서 새로 맞아들인 윤씨는 그때 나이 스물
다섯으로 명치하고는 여섯 살 차이 밖에 나지 않았다. 그녀는 거
래처의 경리직원이었는데, 최상두의 유혹에 넘어가 몸을 버리는
바람에 하는 수 없이 그의 아내가 되었던 것이다.

표범은 계모를 철저히 무시했다. 그녀를 어머니라고 부른 적
이 한번도 없었고, 갈수록 그녀를 미워하고 있었다. 그것을 알고
있는 계모는 항상 두려운 마음으로 그의 눈치를 살폈고, 그의 호
감을 사기 위해 무리를 해서라도 그의 요구를 들어주곤 했다. 반
면 표범은 그와 같은 그녀의 약점을 최대한 이용하고 있었다.

「나 돈좀 필요해요.」

그의 아버지는 꼭 필요한 돈 이외에는 잘 내놓지 않는다. 하물
며 거액일 경우에는 아예 말도 못 붙이게 한다.

「얼마 필요하지?」

「5백만원만 보내주세요.」

「어머나, 5백이나? 뭣에다 쓰려고 그러는 거지? 학생이 무슨
돈이 그렇게 필요하지?」

「필요하니까 그러는 거죠.」

「하지만…….」

194

「싫으면 관두세요.」

「아, 아니, 그게 아니고 용도가 뭔지 그건 알아야 할거 아니야. 적은 돈도 아닌데 갑자기 마련하는 것도 쉬운 일이 아니고 ……..」

「지금 호텔에 있는데 용돈도 다 떨어지고…… 그것도 그거지만 골치아픈 문제가 생겼어요. 사람을 치었는데 중상이에요. 지금 병원에 입원시켜놨는데 우선 5백이 필요해요.」

그가 차를 핑계로 돈을 뜯어내는 일은 아주 흔한 일이다. 접촉 사고를 냈다느니, 브레이크 파열로 죽을뻔 했다느니, 타이어를 새로 갈아끼워야 한다느니 하는 등 둘러대는 이유라는 것도 가지각색이다. 그러나 그렇다고 해서 일일이 확인하고 따질 수도 없는 입장이라 그의 계모는 잠자코 돈을 내줄 수밖에 없었다.

「명치는 다치지 않았어?」

「전 다리를 조금 다쳤지만 괜찮아요. 제 걱정은 하지 말고 돈이나 좀 빨리 보내주세요. 합의만 볼 수 있으면 경찰에 고발하지 않겠대요. 형사입건되면 골치에요.」

「조심하지 않고 어쩌다 그랬지. 치인 사람은 누구지? 생명에는 지장 없을까?」

「에이, 여기 공중전화란 말이에요! 싫으면 관둬요!」

신경질을 부리자 계모는 당황해서 돈을 보내주겠다고 말했다. 표범은 거래하고 있는 은행의 구좌번호를 일러주고 나서 오늘 토요일이니까 1시까지는 입금시켜야 한다고 못을 박고, 아버지한테는 절대 이야기해서는 안 된다고 단단히 주의를 준 다음 전화를 끊었다.

계모는 상당한 미인이다. 그러니까 아버지가 아내로 삼았을 것이다. 때때로 그녀와 단둘이 있을 때 욕정을 느낄 때가 한두

번이 아니다. 계모만 아니라면 벌써 올라탔을 것이다.

바닷가로 돌아온 표범은 호안도로에서 모래밭으로 내려가는 계단 위에 걸터앉아 망원경을 눈에 갖다대보았다. 거리를 조절해서 보니 아주 멀리 있는 것까지 뚜렷이 시야에 들어왔다. 오륙도 갈매기 똥까지 보이지는 않지만 바닷가에 오가는 사람들의 움직임을 지켜보기에는 안성마춤이었다.

모래밭을 훑던 그의 시선이 이윽고 다나베가 앉아있는 비치파라솔을 발견하고는 거기에 딱 멎었다. 해바라기는 어디로 갔는지 보이지 않았다. 일본인은 혼자서 맥주를 마시면서 파이프 담배를 피우고 있었다. 그 모습이 아주 여유가 있고 한가로워 보였다.

서화는 태평양콘도를 빠져나와 오리온호텔 쪽으로 차를 몰고 갔다.

호텔의 지하주차장에는 차들이 빈틈없이 들어차있었다. 지하 3층까지 내려가 가까스로 차를 세우고 난 그녀는 여행가방을 꺼내들고 호텔 방으로 올라갔다.

다나베도 없이 혼자 나타난 그녀를 보고 입구쪽 방에 대기하고 있던 비서가 그녀를 가로막을 듯이 다가섰다.

「비키세요. 수영복 갈아입으러 왔어요. 그분한테 허락받았으니까 걱정하지 마세요.」

그녀의 기세가 하도 당당했기 때문에 비서는 물러서면서 문까지 열어주었다.

방 안으로 들어선 그녀는 먼저 옷을 모두 벗고 나서 검정색 비키니수영복으로 갈아입었다.

수영복 차림의 그녀 모습은 누구나 한번쯤 뒤돌아볼만큼 아주

매혹적이었다. 젖가슴은 터질듯이 부풀어있었고 허리는 유난히
도 가늘어 보였다. 허리에서 흘러내린 하체의 볼륨은 풍만하면
서도 대리석 같은 매끄러움과 유연함을 지니고 있었다. 그녀는
자신의 모습을 눈여겨보면서 머리를 빗었다. 그때 노크소리가
들려왔다.

그녀가 문을 벌컥 열자 일본인 비서가

「아, 미안합니다.」

하면서 당황한 표정을 지었다. 그는 그녀의 모습을 보고 반쯤
넋이 나간듯이 보였다.

「문좀 닫아주시겠어요?」

「아, 네…… 저기…… 오, 오래 걸립니까?」

「10분이면 돼요. 화장을 좀 해야 하니까요. 다나베상이 내가
옷 갈아입는 모습을 당신이 본 것을 알면 화를 낼걸요.」

「아, 아닙니다.」

비서는 황급히 문을 도로 닫았다.

서화는 문을 다시 잠그고 나서 마치 도둑 같은 심정으로 방 안
을 둘러보았다.

옷장을 열어보니 옷걸이에는 각가지 옷들이 즐비하게 걸려있
었다. 문을 닫으려고 하다가 아래쪽에 세워져있는 서류가방을
발견하고는 그것을 들어내어 열어보았다. 가방은 잠겨있지 않았
다. 가방 안에는 만엔짜리 일본돈이 가득 들어있었다. 그것도 모
두 막 찍어낸 것처럼 새 돈이었다. 그녀는 눈을 크게 뜬채 그것
을 쳐다보다가 도로 가방을 닫았다. 한 다발쯤 슬쩍하고 싶은 마
음이 없는 것은 아니었지만 그럴 바에는 아예 가방을 통째로 가
져가버리는 쪽이 나을 것 같아 그대로 두었다. 한 다발을 훔치나
통째로 가져가나 도둑년 소리 듣기는 매 한 가지다. 째째한 소리

듣기는 싫다.

그녀는 창가로 다가가 책상 서랍을 열어보았다. 맨위 서랍을 열자 조그만 권총이 보였다. 그녀는 서랍을 얼른 닫았다가 다시 조심스럽게 열었다. 그것은 손바닥만한 작은 권총으로 전체가 은빛으로 빛나고 있었다. 한번 만져보고 싶은 충동을 이기지 못해 가만히 손을 뻗어 그것을 집어들었다. 보기보다는 묵직하고 섬뜩할 정도로 차가운 느낌이었다. 방아쇠에 손가락을 걸어보았다. 온몸이 굳어지는 것 같은 전율이 스쳐갔다. 고등학생시절 사격크럽에 한동안 다녔던만큼 사격에는 어느 정도 자신이 있었다. 한번 쏴보고 싶은 충동을 누르며 그녀는 처음 놓여있던 그대로 그것을 내려놓고 나서 서랍을 닫았다.

아래 서랍을 열어보았다. 비어있었다. 맨 아래 서랍을 열어보았다. 얇은 가죽케이스가 하나 들어있었다. 검정색으로 고급스러워보였다. 그것을 집어내어 지퍼를 열었다. 안에 파일이 하나 들어있었다. 그것을 책상 위에 올려놓고 펼쳐보았다. 서류 위에 컬러사진이 한 장 붙어있었다. 인물사진이었는데 눈에 익은 얼굴이었다. 그것은 대통령 후보 입후보자인 양대식의 사진이었다. 사진 밑에는 그의 이름과 함께 이력이 소상하게 기록되어있었다. 그것을 넘기자 거기에는 양후보의 유세일정이 자세하게 적혀있었다.

그 다음 종이에도 무엇인가 기록되어있었다. 대수롭지 않게 생각하고 파일을 덮으려는데 다시 노크소리가 들려왔다. 그녀는 황급히 파일을 제 자리에 넣고나서 서랍을 닫았다.

「왜 그러세요?」

그녀는 문 쪽으로 가서 사납게 물었다.

「10분이 지났습니다.」

밖에서 비서가 말했다.

「알았어요. 곧 나갈 거예요.」

그녀는 수영복 위에다 파란색의 남방을 걸친 다음 앞자락을 배꼽 위에다 묶었다. 그리고 닳아빠진 청바지에다 다리를 끼었다.

조그만 손가방에다 타올과 자외선 차단 크림, 그리고 냉장고에서 꺼낸 캔맥주 서너 개를 담은 다음 선글래스를 끼고 문을 열었다.

「미안합니다.」

비서가 꾸벅 고개를 숙이고 나서 그녀의 차림새를 부지런히 살폈다. 그녀는 하얀 치아를 살짝 보이며 웃고 나서 복도로 나왔다.

해변까지 걸어가는 동안 그녀는 가방 속에 가득 들어있던 일본돈과 은색으로 빛나던 권총이 머리에서 떠나지가 않았다. 그 두 가지가 이상하게도 그녀를 유혹하고 있었다.

표범은 외팔이 일본인이 앉아있는 비치파라솔을 계속 주시하고 있었다. 이윽고 해바라기의 모습이 시야에 들어왔다.

「더러운 년 같으니!」

그는 껌을 질경질경 씹으면서 속은 것이 분해서 중얼거렸다.

그녀가 옷을 벗고 있었다. 겉옷을 벗자 비키니 차림의 늘씬한 육체가 드러났다. 그는 자기도 모르게 침을 꿀컥 삼켰다. 비록 콜걸이지만 근사하긴 근사한 년이다. 저걸 먹어치워야 하는데. 약점을 잡아 협박하면 꼼짝없이 주겠지. 아니, 자기 약점이 잡히면 오히려 반격으로 나올지도 모른다. 보통 여자가 아니니까 얕보면 오히려 큰 코 다친다.

늘씬하고 육감적인 젊은 미녀가 머리를 날리면서 바다 쪽으로 뛰어가자 주위에 있는 사람들의 시선이 일제히 그녀 쪽으로 쏠리는 것이 망원경으로 똑똑히 보였다. 물 속으로 뛰어든 그녀는 파도를 헤치며 거침없이 헤엄쳐나간다. 수영솜씨로 보아 어설프게 배운 것이 아닌 것 같다. 수영선수 출신인지도 모른다고 그는 생각했다.

「야, 너 명치 아니야?」

뒤에서 부르는 소리에 표범은 깜짝 놀라 몸을 일으키면서 뒤돌아보았다.

검게 그을린 청년 한 명이 여자의 어깨에 팔을 걸친채 위에서 그를 내려다보고 있었다.

「어? 너 준태 새끼 아니야? 여긴 웬 일이야?」

표범은 계단을 달려올라가 상대방의 손을 잡아흔들었다.

「너 이 새끼, 망원경으로 뭘 감상하고 있는 거니? 아직도 기집애 꽁무니 따라 다니냐?」

「아, 아니야. 그냥 심심해서…….」

표범은 얼굴을 붉히면서 준태 옆에 달라붙어있는 여자를 슬쩍 쳐다보았다.

「여긴 웬 일이야?」

「놀러왔지 뭐. 넌 어떻게 된 거야? 언제 귀국했어?」

「며칠 됐어.」

준태라는 청년은 방학을 맞아 하와이에서 좀 지내다가 귀국했다고 자랑삼아 말했다.

「세월 좋구나.」

「여기도 뭐 하와이 못지 않은데. 야, 어디 가서 차나 한잔 하자. 너 바쁘니?」

「아냐. 괜찮아.」

표범은 카페 바다의 침묵으로 그들을 데리고 갔다.

인디언 여인이 곱지 않은 눈길로 표범을 쳐다보았다.

「야, 아주 근사한 카페인데 그래. 참, 인사하지. 내 약혼자야. 그리고 이쪽은 고등학교 동기동창이야. 부잣집 외아들이지.」

「안녕하세요? 나애주(羅愛珠)라고 해요.」

예쁘고 앳되보이는 아가씨가 볼우물을 지으며 고개를 까닥해 보였다.

「최명치라고 합니다. 그런데 언제 약혼했지?」

「지난 주에 약혼했어. 지금 약혼여행중이야.」

「야, 임마, 소문도 없이 약혼하는 법이 어딨어.」

「그렇게 됐어. 가족끼리 간단히 했어.」

「숙소는 어디에 정했어?」

「오리온호텔이야. 넌 어디야?」

「콘도에 있어. 태평양콘도야.」

「혼자는 아닐테고…… 이거랑 같이 왔어?」

준태가 새끼손가락을 세워 보였다.

「아냐, 그렇다면 얼마나 좋겠어.」

「그럼 혼자 왔어?」

「아냐, 별 볼일 없는 놈들하고 같이 왔어.」

「별 볼일 없는 놈들이라니?」

「유태인 알지? 그 자식하고 꿀꿀이 자식하고 같이 왔어.」

「꿀꿀이라면 갑수 말이야?」

「응…….」

「그 새끼 지금도 돼지처럼 살쪘니?」

「갈수록 더 찌고 있어.」

준태의 약혼녀가 킥하고 웃었다. 표범과 시선이 마주치자 그
녀는 얼른 손으로 입을 가렸다.
「하이에나도 함께 있어. 태호말이야.」
「아니, 그 사기꾼 새끼도 여기 와있단 말이야?」
준태는 입가에 묻은 커피를 손등으로 쓱 닦아내며 눈을 크게
떴다. 귀공자풍으로 곱상하게 생긴 것과는 달리 그의 입 역시 험
했다.
「보름 전에 귀국했어.」
「그 사기꾼 새끼!」
「사기꾼이라니? 왜 갑자기 사기꾼이 됐어?」
「말도 마. 그 새끼한테 사기 안 당한 사람 없다구. 나도 그 새
끼한테 돈 받을 거 있다구. 개새끼!」
「그래? 미국에서 땡전 한 푼 없이 고학하다보면 여기저기 신
세질 수도 있는거 아니야?」
표범은 상대방의 이야기를 구체적으로 유도하기 위해 이렇게
슬쩍 물어보았다.
「고학? 흥, 고학 좋아하네. 고학이나 한다면 얼마든지 이해할
수 있지. 하지만 그 새끼는 아무 것도 안 하고 빈둥빈둥 놀면
서 사기나 치고다니니까 문제지.」
「아무 것도 안 하다니 그게 무슨 말이야? 컬럼비아대학에 다
니고 있다고 하던데…… 아닌가?」
「뭐 컬럼비아대학? 후후…… 그놈이 너보고 컬럼비아대학에
다니고 있다고 구라떨던?」
「미, 미사일 공학과에 다닌다고 잔뜩 폼잡던데…… 그, 그럼
아닌가?」
「뭐 미사일 공학? 그 자식이 컬럼비아 대학에서 미사일 공학

전공한다고 그랬단 말이지?」

「그렇다니까. 이미 미국방성하고 무기제조회사 같은데서 스카웃 손길이 뻗질나게 오는 바람에 귀찮아 죽겠다고 하던데 그래.」

「아이구, 머리야!」

준태는 현기증난다는듯 손바닥으로 자신의 이마를 탁 치더니 참을 수없다는듯 웃음을 터뜨렸다. 나애주도 덩달아 깔깔거리며 그의 어깨를 주먹으로 때렸다. 표범만이 웃지 않고 창백한 얼굴로 앉아있었다.

「모두 가짜란 말이지?」

분을 이기지 못해 눈을 번득이며 표범이 물었다.

「아이구, 배야. 너 나 안 만났으면 끝까지 속아넘어갔을거 아니야. 다른 애들도 그 새끼가 컬럼비아 대학에 다니고 있는줄 알고 있냐?」

준태는 하도 웃어 눈물까지 흘리고 있었다.

표범은 그를 노려보면서 고개를 끄덕였다.

「멍청한 녀석들 같으니! 한심한 놈들이구나.」

「속이는데야 안 넘어갈 도리가 있어야지. 어떻게나 폼을 잡던지 정말인줄 알았다구. 그 새끼 정말…… 그 코딱지 같은 새끼를 어떻게 작살내지.」

애주가 코딱지라는 말에 우스워 죽겠다는 듯 깔깔대고 웃었다.

「그 새끼…… 미국에서도 대학생 행세하면서 사기치고 다녔다구. 교포 사이에서 그게 통하지 않으니까 한국에 돌아와 거짓말하고 돌아다니는거라구. 앞으로 얼마나 많은 사람들이 그 새끼 사기에 놀아날까? 생각만해도 흥미진진해지는데. 그건 그렇고 그 자식 지금 어디 있니?」

「콘도 아니면 바닷가에서 놀고 있을거야.」

「그 자식 한번 보고 싶은데. 나 보면 아마 살려달라고 애걸할 거야. 어떤 얼굴을 하는지 한번 보고 싶은데.」

「그 새끼 죽여버려야지.」

표범은 당장에라도 뛰쳐나갈 것처럼 이를 갈며 분해했다. 그 러다가 그 역시 어이가 없다는듯 웃음을 터뜨리고 말았다.

「기가 막혀서 말이 안 나온다, 말이 안 나와. 모든게 뒤죽박죽 이야. 속은 놈들만 병신 같구.」

하이에나와 해바라기 사이에 전개되고 있는 사기극을 생각하 자 그는 견딜수 없을 정도로 또 웃음이 나왔다.

「그 새끼 찾으러가자. 잘 됐어. 그 새끼 만나 돈부터 받아야겠 어.」

「얼마나 받을게 있는데 그래?」

「백 달러.」

「난 또 아주 많은줄 알았지. 백 달러면 7,8만원 정도 밖에 안 되잖아.」

「무슨 소릴하는거야? 여기선 얼마 안 되는지 몰라도 미국에선 백 달러면 적은 돈이 아니야.」

「그건 그렇고 넌 학교 잘 다니냐? 하이에나처럼 너도 가짜 아 니야?」

준태는 펄쩍 뛰면서 눈을 부라렸다.

「사람을 어떻게 보는거야?! 난 엄연히 뉴욕 커뮤니티 칼리지 2학년 생이야. 진학이 좀 늦었지만 그거야 뭐 어학을 먼저 마 스터해야 하기 때문에 그럴 수 있는거야. 학과도 알고 싶어?」

준태는 얼굴이 벌개져가지고 대들었다.

「알고 있어. 괜히 그래 본 거야. 응용미술 아니야?」

「그래. 그 계통이야. 하여간 하이에나 같은 새끼 때문에 미국 유학생들 이미지가 구겨진다구. 개새끼!」

「만나서 혼내주세요.」

하고 나애주가 빨간 입술을 나불대면서 말했다.

그 말에 힘을 얻은 듯 준태가 벌떡 몸을 일으켰다.

「야, 가자. 그 새끼 있는데로 안내해!」

그러나 무슨 꿍꿍이 속인지 금방 일어날 것 같던 표범은 그 자리에서 뭉기적거리기만 한다.

「야, 잠깐 앉아봐. 그렇게 서두를게 아니고…….」

「왜 그래? 그 새끼를 그냥 두자는거야?」

준태는 의자 위에 도로 엉거주춤 엉덩이를 올려놓았다.

「그 새끼는 나한테 맡겨. 내가 알아서 처리할테니까 넌 가만 있어. 그 자식 만나더라도 우리들 앞에서 그 애 창피주지 말고 그냥 내버려두라구. 너만 그 새끼가 가짜라는거 알고 있고 난 전혀 모르고 있는 것처럼 할테니까 넌 그냥 가만 있어. 그 새 끼 정 혼내주고 싶으면 우리가 없는데서 몰래 하라구.」

「넌 어떻게 할 생각이야?」

「지금부터 차근차근 생각해봐야지. 그 새끼, 그래도 그 주제에 애인까지 생겼는데…… 그 여자 앞에서 창피 줄 수는 없는 거 아니야.」

「어떤 여잔데?」

「아주 멋지게 생긴 팔등신 미녀야. 그 아가씨 때문에 서로 쟁탈전이 벌어지고 야단났었는데, 하이에나가 컬럼비아대학 유학생이라고 폼을 잡는 바람에 그 새끼 품에 안기고 말았지. 우리도 깜박 속아넘어가고 말았다니까.」

「어머나, 어쩌면 그럴 수가! 여자가 속아넘어 갔는데 그걸 그 냥 둔단 말이에요?」

준태의 약혼녀가 제법 분개하는 표정으로 말했다. 같은 여자 입장에서 한번 그래 보는 것 같았다.

「그 여자 동정할 거 없어요. 그 아가씨도 알고 봤더니 뭐 그렇 고 그런 여자더라구요.」

「그렇고 그런 여자라니, 뭐 하는 여자인데 그래?」

준태가 두 눈을 빛내며 물었다. 표범은 음흉스럽게 웃으며 고 개를 흔들었다.

「넌 알 필요없어.」

앞으로 전개되어 나갈 일이 생각만해도 스릴에 넘칠 것 같다. 그 스릴을 그는 혼자서 실컷 만끽하고 싶었다.

「자, 나중에 만나자. 나 지금 은행에 좀 가봐야해.」

표범이 일어서자 준태와 애주도 따라 일어섰다.

「태평양콘도 몇 호실이야?」

「1015호실이야. 찾아오는건 좋은데 애들 앞에서 하이에나가 가짜 유학생이라는거 밝히면 안돼. 비밀로 하라구. 부탁이 야.」

「알았어.」

준태와 그의 약혼녀는 오리온 호텔 908호실에 묵고 있었다.

그들과 헤어진 표범은 아까보다 더 흥분해있었다.

그의 눈에는 갑자기 모든 사람들이 사기꾼이 아니면 가짜로 보이고 있었다.

급히 걸어가는 그의 곁으로 하형사 일행이 지나쳐갔지만 그들 은 무심코 시선을 교환했을 뿐 상대방을 눈여겨 보거나 하지는 않았다.

이윽고 그는 호안도로에서 모래밭으로 내려가는 계단 중간에
또 자리를 잡고 앉았다. 시간은 오전 11시 30분이 조금 지나고
있었다.

은행 마감시간까지는 아직 시간이 좀 남아있었기 때문에 그는
여유있게 앉아서 망원경을 눈에 갖다대고 서화를 찾기 시작했
다.

서화는 아주 멀리까지 헤엄쳐나갔다.

오륙도가 수평선 위로 솟아있는 것이 손에 잡힐듯 시야에 들
어왔다. 그러나 오륙도는 실제로는 아주 먼 거리에 있었다.

숨이 가빠지자 그녀는 몸을 돌려 하늘을 쳐다보았다. 그런 식
으로 누워 있으면 얼마든지 물 위에 떠있을 수가 있다. 햇빛이
너무 강렬했기 때문에 그녀는 눈을 계속 뜨고 있을 수가 없었다.
그녀는 눈을 가늘게 뜬채 머리 위에서 낮게 날고 있는 갈매기를
쳐다보았다. 그것은 눈처럼 흰 털을 가진 갈매기였다. 어제 해운
대에 막 도착했을 때 울부짖는 바다 위에서 혼자 외롭게 날아다
니던 바로 그 갈매기 같았다. 바로 저 놈이야. 그래, 틀림없어.
저 놈이 날 알아보는 모양이지. 그녀는 흰 갈매기를 향해 손을
흔들었다. 갈매기는 그녀 위를 맴돌다가 미포쪽으로 날아가 다
른 갈매기들 속으로 섞여버렸다. 유람선 한 척이 막 선착장을 벗
어나 오륙도쪽으로 미끄러져가고 있었는데 그 배 주위를 갈매기
떼가 군무를 이루며 따라가고 있었다. 아마 그 배에 먹이가 많은
모양이었다.

갑자기 파도가 거칠어지는 바람에 그녀는 몸을 돌려 앞을 바
라보았다. 선체가 큰 요트 한 척이 어느 새 다가왔는지 10여 미
터 저쪽에서 움직임을 멈추고 있었다. 그것은 영화 같은데서나

볼 수있는 이른바 호화요트 같았다. 하긴 저런 요트는 한국에서
는 보기 드문 것이지만 일본이나 홍콩만 해도 자가용처럼 바다
에 널려있는 것이 저런 배들이다.

「헤이, 아가씨, 이리 와. 올라오라구!」

사내들 몇명이 요트 난간에 기대서서 그녀에게 손을 흔들었
다. 선체가 거대해 보였기 때문에 그녀는 접근할 엄두도 내지 못
했다. 잘못 접근했다가는 배밑으로 빨려 들어갈지도 모른다.

사내들은 모두 선그라스를 끼고 있었고, 빨간 색의 운동모를
쓰고 있었다.

「올라와서 맥주 한잔 해요!」

「싫어요!」

그녀는 큰 소리로 말했다.

「바나나 좋아해요?」

구렛나루 수염이 시커멓게 자란 한 사내가 바나나를 흔들어보
였다.

「던지세요!」

그녀의 말이 떨어지기 무섭게 바나나가 그녀의 머리 위로 날
아왔다. 그것은 머리 위를 지나 물 위에 떨어졌다. 그녀는 몸을
돌려 그것이 물속에 가라앉기 전에 재빨리 헤엄쳐가 그것을 움
켜잡았다.

「혼자 왔어요?」

그녀는 대답대신 고개를 흔들면서 바나나 껍질을 벗겨냈다.
그리고 짠 바닷물에 젖은 것도 아랑곳하지 않고 그것을 덥썩 깨
물었다.

「맛있어요?」

「네, 기막히게 맛있어요.」

「자, 받아요. 하나 더 먹어요!」

바나나가 또 한개 날아왔다. 그녀는 물을 박차면서 위로 손을 뻗어 그것을 받았다. 그 움직임이 멋있었던지 사내들이 박수를 치며 환호했다. 그녀는 바나나를 팬티 속으로 밀어넣었다.

「그 배 빌릴 수 있어요?」

「뭐라구요? 큰 소리로 말해봐요!」

「그 배 빌릴 수 있느냐구요?!」

그녀는 물 위로 목을 길게 빼고 물었다.

「그럼요. 얼마든지 빌릴 수 있어요!」

「어디 가면 빌릴 수 있어요?」

「수영 올림픽요트장으로 오세요. 초대할테니까 오세요!」

그녀는 점점 힘이 빠져갔다. 물속에서 너무 오래 지체했기 때문이었다.

「오는거죠?」

「가서 누구를 찾으면 돼요?」

「털보를 찾으세요! 털보라고 하면 다 알아요!」

「알았어요! 바나나 고마워요!」

그녀는 물속으로 잠수했다. 먹다남은 바나나를 입 속에 집어넣은 다음 모래밭 쪽으로 헤엄쳐나갔다. 숨이 차자 물 위로 떠올라 하늘을 보고 드러 누웠다. 천천히 숨을 몰아쉬며 배영을 하는데 흰 갈매기의 모습이 보였다. 그녀는 갈매기를 향해 손을 흔들었다. 갈매기는 공중에서 날개를 편채 가만히 떠 있었다.

이제는 다 왔다싶어 그녀는 몸을 바로 했다. 그러나 발에 닿는 것은 아무 것도 없었다. 머리 위로 파도가 덮쳐왔다. 미처 대비하지 못했던 탓에 그녀는 바닷물을 한 모금 마시고 말았다. 쿨럭쿨럭 기침을 몇번 하고나서 그녀는 있는 힘을 다해 모래밭쪽으로 물을 헤쳐나갔다. 눈에 띌 정도로 빠른 속도였다.

다나베는 부러운 눈으로 그녀를 지켜보고 있다가 그녀가 마침내 몸을 일으키자 자기도 모르게 미소를 지었다.

저 애를 단순히 콜걸로만 봐서는 안 되겠는데. 저 애는 오로지 돈만 바라고 몸을 파는 단순한 고깃덩어리가 아니야. 멋이 있단 말이야. 외모만 그럴듯 한게 아니고 속에 개성이 들어있어. 개성이 뚜렷한 계집애야. 자기주장도 뚜렷하고 말이야. 게다가 배짱도 있어. 다른 애들처럼 굽신거리지도 않고 말이야.

다나베쪽으로 숨을 헐떡이며 뛰어오는 그녀의 모습이 더없이 매력적으로 보였다. 사람들의 많은 시선이 그녀쪽으로 쏠리고 있었다. 그만큼 그녀의 미모와 몸매는 주위를 압도할만큼 뛰어나 보였다.

그런데 사람들의 시선이 그녀한테 쏠린 것은 꼭 그런 이유 때문만은 아니었다. 그녀의 배꼽 가까이에 바나나가 한개 꽂혀있었는데 바로 그것이 사람들의 시선을 끌었던 것이다. 그녀는 물속에서 얼떨결에 바나나를 받아 수영복에 꽂아둔 것을 깜박 잊고 있었던 것이다.

「그게 뭐지?」

헐떡이며 다가온 그녀를 보고 다나베가 손가락으로 바나나를 가리켰다. 그제서야 그녀는 깜짝 놀라 그것을 재빨리 뽑아냈다. 그것을 보고 다나베가 웃음을 터뜨렸다. 그녀를 보고 있던 주위 사람들도 웃고 있었다. 서화도 킬킬거리면서 모래밭에 털썩 주저앉았다.

「그거 어디서 났지?」

「요트에 있던 사람들이 던져줬어요. 한 개는 먹었어요. 아주 맛있어요. 먹어봐요.」

그녀는 바나나 껍질을 벗겨낸 다음 그것을 다나베에게 주었다.

「꼭 그것 같잖아.」

바나나를 받아들면서 다나베가 그녀에게 들으라는 듯이 말했다. 서화는 뒤늦게 그 의미를 알고 얼굴이 확 붉어졌다.

「그래서 사람들이 웃었군요?」

그녀는 먼 발치에서 여전히 웃고 있는 사람들을 흘겨보았다. 요트에서 바나나를 던져주었던 그 털보도 그런 의미로 그녀를 놀리기 위해 그것을 던졌던 것일까. 그녀는 두 손으로 모래를 파기 시작했다.

다나베는 앞에 똑바로 서서 자기쪽을 쳐다보고 있는 소년을 바라보았다.

소년은 그와 바나나를 번갈아 쳐다보고 있었다. 얼굴 표정으로 보아 바나나를 몹시 먹고싶어하는 모습이 역력했다. 그 옆에는 다른 아이들도 있었다. 그들은 함께 수영하러온 것 같았다. 하나같이 까맣게 탄 모습들이었다.

「이걸 저 아이한테 주지. 몹시 먹고 싶은 모양이야.」

다나베는 바나나를 서화한테 도로 넘겨주었다.

「야, 너 이리 와봐. 이거 먹어.」

서화가 손짓하자 소년은 쭈뼛거리다가 잽싸게 뛰어와 바나나를 받았다.

「야, 너희들 점심 먹었니?」

소년은 머리를 흔들었다. 까맣게 탄 소년들은 하나같이 허기진 모습들을 하고 있었다. 그들은 모두 가난한 집안의 아이들 같았다. 아이들은 모두 다섯 명이었다. 서화는 백속에서 2만원을 꺼내 소년에게 주었다.

「자, 이걸로 친구들하고 점심 사먹어.」

소년은 그런 큰 돈을 받아본 적이 없는듯 놀라고 믿기지 않는
다는 표정으로 그녀와 돈을 번갈아 쳐다보고 있었다.

「자, 받아. 받으라니까. 너희들, 도시락 싸가지고 왔니?」

「아뇨.」

아이들이 머리를 흔들었다.

「그럼 점심 사먹을 돈 가져왔어?」

아이들은 또 머리를 흔들었다.

「그럼 점심도 안 먹고 굶는거야? 배가 고파서 어떻게 해?」

「괜찮아요.」

아이들은 히히하고 웃었다.

「자, 이거 누나가 주는 거니까 함께 가서 맛있는거 사먹어요.」

눈이 큰 소년은 두 손으로 돈을 받고나서 고개를 꾸벅 숙였다.

이윽고 아이들은 그 소년을 앞세운채 히히덕거리며 저쪽으로
몰려갔다.

「저 아이들은 점심도 굶은채 노는거에요. 가난한 집 아이들이
에요.」

「그래서 돈을 줬나?」

다나베는 그녀의 또 다른 면을 발견한 듯 깊은 눈길로 그녀를
바라보았다.

「라면이라도 사먹으라고 줬어요.」

「기특하군. 그렇게 인정이 많은 줄은 몰랐지.」

「전 어릴 때 아주 가난하게 자랐어요. 그래서 저런 아이들을
보면 그냥 지나쳐지지가 않아요.」

다나베는 더운지 와이셔츠의 앞단추를 가슴 아래까지 풀어 놓
고 있었다.

그의 창백한 얼굴은 열 때문인지 붉게 달아올라있었다. 얼마나 물 속에 들어가고 싶을까 하고 생각하니 그가 측은한 생각이 들기도했다.

「수영을 그렇게 잘 하는줄 몰랐어. 단연 주위를 압도하던데.」

「그래요? 별로 잘 하는 것도 아닌데.」

그녀는 칭찬을 들으니 기분이 좋아졌다. 다나베한테서 칭찬을 듣기는 처음인 것 같았다.

「아까 보니까 요트에 있는 사람들하고 무슨 이야기를 나누던데…… 그 남자들 잘 아는 사람들이야?」

「아뇨, 모르는 사람들이에요. 저한테 바나나를 던져주었어요. 그리고 저를 배로 초대하고 싶다고 했어요. 털보가 요트장으로 오라고 했어요. 요트장은 여기서 가까워요.」

「초대했으면 가보지 그래.」

그가 빈정거리는 투로 말했다.

「안 갈거에요. 당신하고 함께 그런 요트를 타고 싶어요. 아주 크고 멋있는 요트였어요. 그 사람 말이 요트장에 오면 얼마든지 빌릴 수 있다고 했어요.」

「일본에 가면 그런 요트는 얼마든지 있어. 그런 건 아무 것도 아니야.」

「그건 일본쪽 이야기이고 여긴 한국이잖아요. 난 한국에서, 그것도 해운대에서 타보고 싶단 말이에요. 그 배를 타고 저어기 오륙도를 돌아오고 싶어요. 배에서 낚시도 하고, 춤도 추고 싶어요. 그리고 바베큐 요리도 먹고 싶구요.」

「어려울거 하나도 없지.」

그가 손을 들어 흔들자 경호원 두 명이 잽싸게 달려왔다.

9. 두 刑事

사내 두 명이 내려쪼이는 햇볕을 고스란히 받으며 계단 위에
걸터앉아있었다. 얼굴을 잔뜩 찌푸린채 담배를 연거푸 피워대고
있었다. 구둣발 주위에는 구두 끝으로 밟아댄 담배 꽁초가 잔뜩
널려있었다.

「참, 많기도 하다. 늘씬한 계집애들은 해운대에 다 모인 것 같
　은데.」

하형사가 땀에 절은 손수건으로 흐르는 땀을 닦으며 말했다.
그가 계속 땀을 흘리고 있는데 반해 비쩍 마른 서형사는 별로 땀
을 흘리고 있지 않았다.

하형사는 빨간색의 수영복을 입고 있는 여자를 눈으로 쫓았
다. 그녀의 수영복은 몸을 많이 드러낼 수 있도록 깊이 파여있었
기 때문에 한층 자극적이었다.

「이 봐, 저기 빨간 수영복 말이야, 엉덩이 좀 보라구. 꿩장히
　크지?」

「음, 큰데.」

빨간 수영복은 청년들과 함께 배구를 하고 있었다. 그녀는 웃

느라고 거의 공을 못받고 있었다.

「엉덩이가 크면 아기를 잘 낳는다면서?」

노총각인 하형사는 유부남쪽으로 고개를 돌렸다.

「내가 그걸 어떻게 알아.」

서형사는 짜증섞인 목소리로 대꾸했다.

「엉덩이가 크면 힘이 좋아서 아기도 쑥쑥 잘 낳는다고 하던데?」

「이 봐, 지금 여기 앉아서 그런 이야가 하게 됐어? 오모안가 뭔가 그 여자를 찾아야 할거 아니야? 뙤약볕에 앉아서 여자 엉덩이만 쳐다보고 있으면 어떡 해?」

「그래도 이렇게 더운 날 최고의 피서방법은 여자 엉덩이 쳐다보는 거야. 멋진 엉덩이를 쳐다보고 있으면 더위도 못 느낀다구.」

「한심하군. 쯔쯧…….」

서형사는 혀를 차며 일어섰다.

「더 앉아있다가는 더위 먹겠어. 그늘로 가자구.」

해변가의 그늘이라고는 공용 차양막과 개인 장사꾼들이 설치해 놓은 비치 파라솔 뿐이다. 공용 차양막은 이미 사람들로 점령되어버린지 오래이고, 비치 파라솔은 터무니 없이 비싸기 때문에 함부로 가서 앉을 수가 없다.

「갈만한데가 없잖아?」

하형사도 몸을 일으켰다.

「파라솔 하나 빌리지 뭐.」

그들은 비어있는 파라솔로 다가가 무턱대고 앉았다. 그들이 자리에 앉기가 무섭게 파라솔 주인이 달려왔다. 어깨에 문신이 있는 젊은이로 수영복만 입고 있었고, 보디빌딩을 했는지 가슴이 떡 벌어져 있었다. 형사들은 잠자코 그를 쳐다보았다.

「요금 주셔야겠습니다.」

「얼마?」

「10만원만 주십시요.」

형사들은 기가 막혀 웃기만했다.

「여름 한철 장사 아닙니까. 우리도 웃돈 주고 빌린거라 이렇게 받아봐야 별로 남는게 없습니다. 올해는 비가 자주 와서 오히려…….」

「사람을 보고 말해.」

하형사가 눈을 부라리며 5천원짜리 한 장을 꺼내 내밀었다.

「아무한테나 바가지 씌우다가는 장사 못한다구. 협정요금이 얼마인줄 다 아는데 그 따위 수작 부리지 마. 이것도 많이주는 거야. 자, 받아.」

「그, 그건…… 곤란합니다.」

청년은 금방 기세가 꺾이면서 그들의 눈치를 살폈다. 서형사가 손가락을 까닥거려 청년을 가까이 오게하더니 그의 귀에다 대고 속삭였다.

「우린 지금 공무 집행중이야. 범인을 감시하고 있으니까 방해하지 말아요. 잠깐만 앉아있다가 갈테니까 신경쓰지 말라구.」

신분증을 슬쩍 보이자 청년은 굽신거리면서 돈도 받지 않고 물러갔다.

아이스크림 행상이 지나가자 하형사는 아이스콘 두 개를 사서 하나는 서형사에게 주고 나머지 한 개의 껍질을 벗겼다.

「일도 일이지만 물 속에 들어가고 싶어 환장하겠는데.」

「한 시간 여유 줄테니까 수영하고 싶으면 하라구.」

「안 할거야?」

216

「난 싫어. 여기 앉아서 육체미 감상하는게 더 좋아.」
「해운대까지 와서 물 속에 한 번 안 들어가겠다는 거야?」
하형사는 한심하다는듯 동료를 바라보다가 천천히 몸을 일으
켰다.
호안도로 건너쪽에 탈의장이 있었다. 하형사는 옷을 벗어 맡
긴 다음 수영복을 하나 빌려 입었다.
다시 모래밭으로 건너온 그는 미친듯이 달려가 물 속으로 첨
벙 뛰어들었다. 기껏해야 개구리 헤엄 정도 칠줄 아는 그는 깊이
들어가지는 못한채 물가에서 요란스럽게 물장구를 쳐댔다. 그것
을 보고 별로 웃음이 없는 서형사도 킬킬거리고 웃었다.
하형사는 시야에 멋지게 물을 헤치며 앞으로 나아가는 한 여
자의 수영하는 모습을 바라보고 있다가 파라솔로 돌아와 앉았
다.
「어, 시원하다. 10년 묵은 체증이 싹 가신 것 같은데.」
「돼지 한 마리가 물에 빠져 허우적거리고 있는줄 알았어.」
「저 아가씨 좀 봐. 수영 잘 하지?」
「수영을 하려면 저 정도는 해야지.」
「야아, 몸매도 늘씬한데. 팔등신이야.」
수영을 끝내고 막 몸을 일으킨 아가씨가 물에서 걸어나오고
있었다. 몸에서 흘러내리는 물이 햇빛을 받아 반짝이고 있었다.
두 손으로 머리칼을 쓸어넘기면서 누군가를 보고 활짝 웃는데,
드러난 치아가 유난히도 하얘 보였다.
형사들은 그녀가 향하고 있는 쪽으로 시선을 돌렸다.
파라솔 아래 흰 와이셔츠 차림의 한 사내가 앉아있었다. 사내
는 짙은 선그라스를 끼고 있었다. 형사들의 시선은 다시 여자쪽
으로 옮겨갔다. 그녀는 검정색의 비키니 수영복을 입고 있었다.

「저 허리 가는 거 봐. 가슴과 엉덩이는 얼마나 풍만해.」

하형사가 군침을 흘리며 말했다.

「침 흘리지 말고 가서 데이트 신청하지 그래. 남자가 돼가지고 그것도 못해?」

「아이구, 그건 자신 없는데. 나 같은 거 거들떠보기나 하겠어.」

하형사는 어림도 없다는듯 머리를 내흔들었다. 그것을 보고 서형사는 쿡쿡거리고 웃었다.

「덩치 값도 못하는 주제에 군침은 왜 흘리는거야.」

「하지만 눈 앞에 보이는 걸 어떡 해.」

다른 일에는 저돌적으로 달려드는 하형사가 미녀한테는 말도 못붙이는 모습이 우스꽝스럽기조차 했다.

「저런 아가씨를 안을 수 있는 남자는 얼마나 행복할까? 저 놈은 뭐 하는 놈일까?」

하형사는 검정색 비키니 차림의 미녀가 막 가서 앉은 파라솔 쪽을 쳐다보며 물었다.

「난들 어떻게 알아.」

「돈 많은 놈이거나 힘 있는 놈이겠지? 사내는 40대, 여자는 20대로 보여. 정상적인 관계는 아닌 것 같아.」

「이 봐. 도대체 지금 신경을 어디다 쓰고 있는거야? 제주도에서 부산까지 왜 날아왔는지 이유도 모르나?」

「이유야 알고 있지. 하지만 이 모래알 같이 많은 사람들 가운데서 어떻게 그 여자를 찾는다는거야? 도저히 불가능하잖아.」

서형사는 한심하다는듯 그를 쳐다보다가 마침 지나가는 행상한테서 캔맥주 두 개를 샀다.

「그럼 여긴 왜 왔어? 수영하러 왔나?」

「그건 아니지만…… 하도 막막해서 하는 말이야. 눈에 보이는 건 여자들 뿐이고…….」

하형사는 캔맥주를 딴 다음 맥주를 벌컥벌컥 들이켰다.

「그 오모아란 여자가 다시 한 번 제주도로 전화를 걸어주었으면 좋겠는데 말이야.」

서형사는 아쉬운듯 중얼거리다가 맥주를 한 모금 마셨다.

하형사는 의자에서 일어나더니 그늘을 찾아 모래밭에 슬그머니 드러누웠다. 그러면서 하는 소리가 이랬다.

「바보가 아닌 이상 다시 전화 걸 리가 있겠어.」

한 손으로 턱을 괸채 비스듬히 드러누워 맥주를 마시는 품이 아무래도 쉽게 일어날 것 같지가 않았다.

「아, 좋다. 하늘은 푸르고…… 태양은 눈 부시고…… 갈매기는 한가롭게 날아다니는데…… 내 옆이 왜 이렇게 고적하냐…….」

「이 봐, 이 봐!일어나라구!」

서형사는 발로 모래를 찼다.

그때 서형사의 주머니 속에서 전화벨이 울렸다. 그 소리를 듣고 하형사는 급히 상체를 일으켰다. 서형사는 안테나를 뽑은 다음 휴대용 이동 전화기를 귀에다 갖다댔다. 상대방쪽에서 큰 소리로 외치는 소리가 들려왔다.

「야, 거기 누구야?」

「마피아입니다.」

「카스트로다!」

불곰 고과장의 걸걸한 목소리가 잡음과 뒤섞여 귀를 후비고 들어왔다.

마피아니 카스트로니 하는 것은 수사비밀을 지키기 위해 그들이 지어낸 암호명이었다.

「어때? 진척이 좀 있어?」

서형사는 하형사를 걷어차면서 「야, 불곰이야.」하고 속삭였다. 그러고나서

「아직 그러고 있습니다.」

하고 말했다.

「그게 무슨 말이야? 아직 그러고 있다니, 거기 놀러간거야?」

「수십만 명이 해변에 구데기처럼 들끓고 있어서 어디서부터 어떻게 손을 대야할지 모르겠습니다.」

「이 봐, 사람이 많다는 건 이유가 되지 않아. 사람이 많기 때문에 수사가 필요한거야. 알겠어?」

「알겠습니다.」

「전화 건 장소는 찾았나?」

「네, 찾았습니다.」

「거기에 잠복해있으면 틀림없이 다시 나타날거야. 그 일대 공중전화를 모두 도청하도록 해봐. 공중전화가 몇 대인지는 모르지만 도청해보라구.」

「그럴려면 인원이 많이 필요합니다.」

「인원이 없다는건 잘 알고 있잖아.」

「하지만 기본적으로 도청에 필요한 인원은 있어야 도청이 가능합니다. 그렇다고 여기서 지원인력을 보강해줄 리도 없고……」

「알았어. 두 명 정도는 보내줄 수 있어. 그대신 꼭 잡아야 해.」

「바로 좀 보내주십시요. 도착하는대로 전화하라고 하십시요.」

「숙소가 어디야?」

「아직 숙소도 못 정했습니다. 갈매기한테서는 또 전화 걸려오

지 않았습니까?」

불곰은 거기에는 대답도 하지 않고 전화를 끊었다.

「뭐라고 그래?」

「뭐가 그리 급한지…….」

서형사는 투덜거렸다.

「공중전화를 모두 도청하라구? 미쳤군.」

서형사의 이야기를 듣고난 하형사도 투덜거렸다.

「두 명 더 보내주겠대.」

「오나 마나지.」

해변, 그러니까 호안도로변에 설치되어있는 공중전화기는 모두 10대였다. 본래는 여섯 대였는데 휴가철을 맞아 네 대를 더 가설한 것이다.

「아이디어는 좋잖아?」

「아이디어가 좋으면 뭘 해. 실현 가능성이 있어야지.」

하형사는 모래를 털며 일어섰다.

「어떤 식으로 도청하는게 효과적일까?」

「몰라.」

하형사는 탈의장쪽으로 걸어가면서 모래를 걷어찼다.

「제길헐, 수영 하나 맘대로 할 수 없구나.」

호안도로 위로 올라선 서형사는 4번 공중전화쪽으로 걸어가고 하형사는 탈의장 앞에 설치되어있는 샤워장 안으로 들어갔다.

간이 샤워장 안은 그가 들어서자 꽉 들어차는 듯했다.

머리 위로 차가운 물을 뒤집어쓰면서 그는 서울에 혼자 올라간 혜실이를 생각했다. 혜실혜실 웃기 잘 하는 그 아가씨가 좋은 소식을 가지고 오면 좋겠지만 그럴리는 없을 것이라고 그는 자기나름대로 생각해버렸다. 여형사가 뭐 하나 이렇다한 것을 물어온 적은 지금까지 한 번도 없었으니까.

샤워를 대충 끝내고난 그는 옷을 갈아입고 4번 공중전화쪽으로 향했다.

4번이라는 것은 그들이 수사상 필요에 의해서 붙인 번호였다. 동백섬쪽으로 부터 시작해서 미포쪽까지 해변가에 있는 공중전화에다 차례대로 번호를 매겨보았는데, 오모아라고 자칭하는 여자가 이용한 것으로 밝혀진 공중전화 부스는 4번이었다.

4번 부스 앞에는 몇 사람이 전화를 걸기 위해 기다리고 있었다. 그 옆에는 5번 부스가 나란히 서 있었는데, 그 앞에도 사람들이 차례를 기다리고 있었다. 공중전화 부스는 두 개씩 짝을 지어 서 있었다.

서형사는 공중변소 옆에 앉아있었다. 그곳에 유일하게 그늘이 있기 때문이었다.

하형사도 그 곁으로 다가가 엉덩이를 붙이고 앉았다.

그 곳은 차도와 연결되어있는 길목이기 때문에 많은 사람들이 끊임없이 오가고 있었다. 버스에서 내린 사람들은 거의가 그 길목을 통과해서 바닷가로 몰려가고 있었다.

부스 안에서 전화를 걸고 있는 사람들의 목소리는 거의 들리지가 않았다. 부스에는 문이 달려있어, 그것을 닫고 통화를 하면 밖에서는 거의 알아들을 수가 없다. 문을 열어둔채 이야기하는 사람도 있었지만, 주위에 소음이 너무 심해 그것도 들리지 않기는 마찬가지였다.

그들은 애꿎은 담배만 피워대면서 거기에 앉아서 부스를 출입하는 사람들을 쳐다보고 있었다. 제주도에서 출발할 때는 부산에 도착하기만 하면 금방이라도 그 여자를 붙잡을 수 있을 것처

222

럼 생각되었지만, 막상 도착해서 보니 그게 아니었다. 전화를 거는 여자가 한 둘이 아니고 워낙 많다보니 쳐다보고 있기만 해도 현기증이 날 정도였다.

「그 여자는 결혼하지 않은 아가씨일거야. 그리고 미녀일테고 …… 눈에 뜨일 정도로 매력적일거야.」

하형사가 하품을 하다말고 말했다.

「불심검문이라도 해보지 그래.」

서형사가 빈정거렸다.

「그리고 목소리가 다른 아가씨들하고는 달라. 난 그 목소리를 분명히 기억하고 있어. 그렇게 매력적인 목소리를 들은 적이 없어.」

「완전히 반했군.」

서형사는 고개를 돌려 오리온호텔을 쳐다보았다. 그곳으로부터 오리온호텔은 50미터 정도 떨어져있었다. 앉아서 올려다본 그 호텔은 더욱 웅장해 보였다.

「그 여자는 저 호텔에 묵고 있을지도 모르지. 그리고 전화를 걸기 위해 일부러 호텔에서 빠져나와 여기까지 와서 전화를 걸었는지도 몰라.」

「호텔에도 공중전화가 있는데 왜 여기까지 나와서 전화를 걸겠어.」

「아니야. 안전을 기하기 위해 밖에 나와 전화를 걸 수도 있잖아.」

「제주도 범행현장으로 전화를 건 것을 보면 주도면밀한 여자는 아니야. 그건 큰 실수였어. 그 여자는 공중전화만은 안전하다고 믿고 있나봐.」

한가로운 모습으로 이야기를 나누고 있으면서도 그들의 날카로운 시선만은 잠시도 공중전화부스에서 떠나지 않고 있었다.

「영리한 여자라면 여기서 전화를 건 다음 다른 지역으로 이동
했을거야. 더이상 해운대에 남아있어서는 안 돼지. 지금쯤 광
복동 거리에서 아이스크림을 먹고있던가 아니면 서울에 있을
지도 모르지. 그렇다면 우리는 헛수고만 하고 있는거야.」

서형사는 같은 말이라도 어려운 쪽으로만 몰고가는 경향이 있
다. 가능성보다도 불가능한 쪽에 더 관심을 두고 있는 것 같다.
반면 하형사는 확신을 가지고 덤벼드는 경향이 있다. 두 사람은
이렇게 상충되는 성향 때문에 끊임없이 충돌을 일으키면서도 서
로 짝을 이루어 사건을 파헤치고 범인을 추적한다. 결과적으로
놓고보면 그들은 기묘한 콤비를 이루어나가는, 탁월하지는 못하
지만 그런대로 조화의 묘를 살려나가는 수사팀이라고 할 수 있
었다.

「맥빠지는 소리 하지마. 범인은 해운대 바닥에 분명히 있어.
여기서 안심하고 놀고있을거야. 우리가 여기까지 온줄도 모르
고 말이야. 저 아가씨 좀 수상한데…… 5번 부스 말이야.」

4번 부스와 나란히 서 있는 5번 부스 안에는 하얀 원피스 차림
의 젊은 여자가 들어있었다. 유리창을 통해 그녀의 모습이 훤히
내다보이고 있었다. 유난히 검어보이는 머리칼이 어깨 위에까지
덮여있었는데 고개를 숙일 때마다 그것이 얼굴 한쪽을 가리곤했
다. 그때마다 그녀는 고개를 쳐들면서 손으로 머리칼을 쓸어올
리곤 했는데, 그럴 때 드러나는 얼굴빛이 몹시 창백해 보였다.
그것은 뜨거운 태양이 이글거리는 광란의 해수욕장에 어울리는
얼굴이 전혀 아니었다. 그녀는 주위에 전혀 어울리지 않는 낯선
얼굴을 하고 있었다.

「어때? 좀 수상하지 않아?」

「난 그렇게 안 보이는데…….」

서형사는 흥미없다는듯 대꾸했다.

그때 여자가 5번 부스의 문을 밀어젖히고 나왔다. 그녀의 얼굴에는 슬픈듯한 미소가 감돌고 있었다. 하형사는 천천히 몸을 일으켰다.

「헛수고 하지 마.」

빈정대는 서형사를 흘겨보고나서 하형사는 여자 뒤를 슬슬 따라가기 시작했다.

그녀는 중키에 마른 모습이었다. 미모는 아니었지만 개성적이고 지적인 모습을 하고 있었다. 어깨에는 흰 색의 큼직한 숄더백을 걸치고 있었다. 그러고보니 신고 있는 샌들도 흰 색이었다. 흰 색을 몹시 좋아하는 모양이라고 하형사는 생각했다.

바람에 그녀의 긴 머리칼과 흰 옷자락이 흔들렸다. 유행에 뒤진 긴 스커트 자락 밑으로 드러난 두 다리는 가늘어 보였다.

그녀는 일행도 없이 혼자인 것 같았다. 그녀는 푸른 바다를 마치 손 닿을 수 없는 아주 먼 거리에 있는 것처럼 아득한 눈길로 쳐다보곤했다. 그것으로 보아 남들처럼 바닷물 속에 몸을 담글 것 같지는 않았다.

혼자 여행을 즐기는 아가씨인 모양이라고 생각하면서도 하형사는 그녀 뒤를 바싹 쫓아갔다. 그녀가 걸음을 멈추더니 선그라스를 꺼내 끼었다. 옳지. 얼굴을 가려야겠지. 남자의 성기를 잘라내고 도망친 아가씨라면 당연히 얼굴을 가리고 싶을 것이다. 남들처럼 맨 눈으로 저 푸른 바다와 태양을 바라볼 수 없겠지. 그리고 저렇게 한없이 방황하겠지. 범인이라면 세 가지 길이 있을 수 있다. 하나는 경찰에 자수하는 길이다. 그게 싫으면 두번째로 자살을 선택할 수 있다. 그것도 저것도 싫으면 영원히 도망자 생활을 감수하는 것이다.

호안도로변 모래밭 위에 불쑥 튀어 나온 모양새 없는 건물 안으로 그녀의 모습이 사라졌다. 길쪽으로는 각가지 상품들이 널려있었고, 안쪽에서는 음식과 마실 것을 팔고 있는 가게였다.

하형사가 그 앞에 서서 담배를 피우고 있는데 서형사가 다가왔다.

「뭐 하고 있는거야?」

하형사는 턱으로 가게를 가리켰다.

「이 안으로 들어갔어.」

「내가 들어가볼까?」

「아니야. 내가 들어갈테니까 여기서 기다리라구.」

「여긴 더워서 안 되겠어. 어디 가서 점심을 먹어야겠어.」

그는 탈의장쪽을 가리키면서 그쪽에 있는 천막 식당에 가서 기다리고 있겠다고 말했다.

「빨리 오란 말이야. 쓸데없이 시간 낭비해서는 안 돼. 전화국에 가봐야 한다구.」

도청을 하려면 전화국의 협조가 있어야 한다. 하형사는 그 생각을 하자 숨이 막히는 것 같았다. 오모아라는 여자가 이 지역에서 두번째 전화를 걸어오지 않는한 도청은 한낱 시간 낭비일뿐이다. 그렇다고 그만둘 수도 없다. 수사란 원래 한없는 시간 낭비와 헛수고, 그리고 바보같은 인내심의 허무하기 짝이 없는 수레바퀴 같은게 아닌가.

가게 안쪽은 사람들로 가득 차 있었다. 방금 들어간 여자 앞에 빈 자리가 있었다. 앉을만한 자리는 그곳 밖에 없었다. 그녀는 바다쪽으로 시선을 주고 있었다. 마침 잘 됐다 싶어 하형사는 젊은 주인 남자에게 그 자리를 손으로 가리켰다. 젊은 주인은 그를

그쪽으로 데리고가 그녀한테 양해를 구했다. 그녀는 하형사를
한 번 올려다 본 다음 고개를 끄덕였다.

「실례합니다.」

하형사는 점잖게 빈 자리에 앉았다.

그녀 앞에는 커피잔이 놓여있었다. 하형사는 선그라스를 벗고
나서 콜라를 한 잔 주문했다.

한참 동안 앉아있었지만 그녀는 그에게 두 번 다시 시선을 주
지 않았다.

그녀는 커피를 한 모금 마시더니 미간을 찌푸리면서 잔을 도
로 내려놓았다. 그러고는 다시는 손을 대지 않았다. 하형사는 콜
라를 한 모금 마시고나서 그녀에게 조심스럽게 말을 걸었다.

「혼자 여행 오신 모양이죠?」

그녀는 힐끗 그를 쳐다보고나서 고개를 도로 바다쪽으로 돌렸
다. 그녀의 입가로 비웃음 같은 미소가 얼핏 스쳐가는 것을 보고
그는 더욱 머뭇거려졌다.

「실례지만 외지에서 오셨나요?」

그녀는 그를 쳐다보지 않은채 고개를 끄덕였다. 얼굴에 호의
적인 표정은 조금도 비치지 않았다.

「어디서 오셨습니까? 서울서 오셨나요?」

그녀는 고개를 살래살래 흔들었다. 마지못해 반응을 보이고
있음을 알 수가 있었다.

하형사는 더이상 참을 수가 없었다. 그래서 불쑥

「신분증 좀 보질까요?」

하고 물었다.

여인은 고개를 돌려 의아한 시선으로 그를 쳐다보았다. 웬 정
신빠진 놈이 나타나 사람을 놀리느냐는 그런 표정이었다.

「경찰입니다.」

하형사는 형사 신분증을 살짝 꺼내보였다. 그리고 그녀의 두 눈이 검어지는 것을 지켜보면서 이번에는 엄한 목소리로 입을 열었다.

「신분증 좀 보여주세요.」

그녀의 몸이 위축되는 것 같았다. 그녀는 망설이는 표정이다가 숄더백 안에서 신분증을 꺼내 그에게 가만히 내밀었다.

그것은 교사 신분증이었다. 근무지는 거제도에 있는 어느 중학교였다. 이름은 조상희(曺相熙), 나이는 25세였다. 하형사는 그녀의 신상명세를 수첩에다 재빨리 적었다.

「거제도에서 오셨군요. 실례지만 무얼 가르치십니까?」

「국어에요.」

그녀가 처음으로 입을 열었다. 약간 쉰 듯한 목소리였다.

「아, 국어 선생님이군요.」

신분증을 돌려주면서 그는 잘못 짚었다고 생각했다. 그러나 그것을 인정하고 싶지 않은 마음이 더 강해서 그대로 머무적거리며 앉아있었다.

「본래 고향이 거제도입니까?」

「아니에요. 고향은 서울이에요.」

그녀의 가족은 서울에서 살고 있다고 했다.

「그런데 왜 거제도까지 내려가 교편을 잡고 있는거죠?」

「서울이 싫었고…… 거제도의 풍광이 너무 아름다워서……
아빠가 알고 계시는 분이 이사장으로 있는 사립중학교에 내려 갔어요.」

세상 물정을 모르는 때묻지 않은 감성이 그녀의 말속에 진하게 배어있는듯 했다.

228

「거기서 교편 잡으시는게 마음에 드십니까?」

「좋긴한데…… 쓸쓸해요.」

그녀는 그렇게 말하고나서 쓸쓸하게 웃었다.

학교 교사라고해서 사람을 못죽일 건 없다. 하형사는 눈을 작게 하고 그녀를 쏘아보았다.

「부산에는 언제 오셨나요?」

「아침에 왔어요.」

그가 쏘아보자 그녀는 긴장했다

「무슨 일로 오셨나요?」

「그냥 여행하는 거예요. 서울에 올라가는 길에 부산에 들른거에요.」

「혼자 말입니까?」

「네, 전 혼자 다니는걸 좋아해요.」

말하는 품으로 보아 거짓말하는 것 같지는 않다. 하형사는 속이 뒤틀리는 것을 느꼈다.

「7월 24일부터 26일까지 어디 있었습니까? 사실대로 말해야 합니다.」

「거, 거제도 하숙집에 있었는데요.」

「그 하숙집 주소하고 전화번호 좀 가르쳐줘요.」

「실례했습니다」하고 한 마디 하고나서 일어나 밖으로 나오면 되는건데 그는 오기로 버티고 있었다. 자신의 실수를 인정하고 싶지가 않았던 것이다.

그녀는 자신의 수첩에다 하숙집 주소와 전화번호를 적은 다음 그것을 찢어서 주었다. 예쁘게 또박또박 쓴 글씨였다.

「아까 공중전화로 전화를 걸던데…… 누구한테 건 겁니까?」

「어떤 남자한테 걸었어요.」

그녀는 당혹해하며 말했다.

「어떤 남자였습니까?」

「그런 것도 꼭 말해야 하나요?」

그녀가 처음으로 반발하듯 되물어왔다.

「묻는대로 대답해야 합니다.」

「대답하지 않으면……?」

「상상에 맡기겠습니다.」

그녀의 고개가 밑으로 숙여지는 것을 보면서 하형사는 순간적으로 그녀를 한번 실컷 괴롭히고 싶은 충동을 느꼈다.

「그냥 사귀는 남자에요.」

「그 남자하고는…… 심각한 사이인가요?」

그녀는 당황해서 고개를 흔들었다.

「아, 아니에요. 그냥 아는 사이에요.」

「그 사람 이름하고 나이, 직업, 그리고 전화번호를 말해봐요.」

그렇지 않아도 창백한 그녀의 얼굴이 더욱 하얘지는 것 같았다.

그녀는 50 가까운 나이 많은 남자를 사귀고 있었다. 그러니까 사랑해서는 안 될 남자를 사랑하고 있는 것 같았다. 분명히 말은 하지 않았지만 그녀의 말하는 표정으로 보아 그런 것 같았다.

「그 안에 뭐가 있습니까? 좀 볼까요?」

숄더백을 가리키자 그녀의 얼굴이 붉어졌다.

하형사는 그녀로부터 백을 넘겨받아 안을 뒤적거려 보았다. 그동안 그녀는 모욕감으로 어쩔줄을 모르고 있었다.

이윽고 뚱보 형사는 백속에서 대학노트 반절 크기의 작은 노트를 꺼냈다. 표지를 넘기자 「詩作노트」라고 적혀있었다.

「아, 그건 보시면 안 되는데…….」

그녀는 고개를 쳐들고 당황해서 말했다.

「시를 쓰십니까?」

그는 거침없이 페이지를 넘기고 거기에 적혀있는 시를 읽기 시작했다.

흘린 글씨체로 적혀있고 선을 그어 고친 부분도 군데군데 있는 것으로 보아 습작노트인 것 같았다.

조상희는 묻는 말에 대답하지 않은채 조금 화가 난 표정으로 그를 쳐다보았다.

「시를 아주 잘 쓰시는군요.」

하형사는 그렇게 말해야될 것 같아 그렇게 말했다. 그러나 사실 그는 쉬운 서정시 정도면 몰라도 어려운 시에 대해서는 그것을 감상할 만한 실력을 갖추고 있지 못했다. 지금 그가 들여다보고 있는 시들은 너무 어려운 단어들로 조립되어있어서 무슨 뜻인지 이해할 수가 없었다. 그러나 그는 아는 척하고 있었다.

「시란 참 좋은거죠. 공해로 찌든 하늘 사이로 살짝 보이는 별들 같은 것이라고나 할까…… 하지만 이런 생활을 하니까 시심에 젖을 여유가 없어요. 나 뿐만 아니라 요즘 사람들 거의가 여유가 없이 살고들 있지요.」

그는 노트를 접어 그녀 앞에 밀어놓았다.

「시 좋아하세요?」

그녀가 노트를 한쪽으로 치우며 깊은 눈길로 그를 쳐다보았다.

「네, 좋아합니다.」

「누구 시를 좋아하세요?」

「요즘 시들은 이해하기가 어려워 싫구요, 소월이나 만해 같은 시인의 시가 마음에 들어요. 요즘 현대시들은 공연히 어렵게

쓴 것 같아 불쾌할 때가 많아요. 시란 노래이기 때문에 대중적
이어야 한다고 생각하는데…… 어떻게 생각하세요? 전 무식
해서 잘 모르겠습니다만…….」
그녀의 두 눈이 밝게 빛나는 것 같았다.
「네, 그건 그래요. 저도 그렇게 생각하고 있어요.」
「그런데 상희씨가 쓴 시들은 좀 어려운 것 같던데요?」
그녀는 부끄러운듯 미소지었다.
「그래서 좀 쉽게 쓰려고하는데 잘 안 돼요.」
「계속 좋은 시를 쓰십시오. 실례 많았습니다.」
「이제 끝났나요?」
그녀가 안도하는 표정으로 물었다.
「네, 끝났습니다. 제 일은 이제부터 시작이지만…….」
「저기…….」
그가 일어서려는 것을 보고 그녀가 다급하게 말했다.
「실례지만 왜 저를 조사하셨어요?」
「그건 비밀인데…… 말씀드리죠. 사실은 살인사건을 수사하
고 있는 중입니다. 범인을 잡으려고 제주도에서 오늘 아침에
날아왔는데 백사장에 빽빽히 들어찬 사람들을 보니까 기가 차
서 한숨만 나오고 있던 참에 상희씨를 발견하게 된겁니다. 난
저 우굴거리는 사람들 속에서 범인을 찾아내야 하거든요.」
그녀는 어리둥절한 얼굴로 그를 바라보다가
「그럼 저를 범인으로 생각하시고 조사하신건가요?」
하고 물었다.
「뭐 꼭 그런건 아니지만…… 아무튼 제 눈에는 이 백사장에
있는 사람들이 모두 범인처럼 보이니까요. 하하…….」
별로 우습지도 않은데 그는 너털웃음을 웃었다.

「어머나, 그래서…….」

그녀는 어이없다는듯 그를 빤히 쳐다보다가 다시 물어왔다.

「그럼 범인은 여자인가요?」

「네, 여자입니다.」

「그 여자가 저 백사장에 있는 사람들 가운데 있나요?」

「네, 아마 있을겁니다. 제주도에서 사람을 죽이고 이곳으로 도망쳐왔죠.」

그녀는 놀란 눈을 하고 그를 쳐다보다가 궁금증을 못이겨 다시 물어왔다.

「그 여자 얼굴을 모르시나요?」

「네, 모릅니다.」

「얼굴도 모르면서 어떻게 찾죠?」

「그래도 찾아야죠. 그게 바로 우리 같은 사람이 해야할 일이니까요.」

「무슨 특징 같은 것은 없나요?」

「특징이 있는지도 없는지도 모릅니다.」

「그럼 어떻게 찾죠? 이 많은 사람들 속에서 얼굴도 특징도 모르면서 어떻게 찾죠?」

「그래도 찾아내야죠. 찾아낼 수 있습니다.」

그는 자신있게 말하면서 씨익 웃었다.

「저기…… 어떻게 사람을 죽였죠?」

여기서는 매우 조심스럽게 묻는다. 그러나 얼굴에는 몹시 알고 싶어하는 호기심 같은 것이 서려있었다.

「알고 싶으세요? 좀 끔찍한데…….」

「그래도 알고 싶어요.」

그녀는 무슨 말에도 놀라지 않으려는듯 두 손을 꼭 잡고 있었다. 하형사는 미소를 지었다.

「호텔방에서 죽였는데…… 수면제를 다량 먹인 다음 성기를 잘라냈어요. 잘라낸 성기는 쓰레기통에다 버렸구요.」

여자의 놀라는 모습을 보고 싶어하는 남자들 특유의 잔인한 취미를 즐기는듯 그는 계속 미소를 짓고 있었다.

여교사는 한 손으로 입을 가렸다. 그리고는 거기에 대해서는 더이상 묻지 않았다. 쓸데없는 것을 물어보았다고 생각한 것 같았다. 그러나 하형사가 일어서려고 하자 재빨리 이렇게 말했다.

「범인을 잡으면 알려주세요.」

「네, 알려드리죠.」

그는 명함을 한장 꺼내 그녀에게 주었다.

「혹시 제주도에 오실 일이 있으면 연락주세요.」

하형사가 가게를 나와 천막식당쪽으로 가보니 서형사는 후후 불어가며 열심히 우동국물을 마시고 있었다.

10. 슬픈 미소

성형외과 원장 김창우는 명함을 다시 한번 들여다보고나서 방문객의 차림새를 이해할 수 없다는듯 쳐다보았다.

명함에는 분명히 「제주도 S경찰서 수사과 형사계 형사 안점희」라고 되어 있었다. 그런데 앞에 앉아있는 아가씨는 아무리 보아도 형사 같은 구석이라고는 조금치도 보이지 않는다. 빨간 티셔츠에 허벅지가 훤히 드러난 반바지 차림이다. 머리는 단발이고 얼굴은 아무런 개성미도 없이 평퍼짐하고 수더분한 인상이다. 거리에서 흔히 볼 수 있는 지극히 한국적이고 평범한 얼굴이다. 그는 개성미가 있고 지적인 얼굴을 좋아하고 있었다.

상대방이 마음에 들지 않기는 안점희쪽에서도 마찬가지였다. 김창우 성형외과는 연예인들이 단골로 드나드는, 이를테면 고급 손님들이 줄을 잇고 있는 이름난 병원이었다.

무슨무슨 미인대회의 단골심사위원으로 선정되어있고 텔리비전에도 뻔질나게 나오는 등 해서 그의 이름은 꽤 널리 알려져있었고, 그것이 병원 운영에 큰 도움이 되어 그렇게 고급 손님들이 줄을 잇게 되었던 것이다.

연예인들을 많이 상대하기 때문인지는 몰라도 김원장 자신도 의사라기보다는 연예인 같은 인상을 풍기고 있었다. 적당히 그을린 얼굴은 코밑을 제외하고는 면도질이 잘 되어있었고 중간에 가르마를 타서 깨끗하게 갈라붙인 머리에는 반들반들 기름이 발라져있었다. 냉정해 보이는 눈에는 연한 갈색의 무테안경이 걸려있었다. 코밑에는 손질이 잘 된 수염이 달려있었다.

「무슨 일로 오셨나요?」

깔보는 듯한 눈길로 그녀의 통통한 허벅지를 힐끗 내려다보며 그가 물었다.

안형사는 그의 몸에서 풍기는 향수냄새를 깊이 들여마셨다. 값비싼 좋은 냄새였다.

「저기…… 저희 경찰 수사에 협조해주시고 있는 우박사님을 통해서 원장님 말씀은 잘 들었습니다. 원장님 선배 되신다고 하던데…….」

「아, 우선배님 말씀이군요. 법의학 분야에서는 알아주는 선배님이시죠. 어제 참 그분한테서 전화가 왔던데…… 좀 특수한 분야에 대해서 묻기에 아는대로 대답은 해드렸습니다만 혹시 그 문제 때문에 오셨나요?」

아무리 촌뜨기처럼 생긴 여자 형사이긴하지만 수사관이 방문했다는 사실에 대해 신경이 쓰이는지 경계심을 풀지 않고 있었다.

「네, 그 문제에 대해 좀 더 구체적으로 자문을 구하려고 왔습니다.」

「그것 때문에 제주도에서 오셨습니까? 수고가 많으시군요. 편히 앉으세요.」

이제 안심해도 된다고 판단했던지 다리를 포개면서 간호원을 불러 차를 두 잔 시킨다.

「그러니까 그 문제라는 것이 피살체의 몸에서 발견된 실리콘
에 관한거 아닌가요?」

「네, 바로 그거에요. 죽은 남자의 음경 속에서 발기기구인 실
리콘이 발견됐는데 그런 특별장치를 해준 병원을 찾고 있거든
요. 피살자는 생전에 발기불능 환자였던 것 같아요.」

아가씨의 입에서 거침없이 음경이니 발기불능이니 하는 말이
튀어나오자 김원장은 어안이 벙벙해서 그녀를 쳐다보았다. 생기
기는 쑥맥처럼 생겼는데 말하는 것은 당돌하고 거침이 없다.

「우박사님한테서 들었습니다. 그런데 어떤 사건인가요?」

「이건 아직 비밀인데 밖에 누설해서는 안 됩니다. 음경이 잘
린채 남자가 살해된 사건인데 범인은 아직 잡히지 않았어요.」

김원장은 미간을 찌푸렸다.

「엽기적인 사건이군요.」

「뭐 그렇지도 않아요. 흔히 있을 수 있는 사건 아니에요? 남자
라는 동물은 항상 그것 때문에 말썽을 부리기 때문에 그게 수
난을 받을 수 밖에 없겠죠.」

웃을 수도 없어서 김원장은 두 눈을 깜박거리다가 간호원이
날라온 냉커피를 입으로 가져갔다. 혜실이도 혜실혜실 웃으면서
커피잔을 집어들었다.

「혹시 이 병원에서도 그런 수술을 해주지 않나요?」

그녀의 말이 떨어지기가 무섭게 김원장은 완강하게 머리를 흔
들었다.

「우리 병원에서는 그런 수술은 한 적이 없습니다. 그건 최근
에 미국에서 개발된 수술방법이기 때문에 아무나 할 수 있는
게 아닙니다. 국내에서는 Y의대 부속병원에서 유일하게 시술

하고 있는걸로 알고 있습니다만…….」

「우박사님도 그 말씀을 하셨습니다. 그렇다면 Y의대 부속병원에 찾아 가봐야겠는데…… 그 수술을 맡고 있는 담당의사가 누구인지 혹시 모르십니까? 아시면 좀 소개해주세요.」

「잘 알고 있습니다. 미국에서 일하다가 온 젊은 친구인데…… 가만있자, 지금 거기에 가실겁니까?」

「네, 바로 갈까하는데, 제가 찾아가뵙겠다고 전화를 걸어주시겠습니까?」

「그거야 뭐 어렵지 않죠.」

그가 전화를 거는 동안 그녀는 한 손에 커피잔을 든채 일어나 한쪽에 놓여있는 꽃꽂이 앞으로 다가가 그것을 찬찬히 살펴보았다. 그녀의 얼굴에는 가장 여성적인 것에 대한 동경의 빛이 나타나있었다.

「지금 자리에 없군요. 잠깐 나간 모양인데…… 그쪽으로 가시는 동안 전화를 걸어놓겠습니다.」

김원장은 메모지에다 담당 의사의 이름을 적어서 그녀에게 건네주었다.

「감사합니다. 그럼 그렇게 알고 그쪽으로 가겠습니다. 전화 꼭 좀 부탁합니다.」

안점희가 나가고 난 뒤 김원장은 5분쯤 후에 Y의대 부속병원으로 전화를 걸었다.

새로 개발된 음경발기시술로 화제를 모으고 있는 의사는 그의 후배로 손동인(孫同仁)이라고 했다. 손박사는 자리에 돌아와 있었다.

「손박사? 나 김창우야.」

「아, 선배님, 먼저 전화를 걸어야하는데 죄송합니다. 요즘 어떠십니까?」

「나야 뭐 항상 그렇지.」

「선배님이 부럽습니다. 허구헌 날 월급 가지고 살려니까 사람이 쩨쩨해지고 주눅이 들어서 죽겠습니다. 저도 내년쯤에는 생각을 달리 해봐야겠습니다.」

「다 일장일단이 있어. 사실 말이지 이젠 돈도 싫고 좀 쉬고 싶다구.」

「아이구, 벌써 그러시면 어떡합니까.」

「참, 그 요즘 떠들어대는 임포수술 말이야, 그거 반응이 어때?」

「플렉시 플레이트 말입니까?」

「응, 그거 말이야.」

「아이구, 말도 먀십시요. 신문에 한번 보도가 나간 후로는 화장실에 갈 시간도 없습니다. 정신을 차릴 수 없을 정도로 전화가 걸려오고 수술 신청도 쇄도하고 있습니다. 골치 아파 죽겠습니다. 그렇다고 월급이 오르는 것도 아니고.」

「야아, 그 정도야?! 대단하군.」

「임포환자가 그렇게 많은줄은 몰랐습니다.」

「은밀한거니까 밑에 가라앉아 있었겠지. 에또, 다름이 아니고 미녀가 한 사람 찾아갈거야. 제주도에서 올라온 아가씨인데 살인사건을 수사하고 있는 형사야. 방금 출발했으니까 한 시간 안에 도착할거야. 대단한 미녀야.」

「여자 형사가 말입니까?」

난데없이 형사가, 그것도 여자 형사가 살인사건 수사를 위해 방문할 것이라는 말에 손박사는 잔뜩 긴장이 되어 그녀를 기다렸다.

그는 조그만 키에 무거워 보이는 검은 뿔테 안경을 끼고 있었다. 일 밖에 모르는 성실한 의사로서 그는 자기 일에 최선을 다하고 있었고, 그 생활에 만족하고 있었다.

한 시간쯤 지나 거칠게 문을 두드리는 소리가 났다. 그가 「네, 들어오세요.」라고 말을 끝내기도 전에 문이 열리면서 한 아가씨가 불쑥 안으로 들어왔다. 차림새도 점잖치 못하고 결코 미녀도 아니었다.

「무슨 일입니까?」

손박사는 일으키려던 몸을 도로 내리면서 물었다.

「손동인 박사님이시죠?」

「네,·그렇습니다만…….」

「이렇게 찾아뵈서 반갑습니다.」

반갑다니, 뭐가 반갑다는 말인가. 그는 아가씨가 불쑥 내미는 명함을 받아들었다. 그리고 그것을 들여다 보고나서는 적잖게 놀란 눈으로 그녀를 다시 쳐다보았다.

「아, 제주도에서 오셨군요. 그렇지 않아도 조금 전에 김원장님한테서 전화 연락을 받았습니다. 자, 이리 앉으시죠.」

그가 권하는 자리에 앉으면서 그녀는 오른쪽 다리를 왼쪽 다리 위에 포개었다. 그 바람에 그렇지 않아도 훤히 드러난 살집이 많은 허벅지가 마치 벌거벗은듯이 눈 앞을 어지럽혀왔다.

그녀가 찾아온 용건을 이야기하는 동안 손박사는 두 손을 만지락거리며 책상 위를 내려다보고 있었다.

「……피살체의 잘린 성기에서 발견된 실리콘은…… 그러니까 발기불능 환자한테 정상적인 발기를 위해 시술해준 최신 발기기구라고 하는데…… 과연 그렇습니까?」

아직 결혼도 하지 않은 처녀 같은데 입에서 거침없이 성기니

발기니 하는 말들이 튀어나오는 바람에 오히려 듣는 쪽에서 민
망한 생각이 들 정도였다.

「그걸 봐야겠는데…… 그걸 가져오셨습니까?」

「성기 말인가요?」

「네, 그거 말입니다.」

「안 가져왔는데요. 그럴줄 알았으면 아이스박스 속에라도 넣
어 가지고 올 걸 잘못했네요.」

「지금 필요한 것은…… 그러니까 피살자의 신원입니까?」

「네, 여기서 발기 시술을 했다면 여기에 혹시 그 사람에 대한
기록카드가 있지 않을까 해서요. 피살자의 신원이 밝혀지지
않아 애를 먹고 있거든요. 그런 최신 수술은 국내에서 여기서
밖에 하는 곳이 없다고 들었는데 정말 그런가요?」

「네, 제가 알고 있는한은 그렇습니다. 최근에 개발된 치료법
이기 때문에 아직 일반화되어있지 않습니다.」

점희는 백 속에서 몇 장의 사진을 꺼내 탁자 위에 올려놓았다.

「피살자의 사진이에요. 여러 각도에서 찍은 것인데…… 잘 좀
살펴봐주세요.」

얼굴 전체를 확대해서 찍은 것도 있고 침대 위에 누워있는 피
투성이 모습을 고스란히 담은 것, 그리고 상처 부위만 찍은 것도
있었다.

손박사는 얼굴을 잔뜩 찌푸린채 한참 동안 이 사진 저 사진을
들여다보더니

「본 기억이 납니다.」

하고 말했다. 그러나 그렇게 자신에 찬 표정은 아니었다.

「그래요?! 그럼 여기서 그 수술을 한게 맞군요!」

점희는 반색을 하고 달려들듯이 말했다.

「글쎄요, 그 수술을 받은 환자인지 다른 치료를 받은 환자인지는 확실치 않지만 본 기억은 납니다. 그 물건을 보면 금방 알 수 있는데…… 환자가 워낙 많다보니까 본 것도 같고 안 본 것도 같고, 확실치가 않아요.」

「하지만 박사님, 그런 발기시술은 여기서 밖에 하는데가 없고, 그렇다면 박사님께서 시술하신게 틀림없지 않을까요?」

「국내에서 수술받았다면 여기서 했을 가능성이 크지요. 하지만 외국에서 받았을 가능성도 배제할 수 없지요.」

「박사님, 지금 그런 가능성까지 생각하고 싶지는 않구요, 저기 저는 피살자가 여기서 틀림없이 수술을 받았을거라는 확신을 가지고 왔거든요. 그러니까 기록을 한번 검토해봐 주세요. 본 기억이 나신다면 틀림없이 여기서 그 수술을 받았을거에요.」

손박사는 당돌하고 뻔뻔스럽기 조차한 아가씨를 물끄러미 바라보다가 간호원을 불렀다. 그리고 예쁘게 생긴 간호원이 들어서자

「플렉시 플레이트 수술기록을 모두 가져와봐요.」

하고 지시했다.

간호원이 뒤 돌아서 나갈 때 점희는 그녀의 하얀 종아리에 질투를 느꼈다.

「여자가 살인사건을 수사하다니 뜻밖인데요. 힘들지 않습니까?」

손박사가 호기심을 보이며 물었다.

「아뇨. 힘들 때도 있지만 재미있어요.」

그녀는 헤실거리며 말했다.

「위험할 때도 있을텐데.」

「그런건 뭐 각오해야죠. 살인사건의 경우 대개 여자가 끼어있기 마련이거든요. 그래서 남자보다는 여자 수사관이 필요할 때가 더 많아요.」

「그렇겠군요. 그런데 안형사한테서는 형사 냄새가 전혀 안 나는데요.」

「그야 당연하죠. 형사 냄새가 나면 수사관으로서 실격이에요. 왜냐하면 범인이 냄새 맡고 도망가거든요. 진짜 형사는 어디로 보나 형사처럼 보여서는 안 돼죠.」

「듣고 보니까 그렇군요.」

「조금 전에 플렉시 뭐라고 하셨는데 그게 무슨 말인가요?」

「아, 그건 플렉시 플레이트형이라고, 새로 개발된 그 음경발기기구를 말하는 겁니다. 바로 그 실리콘을 삽입시켜서 임포 상태를 발기상태로 바꾸어 놓는 기구이죠.」

「희한한 것도 다 있군요. 임포환자가 많은가 보죠?」

「네, 의외로 많습니다. 현대사회는 스트레스가 많이 쌓이니까요, 겉으로 보기에는 멀쩡해보여도 성생활을 못하는 남자들이 의외로 많을 수 밖에 없지요.」

「그 수술을 받으면 정상적인 성관계를 가질 수가 있나요?」

손박사는 어이없다는 표정으로 멀거니 그녀를 쳐다보았다. 남자도 묻기 거북살스러운 질문을 거침없이 던지는 것이 어떻게 보면 바보 같기도 하고 한편으로는 뭘 몰라도 단단히 모르는 것만 같은 생각이 들기도한다.

「네, 정상적인 성관계를 유지할 수가 있습니다. 오히려 정상적일 때보다 그 느낌이 더 좋다는 것이 수술을 받은 사람들의 일치된 견해였습니다.」

「아, 그렇군요. 그렇다면 수술받은 사람들은 그것이 항상 발기상태에 있나요?」

그때 문이 열리면서 간호원이 기록카드를 들고 들어왔다.

「그렇지가 않습니다.」

손박사는 참으려고 했지만 웃음이 나오고 말았다. 그러나 상대방은 사뭇 진지한 표정이다. 그게 항상 성이 나있으면 어떻게 민망해서 걸어다닐 수 있겠느냐고 말하고 싶은 것을 참으면서 그는 카드를 집어들었다.

「얼마든지 조절할 수가 있습니다. 그런 걱정은 안 하셔도 됩니다.」

「제가 걱정할 일은 아니죠. 그냥 알고 싶어서 물어본거에요. 남자들한테는 아주 기가 막힌 선물이 되겠는데요.」

「글쎄요. 실례지만 결혼하셨습니까?」

「아아뇨. 결혼하려면 아직 멀었는걸요.」

그녀는 손박사 가까이 다가앉으며 카드에 눈을 주었다.

「보시다시피 그 수술을 받은 사람은 그렇게 많지가 않습니다. 왜냐하면 그 수술을 시작한지가 얼마 되지 않았거든요. 앞으로는 많이 늘어나겠습니다만…….」

「그거 다행이네요. 저로서는 조사 대상이 그 만큼 적으니까요.」

지금까지 손박사가 음경발기수술을 한 환자수는 모두 해서 19명이었다.

손박사는 카드를 조사해보기에 앞서 간호원을 다시 불렀다.

「미스 박, 이 환자 기억나나? 잘 살펴봐요. 내가 수술한 환자 같은데.」

피살체를 찍은 사진을 보여주자 그녀는 어깨를 움츠리면서 고개를 돌렸다.

「죽은 사람 사진이잖아요. 아이, 무서워요.」

「무섭긴. 여기서 플렉시 수술을 받은 사람 같은데 피살됐다 구. 이 분은 살인사건을 수사하고 있는 형사인데 우리가 협조 해줘야겠어.」

형사라는 말에 간호원은 놀란 눈으로 점희를 눈여겨 보고나서 사진을 한장 한장 집어들고 들여다보기 시작했다.

「이 사람, 기억나요. 이름이…… 안 뭐였는데…….」

그녀는 기록카드를 부지런히 넘기기 시작했다.

「나하고 성이 갔네.」

점희는 혼잣말처럼 중얼거렸다.

「바로 이 사람이에요!」

간호원이 드디어 카드 한 장을 쑥 뽑아내면서 말했다.

그 카드에는 안상진(安相鎭)이라고 적혀있었다.

「용케 기억하고 있군.」

손박사가 카드를 들여다보면서 말했다.

「제가 카드를 작성한걸요.」

간호원은 매끄러운 목소리로 대꾸하고나서 다시 사진을 자세히 들여다보기 시작했다.

그녀가 안상진이라는 환자를 기억하고 있는 것은 좀 특별한 이유에서였다. 그 이유라는 것이 좀 부끄러운 것이기 때문에 입 밖에 꺼낼 수는 없는 노릇이었다.

안상진이라는 남자는 키가 훤칠하게 큰 미남인데가 추군대는 면이 있었다. 그녀에게 밖에서 만나 데이트하자고 수작을 걸기 도했는데, 만일 그녀가 약혼한 몸만 아니었다면 그의 요구에 응 했을 것이다. 그녀는 그한테서 명함도 받았었는데, 명함에는 무 슨 무역회사 대표로 되어있었다. 그런 것 말고도 그가 그녀에게 강한 인상을 심어준 것은 수술 때 본 그의 음경 때문이었다. 그의 음경은 발기불능 상태인데도 꽤나 커보였다. 그것이 수술 후 정상적으로 발기된 것을 보니 엄청나게 장대해 보였다. 솔직히 말해 그녀의 약혼자보다 세 배는 되는 것 같았다. 그것은 성기라기보다 무슨 괴물 같았고 침략군 같아 보였다. 그것을 본 순간 그녀는 너무 흥분되어 자신이 허둥대던 것이 생각났다. 보면 볼수록 약혼자의 그것과 비교가 되어 눈을 돌릴 수가 없었다.

「지난 5월 19일에 수술했군요. 이제 분명히 기억이 납니다. 사람이 상당히 미남이고 매너가 세련된 사람이었습니다. 인적사항은 여기에 적혀있으니까 참고하십시요. 도움이 될런지 모르겠습니다만…….」

「입원했었나요?」

「아뇨. 입원하지 않고도 설치가 가능하기 때문에 며칠 통원치료만 받았죠.」

「그 사람에 대해서 무슨 특징 같은게 있으면 말씀해주시겠습니까? 아무거라도 좋습니다.」

「특징이라면 에또…… 잘 생각이 나지 않는데, 미스 박은 뭐 생각나는거 없어?」

「한쪽 다리를 약간 저는 것 같았어요. 하지만 그렇게 눈에 띄게 절지는 않았어요. 그리고…… 왼손잡이였어요.」

「잘도 기억하고 있군. 기억력이 참 좋은데.」

손박사의 빈정거림에 그녀는 살짝 얼굴이 붉어졌다.

안점희는 가슴이 뛰는 것을 느꼈다. 부검의인 우박사도 피살자가 한쪽 다리를 약간 절고 왼손잡이일 가능성이 크다고 말했었다.

「그 밖에 그 사람에 대해서 아는 것이 있으면 숨김없이 말씀해주·세요. 아무리 사소한 것이라도 좋으니까 말씀해보세요.」
점희는 간호원만 쳐다보았다. 간호원은 그녀와 시선이 마주치
는 것을 피하면서 가만히 고개를 내저었다.
「그 밖에는 아는게 없어요.」
「그 환자한테 동행은 없었나요?」
간호원은 천천히 고개를 흔들었다.
「이 카드를 한 장 복사할 수 없을까요?」
「미스 박, 한 장 복사해드려.」
협조해준데 대해 감사하다는 점희의 인삿말에 손박사는 범인
을 붙잡으면 알려달라고 웃으며 말했다.
밖으로 나온 점희는 간호원과 어깨를 나란히 하고 복도를 걸
어갔다.
「그 사람, 왜 죽었나요?」
간호원은 일부러 걸음걸이를 늦추면서 물었다.
안상진의 죽음에 대해서 관심이 많은 것 같았다.
「이유는 모르겠어요. 아주 드라마틱하게 살해됐는데…… 이
유는 아직 모르겠어요.」
「어떻게 살해됐는데요?」
드라마틱한 살인이라는 말에 그녀는 잔뜩 호기심이 동하는 모
양이었다.
「수면제를 먹인 다음 성기를 잘라냈어요. 아주 싹뚝…….」
점희는 거침없이 지껄였다.
「어머나, 어떻게 그럴 수가…….」
간호원은 걸음을 멈췄다가 다시 걸어갔다.
「그 사람, 수술받으러 왔을 때 동행은 없었나요?」
조금 전 같은 질문에 대해 속시원한 대답이 없었기 때문에 여

형사는 또 한번 물어보았다.

「없었어요.」

사무실 안으로 들어간 간호원은 구석쪽에 놓여있는 복사기 앞으로 다가갔다.

그녀가 복사를 하고 있는 동안 점희는 한쪽에 얌전히 앉아 실내를 둘러보고 있었다.

사무실 안에서는 두 명의 남녀 직원이 책상 앞에 붙어 앉아 열심히 서류 정리를 하고 있었다.

간호원은 기록카드를 세 부 복사해가지고 돌아와 그것을 모두 점희에게 넘겨주면서 이렇게 말했다.

「지금 생각해보니까…… 그 사람한테서 명함을 한장 받은게 있는 것 같아요. 어디 뒀는지 한번 찾아봐야겠어요. 그거 필요하세요?」

「필요하고 말구요. 그런건 수사자료로 정말 필요한거에요.」

간호원 박순애(朴順愛)는 점희를 데리고 간호원실로 갔다.

그녀는 자기 책상 서랍을 열심히 뒤지더니 한참만에야 명함 한장을 꺼내들었다.

그녀와 헤어져 밖으로 나온 점희는 눈부신 햇빛 속에 서서 정신없이 명함을 들여다 보았다. 명함에는 「월드무역 대표 안상진」이라고 인쇄되어 있었다. 명함 아래쪽에는 주소와 전화번호도 있었다.

복사한 기록카드에 적혀있는 내용과 비교해보았다. 카드에는 명함에 인쇄되어있는 주소와 전화번호가 그대로 적혀있었다. 그녀는 두리번거리다가 공중전화를 발견하고는 급히 길을 건너갔다.

「네, 월드무역입니다.」

전화를 걸었을 때 들려온 목소리는 상큼한 아가씨의 목소리였
다.
「안사장님 계십니까?」
「지금 안 계시는데요.」
죽었으니 안 계실 수 밖에.
「어디 나가셨나요?」
「네, 실례지만 어디신가요?」
「경찰인데요. 가신 곳을 좀 알 수 없을까요?」
「네? 경찰이라구요?」
「네, 경찰이에요. 안상진씨 오늘 회사에 나오셨나요?」
「안 나오셨어요. 요즘 잘 안 나오세요. 출장가신다고 가셨는
데……..」
전화통만 붙잡고 있으면 안 되겠다 싶어 점희는 회사 위치를
알아낸 다음 전화를 끊었다. 부스 안에 잠깐 들어갔다 나왔는데
도 온 얼굴이 땀에 젖어있었다. 오늘중으로 피살자의 신원만이
라도 알아낼 수 있으면 서울에 올라온 보람은 있다.
　그녀는 수사비를 아끼기 위해 택시를 이용하지 않고 버스에
올라탔다.
　열린 창문을 통해 도시의 후덥지근한 바람이 몰려 들어왔다.
폭염에 거대한 도시의 심장이 잠시 멎은 것처럼 느껴졌다.
　버스는 이름을 알 수 없는 한강 다리 위를 지나가고 있었다.
유람선이 아무 것도 구경할 거리가 없는 강물 위를 떠가고 있었
다. 갑자기 버스 안에서 12시 정오 뉴스가 흘려나오기 시작했다.
　라디오 뉴스의 첫번째는 지난 7월26일 제주도 오리엔탈호텔
에서 오찬 연설도중 발생한 양대식 후보 피습사건에 관한 것이
었다. 양후보는 27일 아침 서울로 긴급 후송되어 S대 부속병원

에 다시 입원했는데 정밀 진찰 결과 생명에는 이상이 없으며 2, 3일 정도 안정을 요한 후 퇴원하게 될 것이라고 했다.

한편 서울로 압송된 양후보 암살 미수범 조문개는 정신 감정 결과 정상으로 밝혀졌으며, 출세가도를 달리고 있는 양후보에게 질투를 느낀 나머지 그를 죽이려고 했다는 등 계속 횡설수설하고 있다고 했다.

아나운서는 다음으로 제주도 문라이트호텔에서 발생한 살인사건을 소개하면서 「엽기적」이라는 말을 사용했다. 막 졸음에 빠져들려던 점희는 퍼뜩 놀라 눈을 뜨고 귀를 기울였다.

「……경찰은 현재 이 엽기적인 살인사건의 범인을 여자로 보고 있으며, 7월 25일과 26일 사이에 제주도를 빠져나간 사람들을 중심으로 수사를 펴고 있습니다. 이와함께 생전에 오른쪽 다리를 전 것으로 보이는 피살자의 신원을 조사하고 있습니다.」

아이구, 보안수사를 강조하더니만 사흘도 못가서 터지고 말았네 하고 점희는 쓴 웃음을 지으면서 속으로 중얼거렸다. 라디오에 터져나왔으니 이제 신문에도 보도되겠지.

찌는듯이 무더운데다 도심으로 들어갈수록 차량들이 밀리는 바람에 점점 더 숨이 막히는 것 같았다. 해운대 푸른 바다에서 수영을 즐기고 있을 두 사람을 생각하자 속에서 뜨거운 것이 치밀어 올랐다. 그 독일인이 갑자기 부산행을 취소시키고 서울로 가라는 바람에 김이 새고 말았다. 몹쓸 독일인 같으니. 그녀는 독일인처럼 빈틈이 없는 송계장을 오징어처럼 잘근잘근 씹어주고 싶었다.

을지로 2가에서 버스를 내린 그녀는 어느 은행 본점 앞에 늘어서있는 가로수 그늘 아래 잠시 서서 손수건으로 얼굴에 번진 땀을 닦아냈다. 화장기가 모두 지워졌지만 더이상 찍어 바르고 싶은 생각도 없었다. 이렇게 더운 날씨에는 맨 얼굴이 차라리 속 편했다. 어떤 녀석과 데이트하는 것도 아니고…….

물어물어서 월드무역이 들어있는 건물을 찾았을 때 그녀는 적이 실망하고 말았다. 월드무역이란 이름만 걸어 놓고 있는 빈 껍데기 회사였다. 상주하는 직원 한 명 없었다. 전화를 받아 처리해주는 여직원은 월드무역 소속이 아니고 사무실을 대여해주고 있는 회사에 속해 있는 직원이었다.

그 사무실에는 나즈막한 칸이 미로처럼 얽혀있었고, 그 사이사이에 책상이 한 개씩 놓여 있었다. 책상은 모두 해서 40여개쯤 되었는데, 말하자면 그 책상 하나가 하나의 회사인 셈이었다.

그러니까 책상 하나에 회사 이름만 걸어놓고 사장 행세를 하는 사람들이 그 사무실에는 무려 40여명이나 된다는 말이었다. 그들은 정기적으로 출근하는 법도 없으며, 어쩌다 오가며 들르는 것이 고작이고, 그대신 밖에서 뻔질나게 전화를 걸어 댄다. 그러면 임대회사측의 여직원은 각 사장에게 걸려왔던 전화 내용을 메모해 두었다가 일러주곤한다. 통화량이 많기 때문에 전화를 받아서 처리해주는 전문 여직원만도 다섯 명이나 된다. 그녀들은 각 사장들에게 딸려있는 비서처럼 아주 상냥하고 친절하게 전화를 받기 때문에 속사정을 모르는 사람들은 아주 그럴듯한 회사 정도로 오인하기 십상이다. 40여명의 엉터리 사장들은 그 곳에 책상을 하나 놓고 전화를 받아주는 댓가로 매월 얼마씩의 저렴한 비용을 임대회사측에 지불하기만 하면 된다. 거대한 도시의 난마처럼 얽힌 메카니즘이 만들어낸 우스꽝스럽기도하고 서글프기도한 한 단면이다.

전화 받기에 바쁜 여직원들 가운데서 싹싹해 보이는 아가씨를 붙잡고 점희는 집요하게 질문 공세를 폈다. 그러나 그 여직원은 안상진에 대해서 별로 아는 것이 없었다.

「안사장님이 여기에 들어오신 것은 작년 봄이었으니까 1년 반쯤 됐네요. 매일 출근하시는건 아니고 전화만 가끔씩 걸어 오시기 때문에 모든 건 전화로만 처리되고 있어요.」

칸막이 안쪽에 놓여있는 그의 철제 책상 위에는 「월드 무역」이라는 조그만 플래스틱 조각이 초라하게 붙어 있었다. 책상 위에는 전화기도 한 대 놓여 있었는데, 그나마 그것도 임대 회사 측에서 놓아준 교환 전화기였다.

여직원은 목소리를 낮추어 속삭이듯 말했다.

「……사실 말이 무역회사이지 실적 같은 것은 하나도 없는 것 같아요. 여기에 들어있는 회사들 모두가 마찬가지에요. 이름만 걸어 놓은채 여기를 그저 연락처로만 이용하고 있기 때문에 개인적으로는 잘 몰라요. 저희는 그저 전화 심부름만 해 주고 있을 뿐이에요.」

「안사장이 마지막으로 여기에 들른 것이 언제였나요?」

그녀는 기억이 잘 안 난다고 하면서 다른 여직원들한테 가서 물어보고 오더니 한 달쯤 전에 안사장이 잠시 들렀다 가고는 그 뒤로는 오지 않았다고 말했다.

「마지막 전화는 언제 왔나요?」

「일 주일 전 쯤에요.」

그녀는 노트를 펼친 다음 한 곳을 짚어 보였다. 마지막 기록 날짜는 7월 20일 오후 1시 15분으로 되어있었다. 그 노트의 겉장에는 「월드 무역／대표 안상진」이라고 적혀있었다. 노트는 지시사항란과 메모란으로 구분되어있었다. 마지막 지시사항란에는 이렇게 적혀있었다.

「출장갔다고 할 것. 일주일 후에 돌아옴.」

메모란의 마지막 날짜는 7월 22일이었다. 거기에는 간단히 「홍사장에게 전화요망」이라고만 적혀 있었다.

점희는 슬그머니 사진을 꺼내 책상 위에 올려 놓았다.

「이 사진을 한 번 봐주실래요?」

「이게 뭐에요?」

여직원은 사진을 찬찬히 들여다보더니 「에그머니나!」하면서 자리를 차고 일어나려고 했다.

점희는 그녀의 옷소매를 잡아당겼다. 그리고 눈을 부라리면서

「조용히 해요! 이 사람 누군지 알아요?」

하고 물었다.

여직원은 마지못해 다시 사진을 힐끗 들여다 보고나서 잔뜩 겁에 질린 얼굴로 고개를 끄덕였다.

「네, 알아요. 안사장님이에요. 아, 안사장님이 어떻게 되셨나요?」

「보다시피 죽었어요. 살해됐어요. 제주도에서 죽었는데…… 제주도에 간다는 말 못들었어요?」

「모, 못들었는데요.」

「안사장의 친구나 애인을 본 적이 있나요? 혹시 여기에 오지 않았나요?」

「아뇨. 안사장님은 언제나 혼자 오시곤했어요.」

「이거 죽여주는군.」

남자처럼 중얼거리는 여형사를 여직원은 놀란 얼굴로 쳐다보았다.

「담배 좀 피우겠어요.」

일방적으로 말하고나서 점희는 담배를 꺼내 성냥불을 드윽 그어붙였다. 실내 여기저기에는 금연이라고 쓴 종이조각이 붙어있었지만 그녀는 못본 척하고 담배연기를 후우하고 내뿜었다.

「안사장에 대해 아는대로 말해봐요. 뭐든지 좋으니까 말해봐요. 그 사람 인상은 어땠어요?」

「아주 좋으신 분이었어요. 키도 크고 미남이었고…… 그래서 인기가 제일 좋았어요. 가끔씩 수고한다고 하면서 용돈도 주시곤 하셨어요. 그, 그런데 왜 그분이 돌아가셨나요?」

「누가 죽였다니까요. 왜 죽였는지 그 이유는 나도 모르겠어요.」

「범인은 잡았나요?」

「범인을 잡았으면 내가 왜 이 고생을 하고 다니겠어요. 유족들에게 알려야겠는데 주소를 알 수 있어야지. 그 사람 집 주소 좀 가르쳐줘요.」

「글쎄요. 그게 있을런지…….」

「집주소가 없으면 연락처라도 있을거 아니에요. 무슨 일이 있으면 그 사람한테 어떻게 연락해요?」

「잠깐 기다려주세요.」

여직원은 칸막이가 되어있는 별실로 들어가더니 잠시 후에 종이를 한장 들고 나왔다.

「집주소와 전화번호에요.」

점희는 메모지를 받아들고 들여다보다가

「이것도 십중팔구 가짜이겠지.」

하고 중얼거렸다.

「전화 좀 쓰겠어요.」

안형사가 책상 위에 놓여있는 전화기를 앞으로 당기자 여직원이 9번을 누르고나서 전화를 걸라고 일러주었다.

번호를 모두 누르고나자 예상했던대로 녹음된 여자 목소리가 반복해서 들려왔다.

「지금 거신 전화는 없는 국번이거나 결번이오니, 다시 확인하시고 걸어주시기 바랍니다. 지금 거신 전화는…….」

점희는 수화기를 내려놓으면서 고개를 흔들었다.

「안 돼나요?」

「가짜에요. 빌어먹을.」

그녀는 안상진의 책상 서랍을 당겨보았다.

서랍은 모두 잠겨있었다.

「이것좀 열어볼 수 없을까요?」

「주인 허락 없이는 곤란한데요. 열쇠도 없구요.」

「주인은 죽었어요. 그리고 나는 지금 살인사건 수사를 하고 있어요. 공무를 집행하고 있다구요.」

안점희가 계속 서랍을 거칠게 잡아당기자 여직원은 잠깐 기다리라고 하더니 젊은 사장을 데리고왔다.

30대 사장은 머리 회전이 빠른 사람이었다. 점희의 이야기를 듣고난 그는 한 뭉치의 열쇠 꾸러미를 가져와 직접 하나하나 열쇠 구멍에다 맞춰보았다. 맞는게 있는지 모르겠다고 고개를 갸우뚱거리면서 이것저것 꽂아보더니 조금 지나서 열쇠를 한 바퀴 돌린 다음 서랍을 잡아뽑았다. 그것은 가운데 있는 큰 서랍으로 그것만 열리면 다른 것들은 자동으로 열리게끔 되어있었다.

가운데 큰 서랍에는 온갖 잡동사니들이 무질서하게 들어있었다. 옆에 달려있는 서랍 속도 사정은 마찬가지였다.

점희는 잡동사니들을 이리저리 헤쳐보다가 조그만 봉투 하나를 집어들었다. 봉투 안에는 컬러사진이 잔뜩 들어있었다. 그녀는 사진을 모두 꺼내 책상 위에 펼쳐놓았다.

「어머나!」

여직원이 먼저 고개를 돌렸다. 젊은 사장도 민망한듯 얼굴을 붉혔다.

그 사진들은 한몫에 찍은 것인듯 거기에는 모두 벌거벗은 남녀의 모습이 담겨있었다. 그런데 그냥 벌거벗은 모습만을 찍은 게 아니었다. 성행위할 때의 각가지 체위와 난잡한 장면들이 마구잡이로 찍혀있었다.

「흥, 재미있는 사진인데요.」

점희가 아무렇지도 않은듯 사진을 들여다보며 중얼거리자 그제서야 여직원도 고개를 살며시 돌려 사장의 눈치를 보면서 포르노 사진들을 훔쳐보기 시작했다. 젊은 사장은 온통 사진에 정신이 팔려있었다.

「이건 국산 포르노 사진인가 보지요?」

점희가 사진 한 장을 흔들어보이며 젊은 사장에게 물었다.

그것은 두 남녀가 벌거벗은채 침대 위에 비스듬히 앉아있는 것으로, 남자는 여자의 어깨를 감싸안고 있었고, 여자는 남자의 발기한 성기를 한 손으로 움켜쥐고 있었다. 그 사진에 나타난 두 사람의 얼굴은 다른 사진에 비해 아주 선명해 보였다.

「남자는 상당한 미남인데요. 이 아가씨는 어려 보이는 것이 스무 살도 안된 것 같지요?」

점희는 그것을 일부러 여직원 앞에다 디밀어보였다. 여직원은 얼굴을 붉히면서 고개를 돌렸다. 점희는 피살자의 사진과 그 사진을 나란히 놓고 살펴보았다.

「두 사람 얼굴이 비슷한데…… 혹시 이 사람, 안사장 아닌가
요?」

「네, 맞습니다.」

젊은 사장이 분명한 어조로 대답했다.

「살아있을 때의 얼굴과 죽었을 때의 얼굴은 상당히 차이가
있어요.」

「네, 그렇군요. 하지만 자세히 보니까 안사장이 틀림없는데
요. 생기긴 멀쩡하게 생긴 사람이 이렇게 난잡한 짓을 하고
다닐줄은 몰랐습니다.」

젊은 사장의 말에 점희는 자기도 모르게 입을 삐쭉 내밀었다.

「남자란 다 그렇지 않은가요? 보이지 않는데서는 별짓을 다
하는게 남자 아닌가요?」

젊은 사장이 머쓱해하는 것을 보고 점희는 여직원쪽으로 시
선을 돌렸다. 그리고 두 세 걸음 떨어져있는 그녀를 가까이 오
게해서 사진을 보여주었다.

「좀 민망한 사진이긴 하지만 시집가게 되면 어차피 다 알게
돼요. 아가씨도 확인해줘야겠어요. 이 사람이 안사장 맞나
요?」

「네, 틀림없어요.」

여직원은 붉어진 얼굴을 한 손으로 가리면서 대답했다.

「그 사람 다리를 약간 절지 않았나요?」

「네, 오른쪽 다리를 약간 절었어요. 교통사고로 그렇게 됐다
고 했어요.」

「다른 사진도 좀 확인해줘요. 그 사람이 틀림없는지…….」

여직원과 젊은 사장은 마음놓고 사진을 한장 한장 들여다보

았다. 여직원은 처음처럼 그렇게 부끄러워하지도 않고 그것들을 살펴보더니 안사장이 틀림없다고 말했다.

「죽은 안사장은 새디스트였나보죠?」

젊은 사장이 제법 아는체를 하며 말했다.

「어째서 그렇다고 생각하시죠?」

「여자와 함께 이렇게 노골적으로 사진을 찍은 걸 보니까 그런 생각이 드는군요.」

「그것과 새디즘하고 무슨 관계가 있죠?」

점희가 갑자기 꼬치꼬치 캐묻자 그는 당황한 표정을 지었다.

「그러니까 여자와 관계하는 것만으로는 성에 차지 않으니까 사진까지 찍어서 그걸 보고 즐기는 거죠. 여자 입장에서는 사진을 통해서 또 성적 학대를 당하는거구요. 아마 그런 면에서 안사장은 정상이 아니었을겁니다. 여기 앉아서 이런 사진을 들여다보면서 즐거워했을 것을 생각하면 화가 나는데요. 그런줄 알았으면 내쫓았을텐데…….」

점희는 쇼핑백을 하나 얻어 안사장의 유품들을 모두 쓸어담았다. 경찰이 수사자료로 참고하기 위해 가져가 잘 보관하겠다는데에는 젊은 사장도 반대할 이유가 없었다. 죽은 사람의 물건들을 언제까지고 자신이 보관하고있기 보다는 경찰에 넘기는 것이 그의 입장에서는 차라리 잘 된 일이었다.

밖으로 나오자 모든 움직이는 것들이 더위에 지칠대로 지쳐 흐느적거리고 있는 것처럼 보였다. 오후 2시가 지난 시간이라 하루중 가장 무더울 때였다. 그러나 점희는 처음으로 힘이 솟는 것을 느끼고 있었다. 피살자의 신원은 알아내지 못했지만 그의 사진을 수십 장이나 확보해놓았으니 일단 서울에 올라온 보람은 있는 것이다. 사진뿐아니라 그의 유품도 적지 않게 발견했다.

월드무역이 들어있는 사무실 임대회사에서 알아낸 안상진의 주소지는 여의도에 있는 어느 아파트였다.

땀에 젖어 아파트 앞에 도착한 점희는 713호를 확인한 다음 거침없이 초인종을 눌러댔다.

한참이 지나 그녀의 신분을 확인하고서야 문을 열어준 여인은 낮잠을 실컷 자다가 일어났는지 부스스한 얼굴로 그녀를 맞았다.

「안상진이라구요? 그런 사람 없어요. 여기는 김씨에요.」

돼지처럼 살이 찐 여인은 아무래도 수상쩍다는듯 아래위로 점희의 행색을 살피면서 고개를 흔들었다.

「실례지만 여기 사신지는 얼마나 되셨나요?」

「몇년 됐지요. 5년 넘었어요.」

점희는 두 남녀가 벌거벗은채 해괴한 짓을 벌이고 있는 사진을 불쑥 디밀었다.

「이런 사람 여기에 살고 있지 않나요? 여기에 살고 있는줄 알고 왔는데요.」

사진을 들여다본 여인은 기겁을 하면서 고개를 흔들었다.

「그런 사람 없어요. 무슨 사진이 그래요.」

「그러지 말고 자세히 좀 봐주세요. 여자쪽도 좀 봐주세요. 댁에 살고 있지 않다해도 혹시 이웃에 살고 있거나 수퍼마켓 같은데서 본 적이 없는지 자세히 좀 살펴봐주세요.」

점희가 끈질기게 늘어붙자 여인은 마지못해 다시 사진을 들여다보았는데, 그때에는 사진에 흥미를 느꼈는지 눈에 번득이는 빛이 보이고 있었다. 그러나 말만은 이렇게 했다.

「망칙도 해라. 없어요. 그런 사람 못봤어요.」

아파트 건물 아래로 내려온 점희는 경비원에게도 피살자의
사진과 포르노 사진을 함께 보여주었다. 나이가 많아 보이는 경
비원은 얼굴을 찌푸리면서 고개를 내저었다.

더이상 그곳에 머물러있다는 것이 시간 낭비라는 생각이 들
었을 때 무선 호출기의 신호음이 들려왔다. 본서에서 그녀를 찾
는 신호였다. 이럴 때 휴대용 이동전화기가 한대 있으면 정말
편리하게 이용할 수가 있는데 그녀한테는 그게 없었다.

촌각을 다투는 수사형사들한테는 이동전화기 같은 통신 기기
는 아주 필수적인 장비라고 할 수 있었다. 그러나 예산이 부족
하다는 이유로 해서 그것은 간부들에게만 지급이 되고 일선에
서 뛰고 있는 수사형사들에게는 지급이 되지 않고 있었다. 필요
한 사람은 개인적으로 구입해서 사용하라는 식이었다.

수사형사들 입장에서는 한시라도 필요한 장비이기 때문에 부
담이 되는줄 알면서도 개인적으로 그것을 구입하는 사람이 한
두명씩 늘어가더니 지금은 적지 않은 수의 형사들이 이동전화
기를 휴대하고 있었다. 점희는 다음 보너스때 그것을 구입할 생
각이기 때문에 그때까지는 아쉬운대로 그냥 버텨나갈 수 밖에
없었다.

「나 계장인데 어떻게 됐어?」

계장의 다그치는 듯한 목소리를 듣자 점희는 공중전화 부스
안이 질식할 것처럼 느껴졌다.

「피살자 사진을 확보했어요.」

「이름이 뭐야? 신원을 말해봐.」

그녀는 지금까지 수사한 내용을, 자신이 땀을 뻘뻘 흘리며 얼
마나 고생스럽게 돌아다녔는가를 강조하면서 이야기했다.

「그러니까 간단히 말해 결국 안상진이라는 이름이 본명인지

가명인지 그것도 잘 모르겠다 이 말 아니야?」

「제 생각에는 아무래도 가명 같다는 생각이 듭니다만…….」

「사진을 빨리 보내.」

「네, 그러죠. 아주 해괴한 사진이에요. 한 두장이 아니고 스무 장이 넘어요. 어떤 아가씨하고 침대에서 벌거벗은채 찍은 사진들인데…… 포르노 사진이나 다름없어요.」

「재미있는 사진이군. 빨리 보내봐.」

「그밖에 피살자의 유품들도 잔뜩 가지고 있거든요. 자세히 살펴보고나서 보고드리겠어요. 피살자의 사진은 틀림없는거에요. 임대회사 사장과 여직원도 피살자가 틀림없다고 증언했어요.」

귀중한 사진을 확보한데 대해 칭찬은 그만두고 수고했다는 말이라도 한 마디 듣고 싶었지만 송계장의 입에서는 끝내 그 한 마디가 흘러나오지 않았다.

「저, 여기서는 이제 할 일이 없으니까 부산으로 내려가 합류하면 안 돼나요? 부산에서는 사람이 많이 필요할텐데요.」

「지시가 있을 때까지 그대로 서울에 있어. 앞으로 서울에서 해야 할 일이 폭발적으로 늘어날 가능성이 많으니까 말이야. 그리고 안상진에 대해 컴퓨터 조회를 해봐.」

「아, 계장님…… 제발…….」

전화는 이미 끊어져있었다.

그녀가 땀투성이가 되어 부스 밖으로 나오자 뙤약볕에서 순서를 기다리고 있던 사람들이 험악한 시선으로 그녀를 쏘아보았다.

「기다리는 사람 생각해서 전화좀 빨리 쓸 수 없나. 도대체 여자들은 무슨 이야기가 그렇게 많은지, 시시콜콜한 이야기까

지 다 늘어놓으니까 통화가 길어지지. 누가 여자 아니랄까
봐.」

젊은 남자가 자기 동행한테 한 말이었지만 점희한테 들으라
고 내뱉은 말이었기 때문에 그녀는 뒤통수가 근질근질해왔다.
뒤돌아보면 그들에게 한 마디 쏘아붙일 것 같아 그녀는 꾹 참고
그대로 걸어갔다.

어쩌면 서울에서 이 무더운 여름을 보내야 할지도 모른다고
생각을 하자 그녀는 한 층 더 더위를 느끼는 것 같았다. 번화가
로 나온 그녀는 더위도 식힐겸 늦은 점심을 먹기 위해 잘 꾸며
진 카페를 찾아들었다.

지하에 자리 잡은 그 카페의 창밖으로는 시원한 물줄기가 쏟
아져 내리고 있었다. 그녀는 인공폭포가 보이는 창가에 자리잡
고 앉아 스파게티와 생맥주 한 잔을 시켰다.

생맥주는 얼음처럼 차거웠다. 그것을 물 마시듯 벌컥벌컥 들
이키자 더위가 조금 가시는 것 같았다. 생각 같아서는 한잔 더
마시고 싶었지만 대낮에 남자도 아닌 여자가 시뻘개진 얼굴로
돌아다니는 것도 민망스러운 일이라 한 잔만으로 입을 씻었다.

식사가 올 때까지 기다리는 시간이 심심했기 때문에 그녀는
공중전화쪽으로 가서 하형사의 휴대용 전화번호를 불렀다.

「네, 마피아입니다.」

하형사의 걸걸한 목소리가 들려왔다.

「나, 콜걸이에요.」

그녀는 자신의 암호를 스스럼없이 말했다. 뒤에 서있던 30대
남자가 콜걸이라는 말에 야릇한 눈길로 그녀를 쳐다보았다.

「어때? 잘 돼가?」

「더위 먹고 그로기 상태에요. 거긴 세월 좋겠군요.」

「그럼, 좋고 말고. 미끈한 아가씨들 구경하느라고 내 정신이 아니야.」
「저녁에 함께 잠잘 아가씨 구해봤어요?」
「아직 못구했어.」
「구경만 하다가 모두 놓치는거 아니에요?」
「그럴 수야 없지. 뭐 좀 얻은거 있어?」
「피살자의 사진을 구했어요. 아주 재미있는 사진이에요. 남자들이 좋아할 그런 사진이에요.」
「사진을 구했다면 성과가 큰데. 어떤 사진인데 그래?」
「피살자가 아가씨하고 나체로 찍은 사진이에요. 그 정도면 어떤 사진인지 짐작이 가죠?」
「야, 그거 근사하겠는데 그래.」
「그런 사진이 수십 장이에요.」
「그거 가지고 빨리 부산으로 내려오지 그래.」
「제발 빨리 내려가서 보여주고 싶지만 사정이 여의치가 않아요. 계속 서울에 죽치고 있으라는거에요. 이대로 이삼 일만 더 있다가는 미쳐버릴 것 같아요. 거기는 진척이 좀 있나요?」
「사실은…… 눈꼽만큼도 진척이 없어. 사람 숫자가 모래보다도 더 많은데, 그 속에서 어떻게 갈매기를 찾아내느냐 말이야.」
「큰 일이군요.」
「신원은 밝혀졌나?」
「아직 몰라요. 모든게 가짜 투성이에요. 피살자는 범죄쪽에 가까웠던 인물인 것 같아요.」
「그야 뱃속에서 약이 발견되었을 정도니까 말할 나위 없겠지.」

「바다 속에 뛰어들고 싶어 미치겠어요. 계장님한테 잘 말해서 저 좀 불러주세요. 부탁해요.」

「알았어. 이야기는 해보는데, 너무 기대하지 않는게 좋을거야.」

그 시간에 제주도에서는 수사회의가 열리고 있었다.

댓명쯤 되는 사내들이 바다가 훤히 내다보이는 방 안에 앉아 그때까지의 수사 결과를 놓고 열띤 입씨름을 벌이고 있었다.

활짝 열어젖힌 창문으로는 무더운 바닷바람이 계속 불어오고 있었다.

「7월25일 국내 항공편은 모두 정상적으로 운행됐습니다. 태풍의 영향으로 모든 교통편이 묶인 것은 25일 밤 11시부터였습니다. 그런데 항공편은 그전에, 그러니까 8시경에 마지막 항공편이 모두 떠났으니까 정상적으로 운행된 셈입니다. 그런데 배편은 그렇지가 못했습니다. 부산행 배편은 저녁 7시에 출발인데 운항이 중지됐습니다. 부산까지 12시간이나 걸리기 때문에 도중에 태풍을 만나게 되니까 아예 출발을 포기한거죠. 완도행과 목포행은 마지막 편까지 정상적으로 운행됐습니다. 그리고 교통편이 풀린 것은 27일 아침부터였습니다. 26일은 하루종일 꼼짝도 못했죠.」

얼굴이 삼각형으로 생긴 차형사가 말했다. 그는 이마가 유난히 좁고 눈도 아주 작아서 표정에 변화가 별로 없는 사내였다.

「바퀴벌레(범인)가 도망가기 급한데 배를 타고 빠져나갔겠어? 수사 범위를 좁힐 수 있는한 좁히라구. 비행기편으로 빠져나갔다고 보고 수사하라구.」

빈 틈 없어 보이는 송계장이 말했다.

「그리고 마약이 얽혀있다면 공범이 있을 가능성이 커. 여자 혼자서 건장한 남자를 살해하고 150억원대의 헤로인을 탈취해간다는 건 현실적으로 무리가 많아. 만일 혼자서 헤로인을 탈취해갔다면 그 많은 것을 어떻게 처분하지? 그 정도의 물량이라면 공범이 없으면 거래가 불가능해. 공범 정도가 아니라 상당한 조직의 힘이 없으면 거래가 힘들다고 봐야 해. 그 여자는 한낱 심부름꾼이든가 바람잡이일지도 몰라. 자칭 오모아라는 아가씨가 사건현장으로 전화를 걸어온 것 자체가 석연치가 않아.」

「꼭 그렇게만 볼 수는 없죠.」

회색인 조반장이 줄담배를 태우며 무기력한 어조로 말했다. 그는 송계장보다 나이가 많으면서도 그 밑에서 지시를 받아야 하는 부하 입장이라 불평불만이 많았고, 사사건건 상관과 충돌하는 일이 잦았다. 간단히 말해 상관은 물론이려니와 모든 것이 못마땅하다는 식이었다.

「조반장은 그럼 어떻게 보고 있어요?」

아무리 직속 부하지만 자기보다 몇 살 위인 사람한테 반말로 대할 수가 없어 송계장은 반말과 존댓말로 적당히 섞어서 얼버무리곤 한다.

「까마귀(피살자)를 살해한 자와 헤로인을 가져간 자가 전혀 관계가 없는 별개의 존재일 수도 있죠. 이를테면…….」

회색인은 한쪽 눈을 찡그리면서 담배를 비벼껐다.

「……이를테면 까마귀는 운반책으로서 헤로인을 무사히 거래 상대에게 넘겨줍니다. 그것을 꼭 제주도에서 넘겨주었다고 단언할 수도 없습니다. 서울에서 넘겨주었을 수도 있고, 도쿄에서 넘겨주었을 수도 있습니다. 그 다음에 그는 여자 생각이 나

서 오모아를 부른겁니다. 그런데 어떤 이유로해서 그 여자한
테 살해당합니다.」

「그건 그래요. 가능성은 얼마든지 있지.」

계장은 순순이 인정하고 나왔다.

그로서는 다른 사람들 앞에서 회색인과 입씨름을 벌이는 것이
싫었기 때문에 그와의 충돌을 가능한한 피하려고 애를 쓰고 있
는 편이었다.

「살인범과 마약범이 별개이든 공범관계이든 간에 범인은 두
명 이상일 가능성이 큰거 아닙니까?」

주걱턱을 가진 배형사가 말했다. 그는 상관들의 눈치를 보면
서 어느쪽에도 기분을 상하게 하지 않으려고 조심스럽게 말했
다.

「범인들이 서로 관계가 없이 독자적으로 행동했다면 우리의
수사는 살인쪽에만 국한돼야지, 쓸데없이 마약쪽에까지 손을
댈 필요는 없어. 가뜩이나 인원이 부족한 판에 말이야.」

수사범위를 멋대로, 그리고 귀찮은듯이 축소시키려는 조반장
을 보고 송계장의 표정이 굳어졌다.

「그건 말도 안 되는 소리지요. 마약 관계만을 따로 젖혀놓고
수사한다는 것은 문제의 본질을 흐려놓을 가능성이 커요. 그
리고 아직 피해자 신원도 파악되지 않은 상태에서 사건을 양
분시킨다는 것은 너무 경솔한 짓이에요. 우리는 지금 뭐가 뭔
지도 모르고 있지 않아요. 일단 수사할 수 있는한 모든 것을
수사해요. 멋대로 빼놓든가 하는 짓은 용납될 수 없어요. 아무
리 하찮은 것이라해도 버려서는 안 돼요.」

독일인은 단호한 표정으로 다른 부하들을 쳐다보았다. 그리고
다짐을 받으려는듯이

「알았지?」

하고 물었다.

「네, 알았습니다.」

조반장을 제외한 형사들은 당연하다는듯 모두 고개를 끄덕였다.

그것을 보고 조반장은 입가에 비웃음을 띠면서 「고생깨나 하겠군.」하고 중얼거렸다.

「조반장, 그렇게 움직이기 싫으면 여기 앉아서 전화나 받아요.」

계장이 참지 못하고 쏘아붙였다. 그러나 조반장은 느글느글하게 대응하고 나왔다.

「내가 왜 여기 쭈그리고 앉아 전화만 받습니까. 그런건 여자한테 시켜도 되잖아요.」

그렇게 말하면서 그는 한쪽에 다소곳이 앉아있는 순희를 힐끗 쳐다보았다.

그녀는 형사계에 배속된지 얼마 안 된 햇병아리 형사였다. 앳되고 수줍음이 많은 반면 덩치가 크고 볼륨이 풍만해서 어느 새 육체파라는 별명이 붙어있었다. 조반장의 빈정거림에 그녀는 얼굴을 붉히면서 고개를 숙였다. 그녀는 아직 현장에 투입된 경험이 없었다.

송계장의 표정이 굳어지는 것을 보고 조반장은 새 담배에 불을 붙인 다음 슬그머니 일어나 밖으로 나갔다. 송계장은 그의 뒷모습을 쏘아보고 있다가 한숨을 내쉬었다.

「한심한 작자야. 일하기 싫으면 사표를 쓰면 될거 아니야.」

「퇴직금이 얼만데 사표를 쓰겠습니까. 그리고 지금 그만두면 바둑집에 가서 바둑이나 둬야지 뭐 할게 있어야죠.」

　그렇게 말한 사람은 머리가 벗겨진 붉은 얼굴의 강주임이었다.

　그 역시 조반장보다는 나이가 적으면서도 그보다 윗자리에 앉아있기 때문에 조반장한테 시달림을 받고 있는 입장이었다.

　「자, 그건 그렇고, 이 명단에서 가려낼 사람은 가려내고 해야할거 아니야. 이 많은 사람들중에서 어떻게 골라내지?」

　독일인은 컴퓨터로 뽑은 승객명단을 들여다보았다. 그것은 항공편으로 제주도를 빠져나간 승객들의 명단이었다.

　「10년이 걸리더라도 골라내야죠.」

　삼각형 얼굴이 집념을 보이며 말했다.

　독일인은 옆에 잔뜩 쌓여있는 여행자 신고카드를 만지작거렸다. 그전에는 비행기에 탑승하려면 신고카드가 따로 있어 거기에다 승객이 일일이 자신의 신상명세를 적도록 되어 있지만 요즘은 탑승권 한쪽에다 주민등록번호와 주소만을 기입하도록 되어있어, 그것이 이를테면 신고카드를 대신하고 있는 셈이었다. 항공사측에서는 승객이 게이트를 통과하기 전에 탑승권에서 신상명세가 적힌 부분만을 따로 떼어 보관한다.

　「부검 결과에 따르면 까마귀의 사망시간은 7월25일 12시 전후입니다. 넉넉 잡고 11시에 까마귀가 살해되었다고 치면, 바퀴벌레가 문라이트호텔에서 공항까지 가는데는 한 시간쯤 걸리니까 도착하자마자 비행기에 탑승했다해도 탑승시간은 12시 이후가 됩니다. 양항공사의 경우 K항공은 부산행이 1시20분에 있습니다. 그전에는 11시40분에 있지만, 헬리콥터를 타고 가기 전에는 바퀴벌레가 그 시간에 맞춰 탑승하기는 현실적으로 불가능합니다. 그리고 A항공은 12시 이후에 출발하는 부산행 첫 비행기가 12시20분에 있습니다.」

「특별기는 없나?」

「네, 그렇지 않아도 특별기편도 조사했습니다.」

붉은 얼굴의 강주임은 자료 정리를 맡긴 순희쪽을 쳐다보았다.

「김순경이 설명해보지.」

지명을 받은 순희는 얼굴을 붉히면서 자기 앞에 놓여있는 서류철 위에 시선을 떨어뜨렸다.

「25일 12시 이후 부산으로 향한 두 항공사의 비행기편은 특별기까지 합쳐 모두 18편이었습니다. 그리고 탑승객수는 총 2천 8백 25명이었습니다.」

「오모아라는 이름은 없었나?」

조반장이 어느 새 들어왔는지 자리에 앉으며 물었다. 독일인이 곁눈질로 그를 흘겨보는 것을 얼른 훔쳐보면서 순희는 대답했다.

「그런 여자는 없었습니다.」

「분류한 결과를 이야기해봐.」

강주임이 신경질적으로 말했다.

「2,825명 가운데 여자는 817명이었습니다. 817명중에서 20세 이하와 50세 이상을 제외시키니까 509명이 남았습니다.」

「더 축소시켜봐. 509명은 너무 많아요.」

「40세 이상을 제외시키면 2백여명이 줄어듭니다.」

「40대면 생활도 안정되고해서 여행을 많이 다니겠지. 40세 이상을 빼면 모두 몇명이야?」

「303명입니다.」

「그 갈매기(오모아)는 20세는 넘었을 거고…… 아직 마흔 살은 안 됐겠지?」

독일인이 부하들을 둘러보며 물었다. 그러나 그녀의 목소리도
들어본 적이 없는 그들로서는 뭐라고 말할 수가 없었기 때문에
잠자코 서로 얼굴을 쳐다보기만했다.

「하형사 말이 젊은 여자 목소리라고 했어.」

「목소리만 가지고 단정을 내릴 수는 없죠. 여자는 40세가 넘
어서도 꽤꼬리 같은 목소리를 낼 수가 있으니까요.」

조반장이 담배를 비벼끄면서 말했다.

송계장은 답답한 표정으로 망설이다가

「하형사한테 전화를 걸어봐. 나오면 나좀 바꿔줘!」

하고 말했다.

순희가 부산에 가있는 하형사의 휴대용 전화에다 전화를 걸었
다. 신호는 금방 떨어졌다.

「안녕하세요? 여기 제주도인데요, 잠깐 기다리세요.」

순희가 두 손으로 송수화기를 독일인에게 넘겨주자 그는 헛기
침을 한번 하고나서 입을 열었다.

「아, 나 히틀러인데 거기 사정은 어때?」

「아, 네, 안녕하십니까? 여긴 별일 없습니다.」

하형사의 목소리는 심한 잡음 때문에 잘 들리지가 않았다.

「별일 없다니 그게 무슨 소리야? 한가하게 수영이나 하고 있
는게 아니야?」

「수영할 시간이 어디 있습니까. 사람이 하도 많아서 어디서부
터 손을 대야할지 모르겠습니다. 아까 카스트로한테서 전화가
왔었는데…… 말씀 들으셨습니까?」

「그래. 들었어. 두 사람 떠났으니까 그렇게 알라구. 그런데 말
이야, 갈매기 나이가 몇 살이나 됐겠어?」

「네? 뭐라구요?」

송계장은 큰 소리로 되풀이했다. 비로소 알아들은 하형사는 이렇게 말했다.

「글쎄요. 목소리만 들어서 잘 알 수는 없지만…… 제가 듣기에는 20대 목소리로 들렸습니다.」

「중년 목소리는 아니었나?」

「중년여인 목소리는 아니었습니다. 많아야 30대 초일 겁니다.」

「알았어. 수고하라구. 한가하게 노닥거릴 시간 없으니까 부지런히 뛰라구!」

「알겠습니다. 저기 말입니다. 갈매기한테서는 더이상 전화가 없습니까?」

「없어.」

히틀러는 수화기를 내려놓고나서 부하들을 둘러보았다. 그의 시선이 순희한테 가서 머물었다.

「1차로 20세에서 35세까지만 뽑아봐. 그중에 없으면 40세까지 확대하기로 하고.」

순희는 즉시 36세에서 39세까지의 여자들을 헤아리기 시작했다. 그녀가 계산을 하고 있는 동안 조반장이 또 한 마디 했다.

「바퀴벌레가 꼭 부산으로 날랐다고 볼 수는 없지 않습니까? 서울로 갔을 수도 있고, 대구로 도망갔을 수도 있지 않습니까?」

「얼마든지 그럴 수가 있죠. 하지만 일단 범인을 자청하는 여인의 전화가 부산에서 걸려왔으니까 부산쪽부터 훑어보자 이거죠.」

강주임이 그렇지 않아도 붉은 얼굴을 더욱 붉히면서 쏘아붙였다.

조반장이 뭐라고 대꾸하려는데 순희가 입을 열었다.

「36세에서 39세까지의 여자는 모두 38명입니다.」

「그 여자들을 빼면 나머지가 몇명이야?」

「265명입니다.」

「그래도 많군.」

「하지만 여자 승객 817명 중에서 많이 줄어든겁니다.」

그때까지 한 마디도 않고 있던 허경장이 조심스럽게 입을 열었다. 그는 워낙 말이 없어 석고라는 별명이 붙어있었다.

「좋아. 265명을 한명도 빠짐없이 이 잡듯이 찾아내서 조사해. 그중에는 유명 인사의 여편네나 딸도 있을거야. 조사는 하되 예의를 갖추도록 해. 김순경, 265명을 주소지별로 분류해봐.」

순희는 즉시 여행자신고카드의 주소지란을 들여다보면서 그것을 주소지별로 분류하기 시작했다.

「남자쪽은 그만둘겁니까?」

조반장이 볼멘 소리로 물었다. 그것은 공범쪽은 어떻게 처리할 것이냐는 물음이었다.

「그쪽은 조반장이 조사해봐요.」

그 말에 조반장은 어이없다는듯 독일인을 쳐다보았다.

「그 많은 사람을 말입니까?」

「이야기를 꺼냈으니까 조사해봐야지.」

「부산쪽으로 간 남자들만 2천명이 넘습니다. 그들을 모두 조사하려면 적어도 수십명의 수사인원이 필요한데…….」

독일인은 못마땅한 눈으로 조반장을 쩨려보았다.

「일일이 다 만나보라는건 아니지 않아요. 필요없는 사람은 빼고…… 일단 주민등록번호를 가지고 신원조회부터 해보란 말이에요. 전과조회도 해보면 뭐가 걸릴지도 모르니까.」

「허경장이 조반장을 지원해주지.」

강주임이 허경장에게 명령조로 말하면서 턱으로 조반장을 가리켜보였다.

「알겠습니다.」

석고는 무표정하게 대답했다.

「주소별로 뽑았는데요.」

순희가 독일인을 향해 말했다.

「부산 사람이 몇명이야?」

「198명이 부산에 주소지를 둔 사람이구요. 그 다음에 많은 쪽이 서울인데 서울은 23명입니다. 그밖에 김해가 12명이고……그리고 진주, 양산, 대구, 밀양 등지에 사는 사람들도 있어요. 전라도쪽에 주소지를 둔 사람들도 있구요.」

「우선 주민등록번호부터 컴퓨터에 넣어봐. 제대로 맞는지 조사해봐. 전과관계도 있는지 알아보구.」

「제일 급한건 그들의 사진을 입수하는 일입니다. 관할서에 연락해서 지원을 요청할 수밖에 없습니다. 공문을 만들어 팩시로 보내야겠습니다. 사진을 좀 구해서 보내달라구 말입니다.」

독일인은 강주임쪽으로 시선을 돌렸다.

「호텔쪽은 어떻게 됐어?」

「이따가 다시 가봐야합니다. 지금까지는 아무런 단서도 잡지 못했습니다. 좀더 철저히 조사하면 뭔가 나올겁니다.」

「여기서 이러고 있을게 아니라 현장에 가서 주변을 철저히 살펴보고 목격자도 찾아보라구.」

강주임은 일어서면서 차형사와 배형사를 쳐다보았다.

「빨리빨리 움직이라구!」

밖으로 나가는 세 사람을 향해 독일인이 소리쳤다. 그러고나서 그는 순희쪽으로 시선을 돌렸다.

「김순경은 지금부터 해야할 일이 있어.」

송계장은 헛기침을 했다. 그리고 조반장쪽에 신경이 쓰이는지 그를 곁눈질로 한번 쳐다보고나서 다시 말했다.

「25일 12시 이후에 제주도를 빠져나간 국내선 모든 비행기의 탑승객들 명단을 확보해두라구. 부산은 물론이고 서울 대구 광주 등지로 날아간 승객들 말이야.」

「여자들만 말입니까?」

「아니야. 남녀를 불문하고 모두 명단을 확보하란 말이야.」

「숫자가 굉장히 많을텐데요.」

「아무리 많더라도 그 명단 속에 바퀴벌레가 있으니까 그것을 포기할 수는 없어. 그것을 알기 쉽게 분류해놓으라구. 남녀별, 나이별, 주소지별…… 그밖에 분류할 수 있는 한 최대한 분류해놓으라구.」

「나이가 아주 어리거나 노인들은 제외시킬거 아닙니까?」

「분류해놓은 다음 제외시켜도 늦지 않아.」

독일인은 지시를 끝낸 다음 급한 듯이 밖으로 사라졌다. 그러자 창쪽으로 의자를 돌려놓은채 앉아있던 조반장이 몸을 돌리면서 순희에게 미소를 보냈다.

「어차피 우리는 함께 일해야되겠군. 그래서 내가 아까 말했던 것 아니야. 바퀴벌레가 부산으로 빠져나갔다고 어떻게 단정을 내릴 수가 있느냐 말이야. 서울로도 갈 수 있고 대구로도 갈 수 있는거 아니야? 그리고 바퀴벌레가 여자라고 단정하는 것도 웃기는 일이라구. 장난전화일지라도 모르는걸 가지고 범인을 여자로 단정하고 부산으로 요원들을 급파시킨건 너무 성급한 처사였어. 괜한 낭비야. 두고보라구.」

「하지만 범인이 아니고서야 현장상황을 어떻게 알고 그렇게 전화를 걸어왔겠습니까?」

입이 무거운 허경장이 말했다. 조반장은 못마땅한듯이 그를 쳐다보았다.

「뭘 모르는군. 자넨 전화 한 통화로 범인 여부를 가려낼 수 있을만큼 신통력을 지니고 있나?」

「그런 의미로 말씀드린건 아닙니다. 저는…….」

「아무튼 좋아. 이것 보라구. 상식적으로 생각해서 범인이 과연 현장으로 그런 전화를 걸어올 수 있겠어? 정신병자가 아닌 이상 그런 짓을 왜 하겠어. 자넨 그 여자가 현장상황을 잘 알고 있는 점을 지적하고 있는데, 그런건 범인의 부탁을 받고 얼마든지 걸 수 있는거야.」

문라이트호텔은 마치 썰물 빠지듯 손님들이 빠져나가는 바람에 썰렁하다못해 찬 바람까지 돌고 있었다.

손님들이 그렇게 갑자기 빠져나가게된 것은 그 호텔에서 발생한 엽기적인 살인사건이 신문과 방송을 통해 대대적으로 보도됐기 때문이었다. 예약 취소가 잇따르는가하면 이미 투숙해있던 손님들도 일정을 앞당겨 체크아웃하고 있었다.

호텔 사장은 동생인 총지배인에게 그런 것 하나 제대로 처리를 못해 세상에 떠들썩하게 알려지게됐다고 온갖 험한 말을 다 퍼부어댔다.

「……여름 한철 장사 망친게 문제가 아니야! 앞으로 두고두고 이미지에 먹칠을 하게됐단 말이야! 한번 먹칠을 당하면 그것을 지우는데 얼마나 오랜 시간이 걸리는지 알아?! 사람들은 좀처럼 잊지를 않아. 도대체 신문사 입 하나 제대로 막지 못하

는 주제에 그 자리에 앉아서 뭘 하겠다는 거야?! 그 자리가 너
폼 재라고 만들어 준 자리인줄 알아?! 자리가 아깝다, 자리가
아까워, 병신 같은 새끼! 나가서 뒈져! 너 같은건 필요없으니
까. 너 같은거 없어도 얼마든지 일 잘 하는 사람 있으니까 넌
시장바닥에 가서 엿이나 팔아. 그게 너한테는 딱 어울리니까.
어휴, 이거 열통나서 살 수가 있어야지.」
　형제는 쌍둥이로 보일 정도로 아주 닮아있었다. 장지배인은
아버지나 다름없는 맏형 앞에서 잔뜩 주눅이 들어 고개를 푹 숙
이고 있었다. 그는 맏형을 제일 무서워하고 있었다.
　동생을 꾸짖는 소리가 워낙 컸기 때문에 사장의 목소리는 밖
에까지 들려오고 있었다.
　비서실에서 사장을 만나기 위해 대기하고 있던 강주임은 안에
서 터져나오는 소리에 눈을 휘둥그렇게 뜨면서 비서 아가씨를
쳐다보았다. 예쁘장하게 생긴 그녀는 민망스러운듯 고개를 돌리
면서 살짝 미소를 짓다가 말했다.
　「미스 윤, 사장님 화내니까 굉장히 무서운데.」
　여비서는 입가에 미소를 띠면서 대머리 형사를 힐끗 쳐다보았
다. 사건 수사 때문에 사장실에 몇번 드나들었기 때문에 강주임
은 그녀와 낯이 익어있었다.
　「동생분한테는 아주 엄하세요. 다른 사람들한테는 아주 자상
하시고 친절하시지만 동생분한테는 아주 엄하게 대하세요.」
　「아, 그래요. 그건 그렇고 가만 있자…… 지금 만나면 좋은 소
리 못들을 것 같은데 좀 있다가 올까.」
　그가 몸을 일으키자 여비서도 따라 일어섰다.
　「네, 그게 좋으실거에요. 지금 너무 화가 나셔가지고…….」
　그때 문이 열리면서 장지배인이 벌건 얼굴로 나왔다. 그리고

주임을 보자 험악하게 인상을 쓰면서 그대로 지나쳐갔다.

「주임, 있다가 나 좀 봅시다.」

장지배인은 밖으로 나가다말고 뒤를 돌아보며 퉁명스럽게 쏘아붙였다.

열린 문 사이로 주임을 발견한 사장이 「강주임, 이리 들어오세요.」하고 소리쳤다.

강주임은 호화스럽게 꾸며놓은 사장실에 들어서면서 주눅이 들지 않으려고 가슴을 쭉 폈다. 이런 방에서 예쁜 비서가 따라주는 차나 마시면서 지낼 수 있으면 얼마나 좋을까. 그러나 현재의 그의 처지로서는 꿈같은 일이다. 앞으로도 이런 곳에서 지낼 수 있는 가능성이란 손톱만큼도 없다.

「내 그렇지 않아도 방금 내 아우놈을 혼쭐을 내놨어요. 아우라고해서 초능력을 지닌건 아니지만, 호텔꼴을 보니 울화통이 터져서 살 수가 있어야지요. 신문방송에서 계속 떠들어대고 있으니 우리 호텔은 이제 끝장난거나 다름없어요.」

앉으라는 말도 없이 자신도 선채로 두 손을 흔들며 잔뜩 흥분해서 말한다.

「그럴 리가 있습니까. 처음 얼마 동안은 영향을 좀 받겠지만 시간이 지나면 괜찮아질겁니다. 사람들이란 망각의 동물이라 금방 쉽게 잊어먹거든요. 너무 걱정하지 마십시요.」

그때 수사과장이 거친 숨을 몰아쉬며 안으로 들어섰다. 그는 로비에서 장지배인을 만나 한바탕 좋지 못한 소리를 듣고 올라온 참이었다.

「난 이번 경찰 처사에 크게 실망했어요. 이만저만 크게 실망한게 아니에요.」

과장은 머쓱한 표정을 지으면서 목을 만졌다.

「미안하게 됐습니다.」

「난 그래도 경찰에 인사할만큼 했습니다. 지역사회를 위해서도 봉사할만큼 했습니다. 그런데 이게 뭡니까? 이 호텔꼴이 뭡니까? 우리 호텔을 죽이자는 겁니까?」

「아이구, 사장님두, 뭔가 오해를 하고 계시는군요.」

「오해라니? 뭐가 오해라는거요?」

「좀 앉겠습니다.」

과장은 자리에 털썩 앉은 다음 비서실쪽을 돌아보며 큰 소리로 말했다.

「아가씨, 나 냉수 한 컵 줘요!」

강주임도 슬그머니 소파에 앉았다. 장사장은 그들과 동석하기 싫은지 자기 책상 앞에 가서 앉았다.

「사장님께서는 언론의 속성을 잘 몰라서 그러시는겁니다. 지금 신문과 방송이 얼마나 많아졌습니까. 그 경쟁이란 우리가 상상하고 있는 것 이상입니다. 어떤 사건이 하나 발생하면 서로 경쟁적으로 기사를 싣기 때문에 자연 센세이셔널하게 취급하기 마련이지요. 그래야만 살아남으니까요. 이번 사건도 그런 경쟁심리가 크게 작용한 겁니다. 한번 불이 붙으면…….」

「쌍놈의 새끼들! 누굴 죽이려고 그렇게 크게 보도하는거야! 자기들은 침소봉대해서 실으면 독자들 시선 끌고 좋겠지만 우리는 뭐가 되는거야. 만일 이 사건이 들판 한 가운데서 일어났다면 이렇게 요란스럽게 취급하지 않았을거야. 안 그래요?」

사장은 책상 위에 쌓여있는 신문을 움켜쥐고 저주스러운듯 흔들어댔다.

고과장은 여비서가 가지고온 냉수를 벌컥벌컥 들이킨 다음 고개를 끄덕였다.

「그거야 그렇죠. 유명 호텔에서 사건이 터졌으니까 크게 다룬 거지요. 그게 그러니까…… 신문속성이 그렇다니까요.」

나란히 앉아있는 고과장과 강주임은 대머리에다 당딸막하게 생긴 점에서 서로 닮은데가 많아 보였다. 다른 점이 있다면 눈이었다. 고과장의 눈이 왕눈으로 부리부리한데 반해 강주임의 눈은 점을 찍어놓은 것처럼 아주 작아보였다. 그리고 대머리에 있어서는 강주임쪽 대머리가 더욱 반들반들했다.

「남의 장사야 망하든 말든 기사만 센세이셔널하게 써서 독자들 시선만 끌게하면 그만이다 이거군요. 나쁜 자식들 같으니! 이 자식들 나타나기만 해봐라. 다리몽댕이를 분질러놔야지!」

사장이 분을 못이겨 어쩔줄 모르는 것을 보고 과장은 맞장구를 쳤다.

「그애들은 할 수 없다니까요. 우리가 그렇게 보안을 철저히 했는데도 어떻게 냄새를 맡았는지 어느 새 그렇게 취재를 해서 터뜨렸지 뭡니까. 저도 신문 보고서야 알았다니까요. 하지만 사실 알고보면 지금 터뜨리기 잘 한겁니다. 이왕 터질거라면 지금 터져야 합니다.」

「그게 무슨 말입니까?」

장사장은 충혈된 눈으로 과장을 쏘아보았다. 이 양반이 불난 집에 부채질을 하고 있나 하고 그 눈은 묻고 있었다.

「한번 생각해 보십시요. 지금 뉴스의 최대 초점이 뭔지 아십니까? 이 호텔에서 발생한 살인사건 같은 것은 사실 아무 것도 아닙니다. 지금 국민들의 눈과 귀는 양후보 암살 미수사건에 쏠려있습니다. 아시겠습니까? 그래서 문라이트 호텔 살인사건 같은 것은 눈에 들어오지도 않습니다. 양후보 사건이 워낙 커서 거기에 가려졌기에 망정이지 만일 그 사건이 터지지 않았다면 이번 살인사건은 훨씬 크게 다루어졌을 겁니다. 제가 보기에는 정말 천만다행입니다. 사장님께서는 바로 그 점을 염두에 두셔야 합니다. 어차피 살인사건은 묻어둘 수가 없는거 아닙니까. 사장님 입장에서는 차라리 잘 된겁니다. 문제를 그렇게 보시면 별로…….」

「이거 보세요. 손님이 눈에 띠게 줄어들고 있는데도 괜찮다는 겁니까? 막말로 장사가 안 되면 종업원들 월급은 뭘로 주고 호텔 운영은 어떻게 합니까?」

「아이구, 사장님두 차암, 하나만 알고 둘은 모르시네. 일시적으로 손님이 조금 줄어든걸 가지고 뭘 그러십니까. 그런 조그만 사건 하나 때문에 호텔이 문닫을 정도라면 유명 호텔치고 문닫지 않을 호텔은 하나도 없을겁니다. 유명하다는게 다 뭡니까. 좋은 일도 있고 궂은 일도 있고, 결국 그런 것들이 이를테면 짬뽕이 돼서 세월의 때가 묻게되면 무게가 있는 유명 호텔이 되는거 아닙니까. 지금 유명 호텔 치고 살인사건 일어나지 않은 호텔 있는지 아십니까. 제가 알기로는 살인 사건, 강도 절도 사건, 강간사건, 자살사건 등 이루 헤아릴 수가 없습니다. 호텔왕들을 보면 그런 불미스런 사건이 일어날 때마다 당황하지 않고 오히려 그것을 전화위복의 계기로 삼지요.」

듣고보니 고과장의 말은 일견 그럴듯하게 들렸다. 장사장은 조금 전과는 달리 기세가 많이 수그러졌다.

「아무튼 이번 사건 처리를 보고 경찰에 유감이 많습니다. 그렇다고 우리가 경찰에 섭섭하게 한 것도 없는데…….」

「아이구, 원, 사장님두. 우리는 사실 호텔측의 부탁도 있고해서 보안을 철저히 하느라고 했는데 이렇게 된 걸 어떡합니까. 아무튼 결과적으로 이렇게 된데 대해서는 우리 책임도 크니까 사과드립니다. 정말 미안하게 됐습니다.」

과장은 고개를 꾸벅 숙여보였다. 그리고 덧붙여 이렇게 말했다.

「사실 우리도 사건이 보도되는 바람에 수사에 지장이 막대합니다. 극비수사로 전격적으로 사건을 해결하려고 했는데, 그만 세상에 알려지는 바람에 큰 차질이 빚어졌습니다. 이렇게 사건이 보도되면 범인이 꽁꽁 숨어버리거든요.」

장사장은 비로소 평정을 되찾았는지 자리에서 일어나 사장실 한쪽에 마련되어있는 홈바로 가서 양주병을 집어들었다.

「가볍게 한 잔씩 합시다. 뭐 드시겠어요? 칵테일 한잔 하시겠어요?」

「손수 타실려구요. 전 그거 뭐 드라…… 버번콕이라고 하던가…… 그거 한잔 주십시오.」

강주임은 진토닉을 주문했다.

「범인은 윤곽이 잡혔습니까?」

장사장이 등을 보인채 물었다. 과장은 강주임을 돌아보면서 한쪽 눈을 찡긋해 보였다.

「대충 잡혀가고 있습니다만…… 간단한 사건은 아닌 것 같아요. 하지만 범인은 조만간에 잡힐겁니다.」

그때 문이 열리면서 여비서가 강주임에게 전화가 왔다고 일러주었다. 강주임은 사장실에서 전화를 받으라는 것을 사양하고 비서실로 나가 수화기를 집어들었다. 그것은 배형사한테서 걸려온 전화였다.

「방금 오모아한테서 전화가 왔었습니다!」

배형사는 사뭇 흥분해 있었다. 강주임은 귀가 번쩍 뜨였다.

「응, 그래서 어떻게 됐어?」

「빈정거리면서 놀리더니 하형사를 찾았습니다. 하형사하고
통화를 하고 싶다기에 전화번호를 가르쳐줬습니다. 아주 맹랑
한 여잡니다. 녹음해뒀으니까 한번 들어보십시요.」

「하형사가 부산에 갔다는 말은 하지 않았지?」

「물론이죠.」

「하형사한테 빨리 연락해주라구!」

「벌써 연락했습니다.」

사장실로 들어온 강주임은 고과장의 귀에다 대고 속삭였다.

「그 테이프 이리 가져와보라구해!」

고과장은 큰 소리로 말했다.

사장이 칵테일잔을 탁자 위에 하나씩 내려놓았다.

「범인이 여자라면서요?」

「아직 단정은 내릴 수 없지만 그럴 가능성이 큽니다.」

강주임은 신중하지 못하고 떠벌려대는 과장을 못마땅한 눈으
로 쳐다보았다.

조금 있자 배형사가 녹음 테이프를 들고 사장실 안으로 들어
왔다.

「범인을 자청하는 여자가 호텔로 걸어온 전화입니다. 두번째
걸어온 전화입니다. 걸려올줄 알고 녹음장치를 해두었지요.
한번 들어보십시요.」

불곰은 장사장을 향해 자랑스럽게 말한 다음 소형 녹음기를
조작하고 있는 배형사의 움직임을 쳐다보았다.

「잘 들리게 크게 틀어보라구.」

강주임은 아직 공개해서는 안 되는 내용을 수사관도 아닌 일
반 사람에게 들려준다는 것이 영 마음에 들지 않았다. 상대가 아
무리 사건 현장의 소유주인 호텔 사장이라하더라도 도청내용까

지 들려줄 필요는 없는 것이다. 그렇다고 상관인 불곰에게 주의를 줄 수도 없는 노릇이라 그는 속으로 잔뜩 불만을 품은채 잠자코 진토닉잔만 입으로 가져갔다.

마침내 녹음기에서 전화벨 소리가 들려왔다.

「여자가 318호실을 찾았습니다. 교환 아가씨가 318호실로 전화를 연결해주는 것과 동시에 녹음을 시작했습니다.」

배형사의 설명이 끝나자 전화벨 소리가 그치고 전화를 받은 남자 목소리가 먼저 들려왔다.

「여보세요?」

「318호실인가요?」

젊은 여자 목소리가 달콤하게 들려왔다.

「네, 그렇습니다.」

「전화 받으시는 분…… 경찰 아저씨 아닌가요?」

「그렇습니다. 실례지만 누구신지?」

「전 오모아라고 해요. 아시겠어요?」

「네, 익히 들어서 알고 있습니다. 처음 뵙겠습니다. 난 배형사입니다.」

「형사 양반들, 아직도 그 방에 계시는군요.」

「네, 아직 범인을 못잡았으니까요.」

여자의 웃음소리가 들려왔다. 재미 있어 죽겠다는 목소리였다.

「안 됐군요. 헛수고하시는걸 보니 정말 안 됐어요. 이 더운 날씨에 휴가도 못가시고…….」

「모두 아가씨 덕분입니다.」

주걱턱은 결코 서두르지 않고 천연덕스럽게 그녀의 말을 받아 넘기고 있었다.

「제 전화 기다리고 있었죠?」

「사실은 그렇습니다. 현장점검도 할겸 전화가 걸려올지 몰라 기다리고 있었습니다. 전화를 걸어주셔서 감사합니다.」

「배형사님은 아주 능청스러운 분이군요.」

「제가요? 헤헤헤…….」

「하형사님 계신가요?」

「지금 없습니다.」

「어디 가셨나요?」

「어디 갔는지는 잘 모르겠고…… 아마 어디선가 부지런히 돌아다니고 있을겁니다. 아주 저돌적인 친구기 때문에 매달리면 끝장을 보는 성미죠.」

「그분이 그런 형사인가요?」

「네, 보통 형사하고는 다릅니다. 어물쩍 넘기는 법이 없습니다.」

잠시 침묵이 흘렀다.

「그렇게 대단한 형사라면 잘 됐군요.」

「뭐가 잘 됐다는 겁니까?」

「게임이 재미있어질 것 같아서요.」

「아니, 뭐라구요? 아가씨, 이건 장난이 아니에요. 사람을 죽여놓고 지금 장난을 치고 있는겁니까?」

「죽일만했으니까 죽인거지요. 그런 놈은 백번 죽여 싸요!」

그녀의 목소리는 어느 새 저주에 차 있었다.

「오모아씨, 정말 당신이 그 사람을 죽였습니까? 우리는 솔직히 말해 믿어지지가 않아요. 당신이 그 사람을 정말로 죽였다면 구체적으로 증거를 대봐요. 어떻게 죽였는지 증거를 대봐요.」

「흥, 유도신문하지 말아요. 거기에 내가 넘어갈줄 알아요.」

「그럴줄 알았어요. 당신은 누구 부탁을 받고 대신 전화를 걸고 있는거야. 수사를 교란시키려고 말이야. 그렇죠?」

깔깔대는 웃음소리가 한참 동안 계속되었다.

「난 형사 아저씨들이 내 말을 믿거나 말거나 상관없어요. 당신들은 의심하면서 살아야 하니까 누구를 의심하는게 몸에 배었겠지요. 아무튼 좋아요. 한 가지만 말씀드릴까요? 성기를 잘라낸건 전번에 하형사한테 말씀드렸고…… 이런 건 어때요. 그 사람은 손가락에 지문이 없어요. 내가 모두 지문을 도려냈거든요. 그리고 성기가 보통 사람보다 훨씬 커요.」

그 말을 해놓고 그녀는 또 깔깔거리고 웃었다.

「그 정도 가지고는 믿을 수가 없어요. 내가 물을테니까 대답해봐요. 피살자와 함께 마지막 식사를 한게 언제였죠?」

「25일 아침 10시경이었을거에요.」

그녀는 거침없이 대답했다.

「그때 시킨 식사메뉴를 말해봐요.」

「토스트, 계란후라이, 오므렛, 그리고 커피 두 잔…… 계란후라이는 그 남자가 먹고 난 오므렛을 먹었어요. 이만하면 되겠어요?」

「식사는 어디서 했죠?」

「방 안에서 했어요. 318호실에서요.」

「침대에 면한 벽 위에 걸려있는 그림이 무슨 그림인지 말해봐요.」

「그 벽에는 그림이 없어요. 벽 위에는 조명등이 걸려있어요. 촛불처럼 생긴 것이 두 가닥 있어요. 그림은 화장대 맞은 편 벽 위에 걸려있는데, 그건 모직으로 짜서 만든 그림이에요. 살

찐 서양 여인이 벌거벗은채 우물가에 서서 몸위로 물통의 물
을 들어붓는 그림이에요. 옆에는 흰 염소 한 마리가 있구요.
전화통은 백색, 메모지와 함께 사이드 테이블 위에 놓여있는
볼펜은 검정색…… 더 말 할까요?」

「아니, 됐어요. 당신을 범인으로 믿을 수 밖에 없겠군. 하지만
여자 혼자서 그런 일을 하기에는 무리한 점이 많아요. 공범이
있는걸로 아는데?」

「공범은 없어요. 모든건 나 혼자 했어요. 그 남자한테 약을 먹
인 다음 천천히 해치웠죠. 어려울건 하나도 없었어요.」

「먹인 약은 뭐였죠?」

「아티반…….」

「오모아씨, 당신은 언제까지 잡히지 않고 버틸 수 있다고 생
각하나요?」

「형사 아저씨, 난 내가 잡힐거라고는 생각해본 적이 없어요.
아시겠어요? 내가 쉽게 잡히면 게임이 안 되지 않아요. 난 절
대 잡히지 않아요.」

자신에 찬 말소리 끝에 비음이 섞인 웃음소리가 들려왔다.

「이건 게임이 아니에요. 게임이라 생각하고 즐기고 있는 모양
인데, 이건 게임이 아니란 말입니다. 당신은 사람을 죽였어요.
그것을 게임으로 생각하고 수사관들하고 숨박꼭질을 하겠다
는 겁니까? 사람을 죽였으면 조금이라도 죄의식을 느껴야지
어떻게 그럴 수가 있습니까? 그게 사람으로써 할 짓입니까?」

준렬히 꾸짖는 소리에 그녀는 코웃음만 쳤다.

「흥, 죄의식이라고요? 난 그런 놈 죽인데 대해 죄의식이란 손
톱만큼도 없어요. 그런 놈은 죽어도 싸요. 열번 백번이라도 죽
이고 싶어요. 그놈은 사람이 아니라 악마에요. 악마를 죽인걸

가지고 뭘 그러세요. 이 세상에는 쓰레기 같은 놈들이 많아요. 인간의 존엄성이니 뭐니 하지만, 쓰레기 같은 놈들한테서 무슨 존엄성 따위를 찾겠어요. 난 그런 쓰레기들보다는 차라리 개를 택하겠어요. 쓰레기는 모두 깨끗이 쓸어버려야 해요. 이 사회에는 쓰레기가 너무 많아요.」

「오모아씨, 당신은 깨끗하나요? 당신은 쓰레기가 아닌가요?」

「뭐라구요?」

분노에 찬 신음소리가 들려왔다.

「내가 보기에는 오모아씨 당신이야말로 정말 쓰레기 같은데 ······.」

「약올리지 말아요. 쓰레기 같은 형사 나부랑이가 뭘 안다고 그래요.」

「아름다운 당신 입에서 그런 험한 말이 튀어나오다니 실망했소.」

「내가 아름답다구요?」

「네, 당신은 보지 않아도 아름다운 여자라는 걸 알 수 있어요.」

아름답다는 말에 그녀는 호감이 가는지 당장 목소리가 밝아졌다.

「어떻게 그걸 알죠?」

「목소리만 듣고도 알 수 있죠. 당신의 목소리에는 남자를 녹이는 것 같은 매력이 담겨있어요. 섹시하고 뜨거운 감정이 깃들어있는 목소리에요. 그런 목소리는 매력적이고 아름다운 여자가 아니고는 나올 수가 없어요. 남자를 많이 상대해본 목소리, 무수한 남자를 뇌쇄시킨 목소리······ 당신의 목소리는 지극히 환상적이에요.」

즐거워 죽겠다는듯이 그녀가 웃었다.

「아주 그럴 듯 하네요. 빈 말이겠지만 그런 말을 듣고보니 기분 나쁘지는 않는데요. 당신은 아주 대단한 형사 같아요. 셰퍼드처럼 후각이 예민하게 발달한 짐승 같아요.」

쏴아 하는 소리가 들려왔다. 그리고 자동차가 굴러가는 소리, 경적 소리 같은 것도 들려왔다.

「당신 같은 아가씨하고 데이트 하고 싶은데요. 모든 걸 떠나서 순수한 마음으로 말이에요.」

「순수한 마음이라구요? 후후, 그만 웃기고 그 저돌적인 하형사 전화번호나 좀 가르쳐줘요.」

「잠깐 기다려요.」

배형사는 일부러 시간을 질질 끈 다음에야 하형사의 전화번호를 가르쳐주었다.

「011-499-780×…….」

「이동전화이군요.」

「그 전화에다 걸면 언제라도 그와 통화할 수 있어요.」

「고마워요. 건투를 빌겠어요. 모든 분들한테 안부전해주세요.」

여자의 목소리가 녹음기에서 사라졌다.

「뻔뻔스러운 계집 같으니!」

고과장이 화를 못이겨 욕설을 내뱉았다.

「그 여자가 범인을 자칭하는 여자인가요?」

장사장이 물었다.

「네, 지금 두번째 전화를 걸어왔어요. 처음에는 갑자기 현장으로 전화가 걸려왔기 때문에 미처 녹음을 못했지만 이번에는 완전히 녹음을 했습니다.」

　마치 자기가 녹음을 한 것처럼 고과장은 승리감에 찬 표정으로 말했다.
「괴상한 여자이군요. 두번씩이나 전화를 걸어 자기가 범인이라고 주장하다니 이상한 여자군요. 그리고 수사관을 비웃고 놀려대는게 아무래도 정상적인 여자는 아닌 것 같은데요.」
　장사장이 고개를 갸우뚱하며 말했다.
「그렇게 자신만만할 수가 없습니다.」
　하고 배형사가 말했다.
「마치 게임을 즐기고 있는 것 같았어. 망할 년 같으니!」
　강주임이 얼굴을 붉히며 말했다.
「부산에 연락해주었나?」
　고과장이 물었다.
「네, 즉시 연락해주었습니다.」
「전화를 받자마자 연락해주었어야지?」
　고과장이 부릅뜬 눈으로 배형사를 쏘아보았다.
「네, 전화를 받자마자 차형사가 부산으로 즉시 연락해주었습니다.」
「전화가 언제 걸려왔고, 통화시간은 정확히 몇 분이었어?」
「4시 24분에 전화가 걸려왔고, 통화시간은 약 4분간이었습니다.」
「4분이면 붙잡을 수가 있어. 부산에 연락해봐. 하형사 나오면 바꿔줘.」
　배형사는 부산에 있는 하형사에게 전화를 걸었다.
　잠시 후 하형사가 나왔고, 고과장과 통화가 시작되었다.
「카스트로다. 어떻게 됐어?」
「헛탕쳤습니다.」

수화기를 통해 목소리보다도 파도소리가 더 크게 들려오고 있
었다.

「통화시간이 4분이나 됐는데도 못잡았단 말이야?」

「그 여자가 어느 공중전화에서 전화를 걸었는지도 분명치 않
고…… 공중전화가 열 대나 되고…… 서로 멀리 떨어져 있어서
…… 하여간 그런 여자는 발견치 못했습니다. 그 전화를 여기
서 걸었는지 아니면 다른데서 걸었는지도 분명치 않고 해서…
….」

고과장은 배형사를 돌아보았다.

「그 전화 발신지가 어디야?」

「지금 차형사가 알아보고 있습니다.」

배형사는 비서실로 나가 대기하고 있는 차형사에게 구내전화
를 걸었다.

잠시 후 돌아온 그는 이렇게 보고했다.

「발신지는 해운대인데 첫번째 장소가 아니랍니다. 오리온호
텔 안에 있는 공중전화에서 걸었답니다.」

「오리온호텔이 어디에 있는거야?」

「해운대 바닷가에 있는 특급호텔입니다.」

「빌어먹을! 미치게 노는군. 이 봐!」

고과장은 그때까지 기다리고 있던 하형사에게 버럭 고함을 질
렀다.

「네, 말씀하십시오.」

「오리온호텔이라고 있나?」

「네, 있습니다.」

「그 안에 있는 공중전화에서 건거야! 거기는 체크하지 않았
지?」

「네, 미처…….」

「바보 같으니!」

그 인원으로 호텔 안에 있는 공중전화까지 감시한다는 것은 불가능한 일이다. 그것을 모르는 게 아니면서도 과장의 입에서는 욕설이 튀어나왔다.

「이 일대 공중전화를 감시하려면 수십 명의 인원이 필요하고…….」

하형사가 볼맨 소리로 말하자 불곰은 다시 소리를 질렀다.

「알고 있어! 누가 그걸 모르나? 혼자서라도 잡아내야 한다는 거 알고 있잖아! 이유는 듣고 싶지 않아!」

「알겠습니다. 빨리 손을 쓰지 않으면 여자가 다른 곳으로 이동할지도 모릅니다. 해운대에 있을 때 체포해야 합니다. 몽타지라도 있으면 도움이 될텐데 아무 것도 없으니 모래 속에서 모래알을 찾는 격입니다. 전수사력을 해운대에 집중시키면…….」

「잠꼬대하지 마! 할 일이 그것뿐인줄 알아?! 다시 연락할테니까 기다리고 있어!」

「특별 지원을 해주시지 않으면…….」

고과장은 수화기를 철컥 내려놓고 손등으로 땀을 닦았다.

「에이, 모두 마음에 안 들어. 요즘 젊은 놈들은 이유가 많아, 이유가. 우리가 젊었을 때는 사실 아무 것도 없었다구요. 아무 것도 없이 맨손으로 범인을 때려 잡았는데 요즘 애들은 뭐 장비가 부족하느니 인원이 적다느니, 하여간 이유가 많아요.」

장사장을 향해 두 손을 흔들며 말하자 그는 충분히 이해가 간다는듯 고개를 끄덕였다.

「그 대신 범인들도 예전과 달리 기동성이 높아지고 한층 수법

도 교묘해지지 않았습니까. 범인은 날아다니는데 수사형사는
기어다닌다고 언론에서 비판하는 것을 종종 보았습니다.」
「그건 그렇습니다. 사실 지금 수사가 과학적인 수사가 되려면
아직 멀었습니다.」
과장은 얼른 말을 바꿔 수사의 애로사항을 한참 동안 늘어놓
기 시작했다.

그들이 사건 현장인 318호실로 돌아온 것은 그로부터 30분쯤
지나서였다.
318호실은 피살체만 없다뿐이지 모든 것이 처음 그대로 보존
되어있었다.
핏자국은 검은 빛으로 변해있었고, 바짝 말라붙어있어 더이상
비린내 같은 것은 나지 않았다.
고과장은 코를 킁킁거리며 실내를 돌아다녔다. 욕실에 들어가
보기도하고, 옷장을 열어보기도 하고, 창문을 열고 밖을 내다보
기도 했다.
이미 그의 부하들이 철저히 방 안을 수색했기 때문에 거기에
서 새로운 것이 발견될 리가 없었다. 그러나 그는 부하들이 미처
발견하지 못한 것을 찾아 내기라도 하려는듯 두리번거리며 여기
저기를 살피고 다녔다. 그러다가 창가에 기대서서 못마땅한 듯
부하들을 노려 보았다.
「오모아란 여자, 목격자 찾았어 못 찾았어?」
「찾았습니다만, 분명치가 않습니다.」
차형사가 자신없는 투로 대답했다.
「목격자가 누구야?」
「웨이터입니다. 웨이터 두 명이 그 여자를 기억하고 있습니

다. 그리고 경비원도 본 것 같다고 말했습니다.」

「모두 불러. 옆방에 대기시켜! 기억을 살려내서 진술을 받아
내야 한단 말이야. 그리고 빨리 몽타지를 작성해서 부산으로
보내란 말이야!」

「알겠습니다.」

강주임이 별로 내키지 않는 표정으로 말했다. 차형사가 구내
전화로 지배인실을 불렀다.

「부산에 간 놈들, 하늘만 쳐다보고 있는 모양이야. 이래 가지
고는 1년이 지나도 못잡아. 특별 지원을 해달라고 하는데 사
람이 있어야지.」

지원 인원이라고 두 명을 더 보냈을뿐이었다. 그 인원 가지고
는 아무 것도 할 수 없다는 것이 확실해진 이상 속히 어떤 조치
를 취하지 않으면 안 된다는 것을 과장 자신도 잘 알고 있었다.

「한 두 명 지원해가지고는 안 될겁니다. 가능한 인원을 동원
시키고 부산쪽에도 지원을 요청해서 많은 인원을 현장에 투입
시켜야 할겁니다. 다행히 그 여자는 공중전화만 이용하고 있
습니다. 계속 공중전화를 이용한다면 승산은 있습니다.」

강주임은 은근히 과장의 결단을 촉구하고 있었다.

과장은 망설이다가 결심을 굳힌듯 입을 열었다.

「좋아. 가능한 인원을 동원시키도록 하지. 도경에 연락해서
특별지원을 부탁해야겠어. 신문방송에서 계속 떠들어댈텐데
얻어맞고만 있을 수 없어.」

「부산쪽에도 지원을 요청하십시요. 많으면 많을수록 좋습니
다.」

「먼저 여기서 동원해보고 부족하면 그쪽에 요청하겠어.」

과장은 창문을 활짝 열고 허리를 굽혔다.

「이 부근은 살펴보았나?」

「네, 샅샅이 살펴봤습니다. 별로 도움이 되는게 없었습니다.」

배형사가 고개를 흔들었다.

그때 초인종 소리가 들려왔다. 차형사가 밖을 내다보더니 과장을 향해 말했다.

「목격자들이 왔습니다.」

「알았어. 옆방에 들여보내.」

차형사가 먼저 밖으로 나갔다.

「마약쪽에서 반가운 소식이 와주었으면 좋겠는데요.」

강주임이 과장의 눈치를 보면서 말했다.

「그 자식들은 무슨 꿍꿍이 속이 있는지 연락도 없어. 그 자식들은 큰 거 물었다하면 잠적해버린단 말이야. 그리고 느닷없이 나타나 큰 것을 터뜨리는거야. 망할 자식들 같으니!」

「무소식이 희소식 아닙니까.」

「제발 그랬으면 좋겠어.」

「그런대로 서울에 간 혜실이가 한 건 올려서 다행입니다.」

「혜실이가 누구야?」

「안형사 말입니다. 헤실헤실 잘 웃기 때문에 그렇게…….」

「별명 하나 좋군. 별명도 좋은거 많은데 하필이면 왜 그런 별명이야. 피살자 사진 빨리 보내라구해. 그거 가지고 탐문해야 할거 아니야.」

「알겠습니다.」

그때 송계장은 본서에서 안점희가 전송으로 보내온 수십 장의 사진을 눈을 휘둥그렇게 뜬 채 정신없이 들여다보고 있었다. 다른 형사들까지 달려들어 다투어 그것들을 구경하느라고 한동안 법석이 벌어지고 있었다.

「기가 막히군. 기가 막혀…….」

「이건 입으로…….」

「이건 숫제…….」

「야, 이것좀 보라구. 어떻게 이럴 수가 있지?」

「말 같은 놈이야.」

제각각 뱉아내는 감탄사가 물처럼 흘러넘치는 것을 듣다못해 독일인은 버럭 고함을 질렀다.

「좀 조용히 못해? 시끄러워서 감상을 할 수가 있어야지. 작품을 감상하려면 조용히 감상해야 할거 아니야!」

실내는 순식간에 조용해졌다.

「모두 자리로 돌아가라구. 그렇게도 할 일이 없어?」

부하들이 모두 자리로 돌아가자 그는 사진을 모아들고 자기 방으로 들어가 문을 닫았다. 그것을 보고 형사계 직원들은 의미있는 미소를 주고받았다.

「혼자 실컷 감상하다가 심장마비라도 일으키면 어떡 하려고 그러는거지.」

「그거야말로 행복한 죽음 아닐까.」

방안으로 들어가 자리에 앉은 송계장은 포르노사진을 한 장 한 장 찬찬히 들여다보았다. 보면 볼수록 입이 딱 벌어지는 기막힌 사진들이었다. 외국 포르노 사진은 더러 보긴했지만 그것은 외국인들이 모델이라 그런지 이질감이 느껴지곤했는데, 지금 책상 위에 흩어져있는 것들은 가슴에 와닿는 현실감이 있었다.

실컷 사진들을 감상하고 난 그는 본래의 자기 위치로 돌아와 생각에 잠겼다. 이건 그야말로 귀중한 자료인 셈이다. 이렇게 귀중한 것을 손에 넣다니, 그 순해빠진 처녀아이 다시 봐야겠는데.

그 애는 이 사진을 보고 무엇을 느꼈을까. 이것만 보더라도 피살자는 질이 좋지 않은 놈이라는 것을 알 수 있다. 그러기에 그렇게 끔찍하게 살해됐겠지. 독일인은 앳되게 생긴 소녀가 피살자의 성기를 움켜쥐고 있는 모습을 찍은 사진을 한참 동안 노려보다가 책상 위에 있는 벨을 눌렀다.

제일 나이어린 순경이 급히 안으로 들어섰다.

「이 사진을 가지고가서 얼굴 중심으로 크게 확대하라고. 다른데는 확대하지 말고 얼굴만 크게 확대하란 말이야. 수십 장 뽑아.」

「남자만 뽑을까요?」

「여자 얼굴도 뽑아.」

그는 얼굴이 잘 나온 사진 몇장을 골라 젊은 순경에게 건네주었다.

「한 장도 분실해서는 안 돼. 그리고 특히 여자들 눈에 안 띄게 조심하라구. 여자들 보게되면 환장할테니까.」

젊은 순경은 웃음이 터지려는 것을 참으며 밖으로 나왔다.

계장은 다시 벨을 눌렀고, 그 젊은 순경이 또 들어왔다.

「최순경은 말이야, 사진 뽑아놓고 서울로 올라가라구. 서울 올라가서 안순경하고 합류하라구. 아무래도 그게 좋겠어. 안순경 혼자서 고전하고 있는 것 같은데 올라가서 도와주라구.」

얼굴이 여자처럼 예쁘장하게 생긴 최순경은 귀가 번쩍 뜨이는지 금방 얼굴이 환해졌다.

여자 형사들보다도 얼굴이 예뻐서 처음 형사계에 들어왔을 때는 색시라는 별명이 금방 붙어버렸는데, 본인이 그런 별명을 들을 때마다 몹시 화를 냈기 때문에 지금은 대놓고 그를 색시라고 부르는 사람은 없었다. 그렇지만 그가 보지 않는데서는 아직도

그를 색시라고 부르고 있었다. 한번 붙어버린 별명은 여간해서
는 고쳐지지가 않는다.

「알겠습니다. 즉시 가겠습니다. 안형사 연락처 좀 가르쳐주십
시요.」

독일인은 전화번호를 적어 최순경에게 넘겨주었다.

「신촌에 있는 무슨 여관인래. 여자 혼자라고 허튼 수작하면
안 돼. 같은 방 쓰지 말고 따로따로 쓰라구.」

「알겠습니다.」

그는 안순경의 머리카락 하나 손대지 않겠다고 속으로 다짐했
다.

안순경한테서 성적인 매력 같은 것을 느꼈다면 또 모른다. 그
러나 그는 그녀한테서 그런 매력을 느낀 적이 한 번도 없었다.

송계장이 문라이트호텔 319호실 문을 밀고 안으로 들어갔을
때 안에서는 호텔 직원들을 상대로 한창 질문이 쏟아지고 있었
다.

고과장은 송계장이 넘겨준 사진들을 보더니 이맛살을 잔뜩 찌
푸렸다.

「야, 이건 너무 지저분하잖아. 난 구역질 나서 이런 사진 못
봐.」

「제가 보기에는 괜찮은데요. 안형사가 출장비를 축낸게 아니
고 아주 근사한 걸 건져올렸는데요.」

강주임이 눈을 반짝이며 말했다.

「근사하면 실컷 보라구. 난 가볼데가 있어서 지금 가야겠어.」

과장이 밖으로 사라지자 형사들은 기다렸다는듯이 사진을 구
경하기 시작했다. 목격자로서 증언을 하기 위해 대기하고 있는

호텔 직원들은 형사들이 사진을 놓고 법석을 떠는 동안 다소곳
이 앉아있었다.

형사들은 사진을 실컷 구경하고나서야 그것들을 호텔 직원들
에게 보여주었다.

「자, 이 사진들은 아주 귀한거니까 잘 살펴보라구. 좀 지저분
하긴하지만 인간의 본성이라고 생각하면 아무 것도 아니니까
냉정하게 살펴봐요.」

삼각형 얼굴의 차형사가 사진을 탁자 위에 펼치자 호텔 직원
들은 얼른 시선을 돌리면서 민망스러워하는 표정들을 지었다.
특히 여직원은 한 손으로 얼굴을 가리면서 몸을 아예 돌려버렸
다.

「자, 그러고 있을 시간 없으니까 잘 좀 살펴봐요. 남자들이 그
렇게 숫기가 없어가지고 어떡 해. 이 남자 기억나요?」

남자 직원들은 비로소 형사가 가리키는 얼굴을 들여다보았다.
그리고 한 목소리로 318호실에 투숙했던 남자가 틀림없다고 말
했다.

「이 여자는?」

형사는 남자의 품에 안겨있는 여자를 가리켰다. 남자 직원들
은 여직원쪽으로 시선을 돌렸다. 그녀가 가장 확실하게 여자를
목격한 사람이었기 때문이다.

「그 여자하고 틀려요. 그 여자는 이렇게 생기지 않았어요.」

형사는 다른 사진에 나와있는 여자 얼굴을 짚어 보였다.

「구체적으로 말해봐요. 어떤 점이 다른지…….」

그녀는 지하에 있는 바에서 술 심부름을 하고 있는 여급이었
다.

「그 여자는 이렇게 어려 보이지 않고 나이가 좀 들어 보였어

요. 머리는 길구요, 얼굴도 아주 예뻐 보였어요.」

「조명은 어느 정도였어요? 바에서 신문을 읽을 수 있을까?」

「조명은 그렇게 밝지가 않아요. 신문 보기는 좀 어려울거에
요.」

「그런 조명이라면 여자 얼굴이 모두 예뻐 보이기 마련이지.
안 그래요?」

「하지만 그 여자는 확실히 눈에 띄게 예뻤어요.」

그렇게 말하는 여급도 미녀축에 들만큼 예쁜 얼굴을 지니고
있었다.

호텔 지하에 자리 잡은 바「OK목장」은 서부 개척시대의 바를
연상시키는 분위기를 띠고 있어서 손님들에게 인기가 있었다.
실내는 거칠게 다듬은 통나무로 만들어져있었고, 거기서 일하는
종업원들도 서부개척시대의 복장을 하고 있었다.

「OK목장」의 여급이 피살자와 동행이었던 여인을 그렇게 뚜
렷이 기억하고 있는 이유는 그날 밤 그 두 사람이 유난히도 난잡
한 모습을 보여주었기 때문이었다.

그들이 바에 나타난 것은 7월24일 밤이었다. 24일이면 피살자
가 호텔에 투숙한 날이고, 피살되기 하루 전이다.

그들은 커튼으로 가려진 구석진 자리에 앉아있었는데 여급이
볼 때마다 부둥켜안고 뜨거운 키스를 나누고 있었다. 아무튼 그
들은 바에서 떠날 때까지 서로 떨어질줄을 몰랐고, 그런 모습을
눈여겨 볼 수밖에 없었던 바의 여급은 별로 마음이 편치 않았다.
그들은 양주 한병을 다 비우고나서야 바를 떠났는데 여자쪽이
많이 취했는지 거의 남자한테 안기다시피해서 걸어나갔다.

바의 여급은 그 뒤로 그들을 보지 못했다고 형사들에게 말했
다.

피살자와 동행인 여자를 목격했다고 증언한 사람은 그 밖에도
두 명이 더 있었다. 한 명은 커피숍에서 일하는 웨이터였고, 다
른 한 명은 경비원이었다.

웨이터가 피살자와 여인을 목격한 것은 24일 저녁 때였다. 그
들은 함께 커피숍에 나타난 것이 아니고, 여인이 먼저 커피숍에
들어와 한참 앉아있자 나중에 피살자가 나타나 그녀와 합석했
다. 두 사람은 별로 기분이 좋지 않은지 말 없이 앉아있다가 커
피를 한잔씩 마시고나서 밖으로 나갔다. 그 뒤로 웨이터는 그들
을 보지 못했다.

웨이터는 여인의 뛰어난 몸매 때문에 그녀를 눈여겨보게 되었
고, 그래서 그녀를 기억하고 있었다. 몸매가 뛰어난데 비해 얼굴
은 그다지 예쁘지가 않았다고 웨이터는 말했다.

경비원은 증언을 할 때 몹시 쑥쓰러워했다. 50대 초반의 그는
24일 밤 야간 경비를 맡고 있었는데, 호텔 뒷쪽, 그러니까 바다
쪽에 있는 솔밭에서 해괴한 모습을 목격했다고 증언했다. 그는
이렇게 말했다.

「……아, 글쎄, 솔밭쪽으로 돌아가봤더니 거기서 이상한 소리
가 나더라구요. 그때가 그러니까 자정께였는데…… 보시면 알
겠지만 솔밭에는 앉아서 쉬라고 나무 탁자도 몇개 있고 의자
도 있어요. 가만가만 다가가봤더니 글쎄, 남자와 여자가 정신
없이 어우러질 때 나는 소리 있잖습니까. 그런 소리가 나더라
구요.」

「그러니까 두 사람이 성행위를 하고 있었다 이 말이군요?」

「네, 그렇습니다. 솔밭에서 남녀가 껴안고 있는건 가끔 봤습
니다만, 그렇게 노골적으로 그런 짓을 하는 건 처음 봤습니
다.」

경비원은 생쥐처럼 눈을 반짝이며 말했다.

「한참 구경했겠군요?」

「네, 처음 보는 일이라서…….」

경비원은 머슥한 표정이 되면서 두 손을 비벼댔다.

「몰래 숨어서 봤다면 불도 켜지 않고 봤을텐데, 어둠 속에서 얼굴을 알아볼 수 있었나요?」

「솔밭 속이지만 그렇게 어둡지가 않았어요. 멀리서 불빛이 비치고 있었기 때문에 움직이는 것은 볼 수가 있었습니다. 하지만 얼굴까지 알아볼 수는 없었지요. 불을 켜면 방해가 될 것 같아 그대로 있다가 호텔 뒷문쪽에 숨어서 기다렸지요. 도대체 어떤 사람들이 그런 짓을 했는지 얼굴이나 보아두려구요. 나중에 알고보니까 남자쪽은 죽은 남자와 얼굴이 아주 비슷했어요. 여자 얼굴은 잘 볼 수가 없었습니다. 남자가 먼저 뒷문으로 들어왔고, 웬 일인지 여자는 뒤에 쳐져서 얼른 따라들어오지 않았어요. 뒷문 가까이 왔기 때문에 모습은 알아볼 수 있었지만 얼굴은 잘 보이지가 않았어요. 그러다가 여자가 없어졌어요. 어디로 사라졌는지 보이지가 않았어요.」

「그러니까 남자는 뒷문으로 들어왔는데 여자는 들어오지 않고 어디론가 사라져버렸다 이 말이군요?」

「네, 그렇습니다.」

「그 뒤로 또 그 여자를 봤나요?」

「보지 못했습니다.」

형사는 망설이다가 물었다.

「솔밭에서 그 짓을 했다고 했는데…… 어떻게 하던가요?」

경비원은 바의 여급쪽을 힐끗 쳐다보았다. 그녀는 시선이 마주치는 것을 피해 고개를 돌렸다.

「상관하지 말고 구체적으로 말해봐요. 수사상 필요하기 때문에 그러는거니까 남의 눈치 보지 말고 구체적으로 말해봐요.」

삼각형 얼굴의 형사는 구체적이라는 말을 즐겨 사용하고 있었다. 그 말에 힘을 얻은듯 생쥐처럼 생긴 경비원은 정말 구체적으로 말하기 시작했다.

「가만 보니까…… 여자는 탁자 위에 누워있었고 남자는 서있었습니다. 여자는 아랫도리가 벗겨져있었고…… 남자도 바지가 발목까지 내려가 있었습니다. 조금 있으니까 남자 엉덩이가 열심히 움직이기 시작했고, 여자는 두 다리를 공중에다 대고 허우적거렸습니다.」

경비원은 형사들의 반응을 살피려는듯 잠시 뜸을 들였다.

두 다리를…… 허우적거렸다고? 그건 꽤 주관적인 표현인데. 송계장은 그렇게 생각하면서 팔짱을 끼고 그를 지그시 바라보았다.

「그러니까 남자는 서서 바지를 내리고 그 짓을 했다 이건가요?」

턱이 주걱처럼 생긴 배형사가 물었다.

「네, 그렇지요. 남자는 선채로 여자를 찍었고…… 여자는 탁자 위에 번듯이 누운채로 솔밭에서 그 짓을 했지요.」

「찍었다구요?」

강주임이 입가에 냉소를 띠면서 되묻자 경비원은 그 표현이 너무 심했다고 생각했는지 민망스러워하는 표정을 지었고, 형사들은 킬킬거리고 웃었다.

그러나 경비원은 형사들의 반응이 괜찮다고 여겼는지 좀 더 뻔뻔스러운 목소리로 말을 이었다.

「여자는 소리를 질러대고…… 남자는 계속 밀어대는데 정말

가관이었습니다. 여자도 대단했지만 남자쪽이 더 굉장한 것
같았습니다. 어디서 그런 힘이 나오는지 도대체 지칠줄을 모
르더라구요. 그런데 그걸로 끝나는가 싶었는데 그게 아니고
이번에는 글쎄…… 여자를 내려오게 하더니 탁자 위에 엎드리
게 하고…….」

OK목장의 여급이 허리를 틀면서 손으로 입을 가렸다. 수치심
으로 그러는줄 알았는데 웃음을 참느라고 그러는 것이었다. 거
기에 힘을 얻어 경비원은 더욱 신이 나서 떠벌려댔다.

「……엎드리고 있는 여자 엉덩이를 보니까…… 어둠 속에서
도 마치 보름달처럼 허옇게 보이더라구요. 엉덩이가 그렇게
탐스럽고 클 수가…….」

「거짓말하지 말아요. 멀리서, 그것도 밤에 봤는데 어떻게 그
것이 큰지 적은지 알 수 있어요.」

삼각형이 핀잔을 주자 경비원은 두 손을 흔들었다.

「하, 참, 제가 왜 거짓말을 하겠습니까. 처음에는 멀리서 구경
하다가 아무래도 안 되겠다싶어 살금살금 다가가보았지요. 두
사람은 그 짓 하느라고 정신이 없어서 제가 가까이 다가간 것
도 모르더라구요. 가까이 다가가니까 아주 잘 보였어요.」

「두 사람이 무슨 말 나누지는 않았나요?」

「글쎄요. 별말은 없었고…….」

경비원은 눈을 반짝이며 생각해보다가 마침내 생각이 난듯 말
했다.

「아, 이런 말 하는걸 들었습니다. 남자가 뒤에서 여자 엉덩이
에다 부지런히 그걸 하면서 하는 말이…… 넌 아무리 도망쳐
도 소용없다, 네가 도망가봐야 어디 가겠느냐, 손오공 손바닥
안에서 벗어나지 못한다…… 아마 이렇게 말하는 것 같았어

요. 그리고 사랑한다는 말을 수도 없이 했습니다.」

「여자는 무슨 말을 안 했나요?」

「신음소리 내느라고 정신이 없는 판에 무슨 말을 하겠습니까.」

경비원은 그 말을 해놓고나서 씨익 웃었다.

「그 밖에 또 다른 말 없었어요?」

「별로 없었습니다.」

「얼마 동안 그 짓을 했나요?」

「꽤 오랫동안 했어요. 뒤에서 쉬지 않고 밀어대는데…… 그건 마치 즐기는게 아니고, 흡사 격투를 하는 것처럼 격렬했어요. 남자는 꼭 미친 놈 같았어요. 이를 악물고 온힘을 다 해 찍어 대는데…….」

「이 봐요. 그 찍어댄다는 말 좀 안 할 수 없어요? 좀 점잖은 말로 해봐요.」

송계장이 핀잔을 주자 경비원은 얼굴을 붉히면서 별로 남아있지 않은 머리칼을 쓸어넘겼다.

두 남녀가 밤중에 솔밭에서 격렬한 사랑을 나눈 것을 아주 구체적으로 이야기했으면서도 그는 여자의 생김새나 차림새에 대해서는 하나도 설명하지 못했다.

목격자들의 증언을 종합해보면 피살자와 여인은 저녁 때 커피숍에 나타나 커피를 한 잔씩 마신 다음 지하에 있는 바로 자리를 옮겨 술을 마셨다. 그들이 양주 한 병을 다 비우고 바를 나간 것은 자정 무렵. 바를 나선 그들은 곧장 솔밭으로 가서 즐거운 시간을 가진 것 같았다.

여자가 젊다는 점에서는 목격자들의 증언이 일치했다. 여자는 2,30대인 것 같았다. 그리고 그녀의 몸매가 뛰어나다는 점에서

도 목격자들의 의견은 접근하고 있었다. 그러나 그녀의 미모에
대해서는 증언들이 서로 달랐다. 웨이터는 그녀가 결코 미인은
아니었다고 말했다. 반면 바의 여급은 그녀가 대단한 미인이었
다고 주장했다.

여인의 옷차림에서도 목격자들의 증언은 큰 차이를 보여주고
있었다. 바의 여급이 그녀가 흰 옷을 입고 있었다고 말한데 반해
커피숍 웨이터는 그녀의 옷차림이 울긋불긋한 것이었다고 증언
했다. 경비원은 그녀의 옷차림이 검정색이었다고 말했다가 나중
에는 흰색이었을지도 모른다고 말했다.

앞서, 7월25일 아침 318호실로 두 사람의 식사를 날라다준 벨
맨은 여자의 모습은 보지 못했지만 방 안에 여자 옷가지와 소지
품으로 보이는 것들이 여기저기 널려있는 것을 보았다고 증언했
었다. 그러나 그는 그 방으로 식사를 갖다주면서 그런 것들을 유
심히 본 것이 아니고 무심코 보았기 때문에 그것들이 어떻게 생
겼는지 정확히 기억하고 있지를 못했다. 기억하고 있지 못한 것
을 밖으로 구체적으로 끌어낸다는 것은 결코 쉬운 일이 아니었
다. 그러나 수사관들은 그를 그대로 놓아두지 않았다. 집요하게
물고 늘어지면서 의식의 밑바닥에 깊이 가라앉아있는 것들을 끌
어내려고 그를 윽박지르기도 하고 회유하기도 하는 등 갖은 방
법을 다 동원했다.

그 결과 다음과 같은 것들을 끌어낼 수가 있었다. 흰 옷, 검정
색 핸드백, 흰 구두, 노란색 삼각 팬티, 선그라스……

이렇게 해서 목격자들의 증언을 토대로 대강의 몽타지가 만들
어졌는데, 그것이 과연 어느 정도 신빙성이 있는 것인지는 경찰
스스로도 자신할 수가 없었다.

몽타지는 세 가지 종류로 만들어졌다. 한 가지는 흰 블라우스

차림에 예쁜 얼굴, 또 하나는 검정색 블라우스 차림의 별로 예쁘지 않은 얼굴, 그리고 세번째는 흰 블라우스를 입고 선그라스를 낀 모습이었다. 수사진은 몽타지와 함께 피살자의 포르노 사진 가운데서 얼굴을 확대해서 뽑은 사진들을 나누어 갖고 사방으로 흩어져 탐문수사에 들어갔다.

그들은 문라이트호텔을 중심으로 그 주변의 상가, 술집, 숙박업소 등을 뒤졌고, 멀리 서귀포시와 제주시에까지 들어가 탐문수사를 벌였다.

수사진은 계속 보강되고 있었지만, 아무래도 그 인원에는 한계가 있었다. 그래서 경찰은 정보원들을 대거 동원하기까지 했다.

시간이 흐르면서도 이렇다할 성과가 나타나지 않자 거기에 비례해서 수사범위만 자꾸 확대되어, 나중에는 제주도 전역에 걸쳐 수천 명의 인원이 동원되어 두더지처럼 파고들어갔다. 그러나 여자쪽의 몽타지가 시원치 않은지 별로 성과가 나타나지 않았다. 그렇다고해서 피살자에 대한 정보가 있는 것도 아니었다. 피살자의 경우 사진에 그 얼굴이 뚜렷이 나타나있기 때문에 분명히 호텔 밖에서도 목격자들이 있을 것으로 보고 탐문수사를 벌였지만 그를 보았다는 사람은 좀처럼 나타나지 않았다.

7월27일, 부산행 마지막 비행기가 제주공항을 출발했을 때, 승객들 가운데에는 20여명이나 되는 형사들이 끼여있었다. 그전에 떠난 형사들의 숫자가 80명쯤 되었으니, 이날 제주도를 떠나 부산으로 향한 수사관들은 모두해서 백 명이 넘은 셈이었다. 물론 그들의 주머니 속에는 여인의 몽타지와 피살자의 사진이 들어있었다.

수사관들이 갑자기 이렇게 많이 동원된데에는 사건이 언론에 크게 보도된데에 따른 부담감도 크게 작용하고 있었다.

〈제2권 끝/제3권에 계속〉

슬픈 殺人 · 제2권

지은이 — 金聖鍾
펴낸이 — 金聖鍾
초판인쇄일 — 1992년 12월 10일
초판발행일 — 1992년 12월 15일
펴낸데 — 추리문학사
㊊612-012 부산시 해운대구 중2동 1483-6
☎:743-0480,741-9658 / FAX:742-2346
㊊121-050 서울시 마포구 마포동 312-1
강변한신코아오피스텔 1606호(서울지사)
☎:701-6977 / FAX:713-5504
등록 — 1981년 7월 24일 제 카7－36호
값 — 5,000원

※ 잘못 만들어진 책은 바꾸어 드립니다.

ISBN 89-85351-42-7
ISBN 89-85351-40-0 (세트)